夜宴图

蔡骏 著

北京联合出版公司
Beijing United Publishing Co., Ltd.

图书在版编目（ＣＩＰ）数据

夜宴图 / 蔡骏著 . -- 北京 ： 北京联合出版公司，
2021. 1

ISBN 978-7-5596-4692-7

Ⅰ . ①夜… Ⅱ . ①蔡… Ⅲ . ①中篇小说－小说集－中
国－当代②短篇小说－小说集－中国－当代 Ⅳ .
① I247.7

中国版本图书馆 CIP 数据核字（2020）第 215927 号

夜宴图

作　　者：蔡　骏
出 品 人：赵红仕
责任编辑：牛炜征
封面设计：吴黛君

北京联合出版公司出版

（北京市西城区德外大街83号楼9层 100088 ）

北京新华先锋出版科技有限公司发行

大厂回族自治县德诚印务有限公司印刷　新华书店经销

字数232千字　620毫米×889毫米　1/16　20印张

2021年1月第1版　2021年1月第1次印刷

ISBN 978-7-5596-4692-7

定价：59.00元

序　言

　　今年冬天，全国人民困于疫情，足不出户的时光里，我写了一部中篇小说《戴珍珠耳环的淑芬》。这部小说相当于我的半自传，其中一段，是我小时候真实的阅读经历——

　　我家里的藏书，多是我妈妈老早买的小说。文学期刊如《收获》《当代》《人民文学》，华师大中文系自学考试教科书如《古汉语概论》《中外比较文学》，还有我爸爸的养花指南、他当兵时看的防核武器跟生化武器手册，统统藏在壁橱底下，被我一本本翻出来，摊开来晒太阳。家里充满反帝反修、批林批孔、儒法斗争、伤痕文学、先锋文学、寻根文学，以及拉美魔幻现实主义的丰富且吊诡的气味。曾经让我如痴如醉的三百本连环画，已被它们的小主人束之高阁。这是我一生当中的青铜时代，相当于古埃及在尼罗河，古巴比伦在两河流域，古印度在印度河，商朝人在殷墟的甲鱼壳上刻字的阶段。《水浒传》宋江招安后，征辽国、讨田虎、平王庆、擒方腊，后三十回我读了十遍；《悲惨世界》第二卷滑铁卢战役，我读了二十遍；姚雪银的《李自成》第一卷，我读了三十遍；《钢铁是怎样炼成的》我读了四十遍。我外公常常摊开文稿纸，捏捏狼毫笔，颤颤巍巍地抄写。他抄的不是佛经，不是唐诗宋词，而是蒲松龄的《聊斋志异》。不是原著的文言文，而是后人译的白话文，这样外公才看得懂。《聊斋志异》里的故事，三分之一是美艳女鬼，三分之一是仙侠狐妖，三分之一是市井无赖。我喜欢看打打杀杀的那种，比如《田七郎》，我外公抄过三遍，这个故事看得我汗毛竖立。

以上稀奇古怪的念头，还有幼时自我关于阅读的训练，都成了我最初写小说的原因。千禧年的春节前，我买了第一台电脑。调制解调器拨号上网，我下载了《百年孤独》，模仿加西亚·马尔克斯的开篇。我又参照王小波的《立新街甲一号与昆仑奴》，写了一则短篇《天宝大球场的陷落》，发在榕树下网站。我像是被谁的灵魂附体，全身的细胞膨胀、爆炸，目之所见，每平方厘米，皆写满蝇头小楷。每个礼拜，我都要写一篇小说，否则便头痛欲裂，脑袋要被奇思异想撑破。家里敲击键盘的声音噼里啪啦。楼下的脚踏车棚里，住了几只野猫，深夜叫声此起彼伏，肆意交配、叫春，如同受酷刑般的哀嚎，跟我敲击键盘的声音唱和。

我在小说方面既是早熟的，也是晚熟的。

早熟是我在年方弱冠之时，便有小说获奖并发表在《当代》文学期刊上。晚熟却是经历了十余年的长篇小说创作生涯，我仍在不断改变自己，像初学写作的人那样大量阅读，摘抄句子，自我分析，甚至有了两三种不同的语言风格。

这两本书中收录的作品，便是2000年至2010年间的中短篇创作。

书名选自其中两篇极少为人所知的中短篇。一篇是《夜宴图》，讲述关于《韩熙载夜宴图》与清朝年羹尧的一段逸事；一篇是《不微笑的蒙娜丽莎》，故事来自早年的一个幻想：当我们在画框外观赏蒙娜丽莎时，蒙娜丽莎在画框内也在看着我们。

多年后，当我来到卢浮宫，隔着无数观众的头，远远眺望蒙娜丽莎的微笑时，便想起了这篇小说。

我想，所有小说里都有一种魂魄，即使它们的篇幅长短不一，类型不同，风格迥异。但那魂魄都是独立且自由的，甚至不以作者的意志为转移。就像画家笔下的人物，一旦成形，无论你看或者不看，那画魂便在那里。

蔡骏

2020 年 8 月 24 日星期一

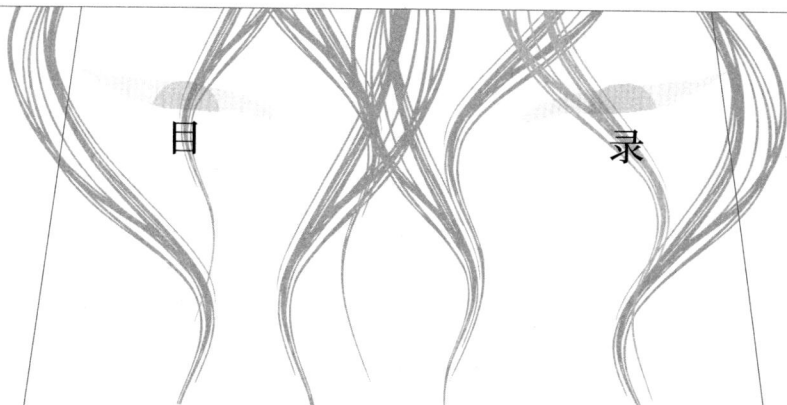

目　录

爱人的头颅

　　现在是午时三刻，验明正身后，监斩官一声令下，不管你们相不相信，我的人头已经落地。不是我趴到了地上，而是身体与头颅分了家，也就是说，我被砍了脑袋。

　　但奇怪的是，我无法确定自己是否死了，我能肯定的是，我的灵魂至少目前还没有出窍，它实在太留恋我的肉体了，以至于赖在我的头颅中不肯走。还好，它没有留在我的胸口，否则我得用肺来思考了。

　　刽子手的大刀刚刚沾到我的脖子的时候，我的确是因害怕而在发抖，你们可千万不要笑我。从锋利的刀口接触我到离开我，这中间不足半秒，可我的生命已经从量变到质变了。接下来，我发现自己处于一种自由落体的感觉，我开始在空中旋转，在旋转中，我见到了我的身体，这身体我是多么熟悉啊！而现在，它已经不再属于我了。而我的脖子的横剖面，则是我生平第一次见到，那里正在不断地喷着血，溅了那忠厚老实的刽子手兄弟一身。而我的四肢则在手舞足蹈，仿佛在跳舞，也像是在打拳。突然，我的嘴巴啃到了一块泥土，这真让人难过，我的人头落地了，但以这种方式实在有失体面。我在地上弹了几下，直到我的位置正了为止，还好，现在我仅剩的这么一小截脖子端端正正地立在地面上，避免了我所深为担忧的上下颠倒或是滚来滚去被人当球踢的可怕局面。

再见了，我的身体，现在你正被他们拖走，运气好的话也许是去埋葬，运气不好的话只能是去喂狗了。身体离开了我的视野，剩下的只有我的一大摊血，在不知疲倦地流淌着，最后它们将渗入泥土，滋润那些可爱的小草。

正当我在地上思绪万千的时候，不知哪位揪着我的头发把我拎了起来。然后我不断地晃晃悠悠，仿佛是在天上飞，我只能看到那家伙的腰带。我想出声骂他，可我的声带一半留在了这儿，一半留在了我的身体里，输送气流的肺与气管也与我永别了，所以，我只能对他干瞪眼。

我被挂在了城门上，一根细细的绳子一端系着城垛，一端系着我的头发。在我的下巴下面几尺就是城门了。京城还算是繁华，南来北往的人总是要从我的下面穿过，他们每个人都要注视我一番，当然，我也要注视他们一番。这些男男女女，有的对我投来不屑一顾的目光；有的大吃一惊，然后摸摸自己的脖子，这种人多数是我的同类；也有的摇头叹息，以我为反面教材教育后世千秋万代；还有一两个文人墨客借机诗兴大发，吟咏一番人生短暂；更有甚者，见到我就朝我吐口唾沫，幸亏我被挂在高处，否则早就被唾沫淹没了。

太阳把我照得晕头转向，成群结队的苍蝇已经开始向我进攻，它们嗡嗡地扇着翅膀，可能是把我当成了一堆屎。更可怕的是，有几只恶心的蛆虫钻进了我的头颅，疯狂地啃噬着我的口腔和脑子，真不知道它们是从哪儿钻出来的，也许这就是彻底腐烂的前兆。一想到我的脑袋即将变成一具臭气熏天的骷髅，其间还住着一个不散的阴魂，我就为城市的环境卫生而担忧。

漫长的一天即将过去了，夕阳如血，也如同我的头颅。我发觉夕阳的确与现在的我类似，都是一个没有身体的圆球，只不过它挂在天上，我挂在城门上。

入夜以后，许多鬼魂在我的周围出没，他们似乎非常同情我，对我的悲惨遭遇表示同情。但我不想理会他们，我只有一个愿望——让我的灵魂快一些出窍吧。

我赶走了那些孤魂野鬼，只想一个人静一静。我还是有感觉的，晚风吹过我的面颊，有一种彻骨的寒冷贯穿我的头颅。我不痛苦，真的，不痛苦。

但是，我突然又彻骨地痛苦了起来。

我想到了——她。

不知什么时候，一弯如钩的新月挂上了中天，高高的宫墙下，执戟的羽林郎们都困倦了，他们没注意一个白色的影子从红墙碧瓦间闪了出来。白色的影子在你们的面前忽隐忽现，轻轻地穿越宵禁的街道，让人以为是神出鬼没的幽灵。

她的脚步如丝绸飘落，轻得没有一点声音，你们只能听见夜的深处发出的回响。

现在能看到的是她的背影，白色的背影，在一片彻底的黑夜中特别显眼，可在宵禁的夜晚，她正被活着的人们遗忘。

还是背影，但可以靠近一些看，白色的素衣包裹着的是一个撩人的身体，那身体有着完美的曲线，完美无缺的起伏就像暗夜里的云。所以，你们很幸运。请把焦点从她细细的腰肢调整到她的头发，盘起的头发，悄悄闪着光泽。但是，你们不能胡思乱想，因为这身体，永远只属于一个人，那个人就是我。

如果她允许，你们也许可以看到她的侧面，这样的话，就可以看清她的完美身材，那简直就不是人间所能有的。她终于来到了城门下，盯着那颗悬挂着的人头，她此刻依旧镇定自若，平静地注视着那张熟悉的脸。

城门下的一个年轻的卫兵已经熟睡了，也许他正梦到了自己思念的女孩。而你们所看到的白衣女子轻轻地绕过卫兵，走上了城门。她来到高高的城垛边，整个城池和城中央巍峨庄严的宫殿都在眼前。你们可以顺着长长的城墙根看过来，看到她缓缓拿起吊着人头的绳子，直到把那颗人头捧在怀中。

我现在躺在她的怀中，从她的胸脯深处散发出一种强烈的诱人气味，渗入我冰冷的鼻孔。她的双手是那样温暖，紧紧地捧着我，可再也无法把我的皮肤温热。她用力地把我深深埋入她的怀抱，仿佛要把她的胸口当作埋葬我的墓地。我的脸深陷其中，什么都看不见，一片绝对的黑暗中，我突然发现眼前闪过一道亮光，亮得让人目眩，那是她的心。是的，我看见了她的心。

你们也许在为这场面而浑身发抖吧。这女子穿的一袭白衣其实是奔丧的孝服，已被那颗人头上残留的血渍沾染上了几点，宛若几朵绝美的花。她抱得那样紧，仿佛抱着她的生命。

月光下，你们终于可以看到她的脸，那是一张美得足以倾城倾国的脸，她就像是刚从古典壁画里走出来似的。也许你们每个人都有上前碰一碰她的愿望，她的脸将令你们永生难忘。但现在，她的脸有些苍白，毫无血色，可对有些人来说，这样反而显得更有诱惑力，这是一种凄惨到了极点的美。

血淋淋的头颅在她的怀中藏了很久，她渐渐地把人头向上移，移过她白皙的脖子，玲珑的下巴，胭脂般的红唇，直而细的鼻梁，两泓深潭似的眼睛，九节兰似的眉毛和云鬓缠绕的光滑额头。你们吃惊地发现，她大胆地与死人的头颅对视着，双手托着带血的人头下端。她一点都不害怕，平静地看着那颗人头。

那颗人头的表情其实相当安详，仿佛没有一丝痛苦，嘴角似乎还带有微笑，只是双眼一直睁开，好像在盯着她看。在月光下，你们如果有胆量看的话，可以看到这张瘦削的脸一片惨白，但也并非你们想象中那样可怕。

我允许你们看我的脸。

随着她双手的移动，我感到自己如一叶小舟，驶过了一层层起伏的波浪。终于，我和她四目相对。她不哭，她面无表情，但我知道她悲伤到了极点，所以，她现在也美到了极点，尤其是她穿的一身守节的素衣更衬托了这种美。

我想让她知道我正看着她，就像现在她看着我，这一切我都明白，但我被迫沉默。

她的嘴唇真热啊。

你们不该偷窥白衣女子吻了那颗人头。

没错，她火热的嘴唇正与那死人的嘴唇紧紧贴在一起。死人的嘴唇一片冰冷，这冰冷同时也刺穿了她的皮肤。可她毫不介意，好像那个人还活着，还是那个曾温暖过她的嘴唇的人，只不过现在他着凉了。他会在火热的红唇边苏醒的。会吗？

长吻持续了很久，最后女子的唇还是离开了他的，然后轻轻地对他耳语了几句。不许你们偷听。

"我们回家吧。"

她在我耳边轻轻地说了这句话。这声音与一个月前、一年前，甚至一百年前、一千年前一样，极富磁性，能吸引所有人的耳朵。她把我捧在怀里，走下了城门，年轻的卫兵依然在梦乡深处。她双手托着我，悄悄地出了城，在荒凉的野外穿行，不知走了多久，我仿佛看到了灯光。

你们继续跟着她。穿过荒原，有一大片漫山遍野人迹罕至的竹林。在竹林的深处，有一间草庐。她走进草庐，点亮了一盏油灯，朦胧闪烁的灯光使你们可以看到屋子里铺着几张草席，摆放着一个案几，还有一个盛满了热水的大木桶。

油灯下她的脸庞似乎有了几丝血色。她点燃了一束珍稀的天竺香料，散发出一种浓烈的香味，这香味很快就驱散了死人头颅的恶臭，从而也可以让你们的鼻子好过一些。然后她轻轻地把人头浸入水桶中，仔细地清洗，当然这对一颗人头来说就等于是洗澡了。已凝结的血接触到热水又洇开，水桶中变得一片殷红。

水，满世界的水浸满了我的头颅。这水冒着热气，从我脖子的切口直灌入我的口腔和脑中，水淹没了我的全部，淹没了我的灵魂。别以为我会在水中挣扎，事实是我的灵魂正快乐地在水中游泳。而那些可恶的蛆虫则不是被淹死就是被烫死了，它们的尸体从我的脖子下流了出去。我仅存的肉体和我的灵魂都在水中感受到无限的畅快，我们诞生于水，又回归于水，水是生命，我对此深信不疑。

你们在恐惧中发抖吧？看着她把人头洗完，再用毛巾擦干。现在那人头干干净净的，两眼似乎炯炯有神，如果不是没有身体，也许你们还会以为那是一个生气勃勃的大活人呢。接着她又为他梳头。她从袖中掏出了一把木梳，木梳是用上好的木料做的，雕工极其精细。她梳得很仔细，虽然灯火如豆，但每一根头发都能分辨出来。过去她常为他梳头，通常是在沐浴之后，他长长的头发一直披散到腰际，梳头有时要持续一个时辰之久。以往她会温柔地分开他的头发，浴后的头发湿湿的，冒着热气，温顺地被她的木梳征服。这中间他们一言不发，两人都静静地享受着。在她为他梳完头后，他又会为她梳头，又是一个时辰。这些你们不必知道，你们现在只会感到为死人梳头的可怕，不会察觉到她的双手依旧那么温柔，一切都与过去一样。唯一不同的是，他失去了身体，再也不能为她梳头了。

终于梳完了，她为他绾了一个流行的发髻，轻轻地把他放在案几上。接下来，她脱下自己那身沾上血污的白衣，变得一丝不挂。非礼勿视，如果你们还讲道德的话，请不要看了，离开这里，永远地离开这里。

她看着我，我也看着她，看着她光洁的身体在油灯下泛着一种奇特的红光，她仿佛变成了一团红色的火，在新换的一桶热水中浸泡着。她身上的这团火曾灼热地燃烧过我，现在我再次被点燃。过了许久，她跨出了水桶，又把我紧紧地抱在怀中，躺倒在草席上，她带着我入梦。在梦中，我们说话了。

当我重新看到这世界的时候，我能感到我的脸颊上有一种发烫的液体在滚动着，这是她的泪水。阳光透过竹叶和窗，闯进我的瞳孔中，我隐居的灵魂被它打动。

我被进行了全面的防腐处理：首先我头颅内部的所有杂质都被清除了，只剩下口腔、鼻腔和脑子；然后我被浸泡在酒精与水银中，这两种液体渗透到我每一寸皮肤与组织；接着她又往我的脑袋里塞了许多不知名的香料与草药，这些东西有的是专门从遥远而神秘的国度运来的，有的则是她从深山老林中采集而来的，总之这几十种珍稀材料按照一种濒临失传的绝密配方，经她的精心调制已成为世间罕有的防腐药，被安放在我头颅深处的每个角落。这一切都是她亲手完成的。最后，我的脖子上那块碗大的疤被她用一张精致的铁皮包了起来，铁皮内侧还贴了一层金箔，以确保永不生锈。

从此以后，我变成了一个木乃伊。

我不知道木乃伊意味着什么，尤其像我这种阴魂不散的特殊情况。我的灵魂早就应该出窍了，可它也许将永远居住在我这个千年不化、万年不朽的头颅中。别人是不是也与我一样？反正这种事一个人只能经历那么一次，至于是不是人们通常认为的那样，那就只有像我这样的过来人才能知道了。可一旦人头落地了，又怎么才能让真相大白于天下呢？我是该庆幸还是悲伤？我究竟算是英年早逝还是长生不老？我的思绪一片混乱，宛如一个躺在床上的瘫痪的人，对一切都无能为力，剩下的只有敏锐的感觉和胡思乱想。

她来了，还是一身白衣，她捧着我走出草庐，带着我在竹林中散步，呼吸新鲜空气，只可惜我连肺都没了，实在无法享受。竹林中充满了鸟鸣，迎面吹来湿润的风，我的心情豁然开朗，尽管我已经没有心了。以后我的生活也许就会这样度过，可她呢？我注视着她，突然心如刀绞。

在我木乃伊生涯的第一天，我的灵魂已泪流满面。

十年以后的一个正月十五，京城的上元节灯会，全城万人空巷。

　　在熙熙攘攘、摩肩接踵的人群中，你们中的一个人会看到一个三十岁的美丽少妇，拎着一个盖着布的竹篮在看灯。她美得惊人，浑身上下散发着一股成熟的魅力。她使你着迷，你不得不尾随在她身后，哪怕你是一个道德高尚的谦谦君子，也无法自制。人很多，站在后面的许多人都踮着脚，有的人把小孩举起放在头顶，你却看到那白衣少妇把竹篮高高地举过头顶。

　　突然，有人撞了她一下，也许就是你，当然就算你是有心的也可以被原谅。竹篮被撞落到地上，你惊奇地发现，居然从竹篮里滚出了一颗年轻男子的头，几乎把你吓昏过去。与此同时，人们都被吓坏了，女人们高声尖叫，孩子们一片啼哭，人们惊慌失措地四散奔逃，甚至有人去报官。但你却壮着胆子躲起来偷看，只见少妇小心地捧起了人头，满脸关切地对人头说："摔疼了没有？"语气温柔，就好像你的妻子对你说话一样。她轻轻地把人头放进了竹篮里，重新盖好，快步离开这里，出城去了。你的好奇心使你继续勇敢地跟着她，走了很远，一直走到一片无边无际的莽莽竹林。古人说遇林莫入，你终于退缩了。

　　她带我去看了上元节灯会，她明白我活着的时候一直都很热衷于灯会。她小心翼翼地藏匿我，但还是被人们发现了。

　　我已经做了十年木乃伊，已经习惯了我的生活。虽然我宛如一个囚徒，失去了行动的自由，我反而更能沉浸于一种深层的思考。我发觉我们每个人自诞生的那天起，就被判了无期徒刑，终身要被囚禁在肉体的枷锁中。肉体是灵魂的起源，同时也是灵魂的归宿，灵魂永远都无法挣脱肉体，就如同鱼永远都无法离开水。当然，我是个特例，但我的灵魂也无法离开我早已死亡的头颅。

又过了十年，一个月光如水的夜晚。

在这十年中的每一天，你都无法忘记十年前在上元节灯会上见过的那个白衣女子，你几乎每夜都梦到她，还有那颗人头。这是怎么一回事？你百思不得其解，终于在今夜，那强烈的冲动使你走进了那片广阔的竹林。

你迷路了，在无边无际的竹林中，你失去了方向。你近乎绝望，你后悔自己为什么要为十年前那与你毫无关系的女人而着迷。是因为她的美丽，还是因为她的神秘？你仰头问天，只准备等死。

突然，你听到了一种绝美又凄凉的琴声从竹林的深处传出，你循音而去，找到了那乐音的源头。还是那个白衣女子，只不过如今她已是四十岁的妇人了，不可抗拒的岁月在她美丽的脸上刻画下痕迹。她正全神贯注地弹奏着一张七弦琴。令你大吃一惊是，在她的正对面，摆放着一颗人头，竟与你十年前在上元节灯会上看到的一模一样，还是那张年轻的脸，没有一丝改变。

你明白这世上再也找不出比七弦琴更优雅的乐器了，这由桐木制成的三尺六寸六分的神奇之物，差不多浓缩了中国古典文化的精华。在这样的夜晚，由这样的人和这样的琴所奏出的是一种怎样的旋律呢？你一定陶醉了吧，正如古人说的："独坐幽篁里，弹琴复长啸。深林人不知，明月来相照。"如果不是那颗令你毛骨悚然的人头存在，说不定你会击掌叫好的。

突然，琴弦断了。一定有人偷听，我的耳边传来了有人落荒而逃的声音。

"别去理他。"她轻轻地对我说。她的声音还是那样动人，只是她已经不可避免地老了，而我还是二十年前的那张年轻的脸。现在的她和我在一起，宛如母与子，其实这对她很残忍。

二十年来，我的灵魂锁在我的头颅中无所事事，我只有以写诗来打发时光，截至今晚我已在我的大脑皮层上记录了三万七千四百零九首诗。我相信其中有不少足以成为千古绝唱，但它们注定不可能流传后世，这很遗憾。

自打你在那晚奇迹般地逃出竹林，又不知不觉过了三十多年，你已经很老了，你忘不了那片竹林，于是你决定在临死之前再去看一看。你在竹林里找了很久很久，终于找到了一间草庐，草庐的门口坐着一个老太婆，驼着背，满头白发，一脸皱纹，牙齿似乎都掉光了。虽然现在她已丑陋不堪，但你一眼就认出了她穿的那件白衣。一定是她。你明白，她撩人心动的岁月早已过去了。

你看见她拄着一根竹杖艰难地站了起来，她似乎连路都走不动了，她捧起了一颗人头。天哪，还是四十多年前上元节灯会上见到的那颗人头，还是那么年轻，看上去只有二十来岁，就像是她的孙子或是重孙，依然完好无损，仿佛是刚刚被砍下来的。不知是着了什么魔，还是真的遇上了驻颜有术的神仙。

她对你说话了，她要求你把她和这颗人头给一起埋了。

你无法拒绝。

你照办了。

她抱着这颗神奇的人头，躺进了你挖的坟墓，然后，你埋葬了他们。

我在她的怀中，年迈的她双手紧紧抱着我，一个老头铲土掩埋着我们。渐渐地，我什么都看不见了，她的呼吸也越来越微弱。在一片黑暗中，她屏着最后的一口气，轻轻地说——

"一切都结束了。"

一切都结束了，我在黑暗中沉睡了很久，也许五百年，也许一千年，紧紧抱住我的那个人早已变成了一堆枯骨。

突然有一天，阳光再次照进了我的瞳孔，我的灵魂再次被唤醒。有人把我托出泥土，他们惊叫着，他们穿着奇特的服装，他们以惊讶的目光注视着我。

他们是考古队。

现在是公元 2000 年，你们可以在一家博物馆中看到一个古代人头的木乃伊，它被陈列在一个受到严密保护的防弹玻璃橱窗中。这是一个年轻男子的头。一旁的讲解员在向源源不断前来一睹古人风采的观众们讲解："这是我国的国宝，保存之完好可以说是世界之最，远远超过了埃及法老木乃伊或是其他的木乃伊，这说明我国古代的防腐术已达到了前无古人、后无来者的水平。至于其方法和原因，各国的科学家仍在继续研究，同时出土的还有一具老年女性的遗骸……"

在博物馆里永生的我突然在人群中见到了一个女子，她穿着白色的衣服，她的脸，和那张陪伴我一生的脸太像了。

白衣女子走到我的面前，隔着玻璃仔细地看着我，我仿佛能从她的瞳孔中看到什么。她看了许久，好像有什么话要说，最后却没有开口。她终于走开了，和一个年轻的男子手拉着手，那男子就是你。

你听到她对你说：

"真奇怪，过去我好像在梦中见过他。"

"见过谁？"

"他，那颗人头。"

请你告诉她——

这是爱人的头颅。

白头宫女

一

"姐姐，看，树叶全红了！"

燕微微仰起头，只见上阳宫内那郁郁葱葱的树林，全被染上了一层红晕，宛如她十三岁入宫那年的脸颊，还带着几道模糊的泪痕。

"唉，又是一个洛阳的深秋。"

莺也点了点头，一阵秋风卷过宫禁深处，夹杂着天上南飞的雁行声。她忍不住把木盆放在地上，双手抱着自己薄衫下的肩头，在风里瑟瑟发抖。

木盆里是条粉色的罗裙，半透明的蝉纱轻得几乎没有手感，这也是杨贵妃最喜爱的一条裙子，据说皇上常常枕着这条裙子睡觉。

"姐姐你冷吗？"

"不打紧，咱们快点去把衣服洗了吧，说不定贵妃娘娘后天还要穿呢。"

莺说着又弯腰捧起了木盆，贵妃的罗裙里发出一阵幽幽的暗香，那是从遥远的波斯国进贡来的安息香，她贪婪地深吸了几口，仿佛又回到了娘娘暂住的南琼殿里。

半个时辰前，莺刚从南琼殿里出来，一群公公守在殿阁前头，她只能透过密密的珠帘，看到被后世称为玄宗的皇上的龙颜。传说中的皇上异常年轻英俊，能在马球场上打败吐蕃国最强的高手，在上元节灯会上征服东西两京所有的少女。可这一回莺却大失所望，她看到在迷人的贵妃娘娘身边，躺着一个身材臃肿的老头，他那花白的发髻下是深深的皱纹，还有一对厚厚的眼袋。

青色的烟雾笼罩着昏暗的内殿，香炉里点着熏香，刻漏不时发出滴答的落水声。皇上和贵妃娘娘似乎都睡着了，正享受着这午后片刻的小憩，几个宫女屏声静气伺候在殿外，将贵妃娘娘的罗裙交给了莺。

南琼殿是东都洛阳行宫里最高的一座宫殿，修筑在御花园后的小山上，这里离后排的宫墙非常近，站在南琼殿的栏杆边，可以居高临下眺望到宫墙外的行人。每当莺和燕上殿侍奉娘娘时，她们便会忍不住向宫墙外多看几眼。

不过，一想到燕正在南琼殿的山脚下等着她，莺便快速走下高高的殿阁台阶，回到了妹妹的身边。

看到姐姐终于从南琼殿上下来了，燕微笑着，露出了洁白的牙齿。她倒真是个美人坯子，瓜子脸上镶嵌着一双宝石般的眼睛，若是在长安或洛阳的市井里，不知有多少公子哥要为她打破头。只可惜穿着一身素色的宫女衣裳，宽松肥大的裙子和下摆丝毫显不出她十八岁的婀娜身姿。

每当莺看到妹妹微笑的样子，便忍不住想要揉揉她的头发，但因为手里捧着贵妃娘娘的罗裙，她只能轻声笑了一下说："妹妹，你越来越漂亮了。"

燕笑得更灿烂了，露出了腮边的两个小酒窝："不，姐姐才漂亮呢。"

"别取笑姐姐了，姐姐知道自己姿色平平，哪比得上燕呢。"

妹妹却轻轻地叹了口气说："唉，宫里的燕子就算再漂亮，哪比得上宫外的燕子呢？"

两人同时抬起了头，没有见到宫里或宫外的燕子，只见高高的天际掠过一行雁阵。

她们不再说话，燕的手里也捧着一个木盆，装着贵妃娘娘昨天换下来的几件衣服，两人一块儿向御沟走去。

莺又回头望了南琼殿一眼，只见那高高的殿阁矗立在御花园的小山之上，金色的飞檐在秋日下发出耀眼的反光。

这幕景象使她记起了十多年前，那时她还是个梳着辫子的小女孩，随父母走过上阳宫外幽静的山道，秋日的艳阳照射在一家人身上。五岁的她骑在父亲的脖子上，吃力地仰望那宫墙内高高的殿阁，仿佛有无数仙女住在那顶上等待着她前去。那时的她是如此向往宫墙里的世界，觉得就算看一眼之后就死去也是值得的。

"洛阳女儿对门居，才可容颜十五余。"与妹妹一块儿进宫的那年，莺才十五岁。父亲经营的胭脂水粉店破产了，债主们气势汹汹逼上门来，父亲便上吊了，虚弱的母亲没过几个月也因病去世。莺和妹妹无依无靠，正好掖庭宫在洛阳招宫女，姐妹俩被送入上阳宫。

也许还没从失去父母的痛苦中走出来，刚进宫的时候燕流了很多眼泪，倒是莺对宫廷里的一切都充满了好奇，耳边总是响起关于武则天的种种传说，自己终于进入小时候向往的世界了。

然而，莺很快就失望了，她并没有见到想象中会经常见到的人——

那就是当朝天子。这里是东都洛阳的上阳宫，大唐皇帝平时住在西京长安的大明宫，只有偶尔秋高气爽之时，才会到洛阳的行宫里小住几日。不过，就算皇上来到了上阳宫，莺也极少有机会能见到他，因为宫里的太监和宫女实在太多了，能够贴身服侍皇上和娘娘的人只是凤毛麟角。更何况莺和燕姐妹俩一进宫就被指派干洗衣服的差事，成了名副其实的"上阳浣衣女"。

岁月就像洛阳城里的牡丹，开了又谢、谢了又开，只有那几日能享受满城的艳丽，其余的光阴就只能静静等待，至今已经度过整整五个年头了。上阳宫再广阔再神奇，终究不过方圆几里，每个夜晚莺只能搂着妹妹的肩膀，望着屋檐边的月亮或圆或缺。而她俩也渐渐从小女孩长成了美丽可人的少女，可惜她们终日面对的除了宫女外，就只有那些老老少少的太监了。

想着想着，她们已走到了御沟边，这是一条源自洛阳城外的邙山，又斜穿过上阳宫的小溪。每天下午，姐妹俩都会到这条清澈见底的御沟边洗衣服，御沟对面是一片茂密的梧桐树林，再往外就是上阳宫高高的宫墙了。

莺闻着那还残留着贵妃娘娘体香的罗裙，有些不忍心地把它浸到御沟中，清澈的流水漂过轻纱，也把那香味带到了流水中。

忽然，一片红色的梧桐叶掉下来，轻轻地落到御沟的流水中。

二

"忆昔开元全盛日，小邑犹藏万家室。稻米流脂粟米白，公私仓廪俱丰实。"

夜宴图

这是风流天子唐玄宗李隆基治下开元年间的盛世，在经历了多年的离乱之后，杜甫仍然能如数家珍般回味那往日时光。

子美在天宝年间客居长安时，想必也随玄宗到过东都洛阳。那真是个如梦似幻的年代，那时除了长安以外，洛阳是全国首屈一指的大都市，周长约合二十八公里，设八个城门。这是女皇帝武则天的神都，即便到了她的孙子玄宗时代，依然能感受到这个掌握权力的女人留下来的宏伟遗风。

洛阳城内由垂直交叉的道路划分成许多方形里坊，如棋盘一般。在洛水以北有二十八坊一市，洛水以南有八十一坊二市，总计一百零九坊三市。北通皇城正门的定鼎门大街宽一百二十一米，是全城最宽的街道。在这巨大的城市里生活着数十万人口，三教九流无一不全，更有来自世界各地的商人会聚，"长安少年有胡心"，洛阳又何尝不是如此？

就在这灯红酒绿、纸醉金迷的花花世界中，一个二十出头的少年优游而过，他束着青色的头巾，一袭白衣如流水般漫过他的身体，每当他以这副打扮穿过街巷，便会有许多少女害羞地躲在门后偷看他。

他的名字叫微之。

至于他姓什么，史官对我说要保密。

我只知道天宝十四载的一个深秋的下午，微之去了郊外的洛水边散步，他期望自己会如曹子建那样邂逅美丽的洛神，然后留下一篇赋文流传千古，或者带着洛水女神回凡尘享受几日快乐。

可惜，洛水还是洛水，女神却只在子建的文字里。

微之仰头看看秋天的云，它们变幻着身姿向南飘荡，他想自己也许该去南方走走了。于是，他往洛阳城的方向走去，不知不觉间步入一条幽静的小道，一边是蔓草丛生的野地，另一边却是一道高高的红色宫墙。

这时他才意识到，自己正从上阳宫外走过，听说这几日皇上和贵妃娘娘正在洛阳，想必正是在这道宫墙之内吧。

这时云朵遮住了太阳，秋风从北边呼啸而来，卷起一地枯黄的落叶。微之手搭凉棚挡着风，仰头看向高高的宫墙之上，隐隐看到几座亭台楼阁。

本朝的风流天子就在那上面吗？

微之默默地问自己，然后苦笑了一下，他可不想为了功名去伺候权贵。

他继续向前走去，一身白衣在秋风里猎猎作响，几缕乌黑的发丝从耳边垂下，宛如野地里独行的剑侠。这正是东都城里许多少女梦寐以求的伴侣的形象。

忽然，微之被一条清澈的小溪挡住了去路，这溪水是从宫墙的一个暗洞里流出来的，蜿蜒曲折地流向不远处的洛水。

他知道这就是上阳宫里的御沟，不禁驻足了片刻。流水中出现了他的倒影，这是多么美的少年的身姿啊！

忽然，这水中的倒影被一片叶子打碎了。

这是一片红色的梧桐叶，从宫墙里旋转着流了出来，像是在水中跳着公孙大娘的舞蹈，红色的衣裙翩然而动，迷倒了无数文人骚客。

但更重要的是，微之注意到叶子上似乎有字。他急忙蹲下身子，从御沟里捡起这片红叶。

好漂亮的红叶！微之情不自禁地赞叹，红得像寒夜深闺里的烛火，又像带着少妇胭脂的泪水。

他仔细端详着红叶，看到在叶片朝天的那面上，竟写着四行娟秀的小楷——

一入深宫里，
年年不见春。
聊题一片叶，
寄予有情人。

微之先是一惊，接着会意地笑了起来，他没想到竟有人在梧桐叶上题诗，更没想到这片叶子会从上阳宫的御沟里流出来。

他撇了撇嘴，又朝高高的宫墙里望去，除了伸出墙外的几枝红叶外，什么都没有看到。

但微之并没有离开，而是在御沟边徘徊了好一会儿，连白衣的下摆都被沟水浸湿了，他似乎要把自己的影子永远烙在这御沟中。

忽然，又一阵萧瑟的秋风吹过，许多落叶从附近的树上飘零下来，正好有一片红色的梧桐叶缓缓飘到微之的脸上，几乎蒙住了他的眼睛。

刹那间他的眼前变得一片绯红，微之笑着摘下这片从宫中"私奔"而出的红叶，它的形状和颜色是那样漂亮，竟与刚才御沟里的那片红叶一模一样。

就像是一对美丽的姐妹。

于是，微之感到自己的心颤抖了一下，似乎有扇小门被这秋风悄悄地吹开了。

一些汉字开始在脑子里生长，平平仄仄的声调也排列开来。不，他再也忍不住了，就像这御沟里的流水，要来一次小小的突破。

微之从行囊里取出了笔、墨和砚台，将御沟里的水洒在砚台里，飞快地磨好了墨。

然后，他用毛笔蘸墨，在红叶上题了一首诗——

愁见莺啼柳絮飞，

上阳宫女断肠时。

君恩不禁东流水，

叶上题诗寄予谁。

看着这首梧桐叶上的诗，微之轻轻叹了一口气，又回头看了高高的红色宫墙一眼。

御沟里的水依然流着，不久水面就布满了落叶，不过却再也见不到带有诗的叶子了。

但微之并没有离开，而是朝相反的方向走去，他沿着宫墙外的小道走了好一会儿，直到天色渐渐暗淡，才发现了御沟流入上阳宫的地方。

这里就是御沟的上游了，它从一片山林中汩汩地流淌而出，还带着山泉的清澈和冰凉，怪不得上阳宫要建在这个地方，全是因为这条溪流呢。

宫墙在这里也有个暗洞，御沟里的水就从这里流进上阳宫，在偌大的行宫里蜿蜒曲折，再从宫墙另一端的暗洞悄悄地流出去，投向洛水女神的怀抱。

微之把自己题诗的那片梧桐叶，小心翼翼地放在御沟的水面上。水流宛如绷紧的丝绸，带着红叶迅速地流走了。微之目送着叶子，直到它消失在宫墙下的暗洞里。

走吧，你已进入深宫之中，不知会落到谁的手里？

微之闭起眼睛想象了片刻。

手中只剩宫里漂出来的那片红叶了，他又仰头望着宫墙外的树梢，不免有些怅然若失。

也许这只是洛阳深秋的一个梦。

他自嘲地摇了摇头，趁着洛阳城门关闭前回去了。

在客居洛阳的岁月里，他从不缺乏朋友和美酒，每天傍晚总有人请他到酒家畅饮，还有蓝眼睛的胡姬为他献舞。

然而，今晚他却推掉了所有的邀请，独自一人回到客舍，点上一支红烛，仔细端详那片御沟中拾得的红叶。

看着梧桐叶上的诗，他开始想象写这首诗的人的模样，她的眉毛、眼睛、嘴唇和那双写诗的手。

那应该是怎样的手啊！

虽然经过了御沟里水的承载，可红叶上似乎还残留着那双手的气味，微之把它放到鼻下闻了闻，眼前仿佛幻化出了那个人的身影。

是，就是她。

他确定自己从来没有见过她，然而她就在他的面前。

微之颤抖着向前伸了伸手，手指却火辣辣的被灼痛了，原来他看到的只是烛火。

这晚他第一次失眠了，直到凌晨三更天才迷迷糊糊睡着，却梦到了那个人。

梦中的那双眼如此模糊。

在深宫的珠帘之后，在袅袅的香烟之后，在满地的落叶之后。

天还没有亮，微之就悄悄地起床了，他没有打扰客舍中的其他人，像个幽灵般轻轻地走了出去。

他走出了洛阳城门，又走上了那条幽静的小道，很快就看到了上阳宫那高高的宫墙。

露水打湿了他那身白衣，将他笼罩在一片迷离的薄雾中。他终于又来到了御沟边，这里是御沟里的水流出上阳宫的出口，是昨天他捡到那片题诗红叶的地方。

山间的雾气依然未散去，御沟依然如昨天那般静静流淌着，微之痴痴地守在水边。

在弥漫于御沟上的白雾中，微之似乎隐隐听到有人在吟唱《诗经》的《蒹葭》："蒹葭苍苍，白露为霜。所谓伊人，在水一方。溯洄从之，道阻且长。溯游从之，宛在水中央。"

那是谁在歌唱？唱得如此凄美，是御沟汇入的洛水中的女神？还是才高八斗的曹子建的幽灵？

就在白雾与歌声缭绕之时，御沟中忽然漂出了一片红叶。

而微之正沉醉于"所谓伊人，在水一方"的天籁中，直到红叶从他脚边漂过时，他才下意识地注意到了。

他立刻扑到了御沟中，半身都被冰凉的水浸湿了，才抓住了几乎要漂走的红叶。

起风了。

白雾渐渐消散，《蒹葭》的歌声也无影无踪了，微之顾不得湿漉漉的衣服，颤抖着举起了手中的梧桐叶。

红叶上果然题着一首诗——

一叶题诗出禁城，

谁人愁和独含情。

自嗟不及波中叶，

荡漾乘风取次行。

还是那工整美丽的字迹，还是题在红色的梧桐叶上，还是在这条御沟中拾得，微之禁不住哧哧地笑了起来。

可秋天的风越来越大了，无数片落叶拂过他的身体，湿透了的白衣仍贴在他身上，冰凉彻骨的沟水渗入毛孔。

然而，微之竟忘却了这刺骨的寒意，身上穿着湿衣服站在北风中，仿佛天地间只剩下手中那片红叶。

微之想要放声狂笑，却丝毫也笑不出来，只能踏着御沟里的水手舞足蹈，最后却轻轻地抽泣了起来。

一滴眼泪落在红叶上，诗行的墨迹微微有些晕染开了，宛如红叶上的黑色斑痕。

胸腔里一阵难过，他这才浑身发抖，剧烈地咳嗽了起来。

这时他记起了离别家乡时母亲的嘱咐，他从小身体就不好，母亲叮嘱他绝不可受风寒的刺激，否则有性命之忧。

微之终于笑了出来。

只不过是苦笑。

忽然，秋风已不再可爱了，而是变得肃杀而可怕，似乎风里隐隐夹杂着战马的嘶鸣，还有甲胄与弓箭的碰撞声，或者——死亡的呼唤。

三

微之快死了。

在那个秋天的清晨，他扑进了冰凉彻骨的御沟里，结果当天就感染了风寒。好几位郎中都来看过，但都只看一下就摇摇头走了，留下几张象征性的药方。客舍里依然充满了煎药的气味，这刺鼻的味道常让微之恶心，但他的身体却越来越差，如今几乎快难以下地了。

洛阳城已由深秋进入了冬季，更糟糕的是大唐的国运也进入了冬季——就在这一年的深秋，平卢、范阳、河东三镇节度使安禄山，举雄兵十五万发动叛乱，他的胡人铁骑如入无人之境，短短数十日便攻占了东都洛阳。

微之根本没有机会逃出洛阳，只能乖乖地躺在病床上，听着窗外刺耳的叛军的马蹄声。但他依然想要挣扎着下床，就算爬也要爬去一个地方，那就是上阳宫。

可他连爬到大街上的力气都没有。

窗外又传来一阵人声和马嘶，伴随着安禄山手下胡人士兵叱骂的，是几个少女的尖叫声。

忽然，微之的房门被推开了，一个少女失魂落魄地冲了进来，随后又紧张地掩上了门。

"你是谁？"

少女浑身都在颤抖，她的衣着打扮和发型都是那样特殊，既不像大户人家的女子，又不像一般的使唤丫头，看着倒像是宫廷里的装扮。

当那少女缓缓回过头来，恐惧地眨着那双宝石般的眼睛时，微之却一下子惊呆了。

就是她！

那个梦中出现的幻影像洛神般美丽无瑕，她在御沟里放了一片题着诗的梧桐叶，叶子随流水漂到少年微之的脚下。

对，她是他的烛火，她是他的光影，她是他的梦境，她是他的一片红叶。

少女颤抖着走到微之跟前说："求求你，外面有安禄山的叛军要抓我，不要把我的行踪说出去。"

说完，她立刻躲到了一个大橱里。还没等微之明白过来，窗户就被强行推开了，随着一阵寒风进来的，还有一个样貌丑陋的胡人。

"喂，有没有看到一个小姑娘？"

微之蜷缩在床上说："不，没看到过。"

胡人挥舞着手中的陌刀喊道："你要是骗我，我就一刀劈了你！"

微之苦笑了一声，说道："我是躺在床上等死的人，何必骗你。"

"谅你也不敢！"说罢，胡人就离去了。

微之等到外面没动静了，才挣扎着起身去把窗户关好，回到床上后，他小声地朝大橱那里说："可以出来了。"

橱门缓缓打开，少女小心翼翼地走出来说："多谢公子相救。"

"你叫什么名字？"

"燕。"

"从哪儿来？"

"上阳宫。"

听到这三个字，微之深深吸了一口气说："天哪，我没有做梦吧？真的是你吗？我等你等得好苦啊！"

忽然，燕发现眼前这个少年好英俊，虽然蜷缩在病床上，但眉宇间仍然有股英气，也许他就是她在上阳宫里夜夜梦见的那个人吧。

燕大胆地坐在微之身边，伸出手摸了摸他的额头，却感觉他的额头好烫。

"你病了？"

微之点点头，他感到自己的身体似乎轻了许多，仿佛有无数的羽毛插在了自己身上，自己要高高地飞起来了。

于是，他紧紧地握着燕的手，仿佛要被那如水的肌肤融化了。

燕只感到自己在莫名地颤抖，呼吸也急促了起来，但她明明看到有个正在哭泣的灵魂，即将从这英俊少年的躯体里飘走。

"不，你不要走——"她忽然觉得自己已爱上这年轻男子了，她舍不得他的灵魂就这么离去，她轻轻抚摩着他额前的头发，仿佛抓着一团冬天的火焰。

火焰已经烧起来了。

半个洛阳城都笼罩在大火中，原来是安禄山的叛军点燃了民房，眼看就要烧到这条街了。

窗外的火光映红了他们的脸，微之的喉咙滚动了几下，艰难地把手伸到了枕头下面。

他摸出了一个小小的纸匣，轻轻地放到燕的手里，微笑着说："快把它带走。"

燕不知道纸匣里有什么，也没工夫打开来看，只是继续抓着微之的手问："那你呢？"

"我这样子还走得了吗？"微之苦笑了一声，看着窗外的火光说，"反正我也是快要死的人了，索性就在这大火里化为灰烬，倒也死得干净一些。"

"不，我不能让你在这里等死。"

微之摇摇头说："但我更不能让你也处于危险之中，快点带着纸匣离开这里吧，外面到处都是大火，那些叛军也没心思抓人了，你正好可以趁乱跑出去。"

燕用手封住了他的嘴，说道："我要留在你身边。"

"快走！"微之声嘶力竭地喊了起来，用尽最后的力气推了燕一把。

燕摇着头退到门口，手里紧紧抓着那纸匣。大火已经烧到了门外，再不走就来不及了。

在离开之前，燕问了一句："我叫燕，你叫什么名字？"

"微之。"他大声地说出了自己的名字。

燕轻轻点头，虽然这是她第一次见到这陌生的少年，此刻她的眼眶却不由自主地湿润了。她将纸匣小心地塞进怀里，飞快地冲出了房门。

外面的街道上已经烈火熊熊，到处都是逃难的老弱妇孺，整个洛阳城已化作人间地狱。

当燕跑出去几十步再回望时，火焰已吞没了微之的客舍，在火红灼热的天空中，似乎有一道灵光扶摇直上……

泪珠悄悄地滚落下来，燕抽泣着低下头，继续混在逃难的人群中，向大开的洛阳城门跑去。

黄昏时分，她终于出了城门。冬天的寒风掠过旷野，显得一片荒凉。

燕掏出了怀中的纸匣，小心翼翼地打开，只看到两片红色的梧桐叶。

四

许多年以后，莺依然坐在上阳宫的御沟边，回忆起天宝十四载的那个冬夜。

在那北风呼啸的夜晚，上阳宫里乱成一团，太监们要把所有的宫女带到长安去，莺和燕也匆忙地收拾行囊，据说安禄山的叛军很快就要杀进洛阳城了。

就当莺要离开宫舍时，却看到燕镇定自若地坐着，燕说她决定留下来，等到上阳宫里的人都走光后，她就能获得自由逃出去了。

莺当然非常吃惊，她说这兵荒马乱的，万一让叛军抓住就死定了。

但燕的回答让莺沉默了许久——"就算死在叛军手里，也比一辈子老死在宫里强。"

莺低下头看着自己的裙摆，似乎看到了许多年后自己的样子。

于是，莺和燕就这么永别了。

莺跟随宫女和太监们离开了上阳宫，踏上了前往长安的逃难之路，而燕则独自逃出宫去，从此杳无消息。

当上阳宫的人艰难地抵达长安后不久，安禄山的叛军竟然打破潼关，杀进了大唐京都长安。

皇上带着贵妃娘娘逃出了大明宫，而莺也在随同逃难的宫人之中，当他们一路颠沛流离抵达马嵬驿时，护卫皇室的禁军居然发生了哗变，杀死了权臣杨国忠，皇上被迫赐给杨贵妃三尺白绫。

莺就是伺候杨贵妃自缢的宫女之一，娘娘依然那样美丽迷人，她从容不迫地站上木凳，还穿着那条她最喜欢的轻纱罗裙，浑身上下散发着奇异的香味。

娘娘把脖子伸进了白绫的套索中，她的表情是那样安详，就好像要去为皇上跳一支舞。她生命中的最后一眼，看到的是莺的脸庞，那年轻的宫女正直勾勾地注视着她，仿佛要把她的灵魂勾去。

贵妃娘娘忽然感到一阵彻骨的恐惧，竟不由自主地打了个冷战，随后便把脚下的木凳踢倒了……

莺亲手为贵妃娘娘收了尸，摸着那依然绵软却永远被毁灭了的玉体，她不知该为娘娘感到幸运还是不幸。

她和几个宫女悄悄地把娘娘埋在土里，然后随皇上的车进入"难于上青天"的蜀道，一直撤到天府之国成都。

不久，皇上就把帝位让给了他的儿子。在大唐广阔的江山上，又经历了长达八年的苦战，无数血肉之躯化为尘土，终于平定了这场大叛乱。

"天下太平"了，新皇帝又回到了长安大明宫中，而服侍过老皇上与贵妃娘娘的宫人们，全被赶到了洛阳的上阳宫里。

经过安史叛军的践踏，当年的上阳宫早已残破不堪，而伟大的东都洛阳城，也被效力于大唐皇帝的回纥人彻底毁灭了。

于是，莺和一大群宫人在破败的行宫里守了几十年，从青春韶华的少女变成了怨居深宫的少妇，又从风韵犹存的徐娘变成了满头白发的老妪。

最后她们渐渐被人遗忘，也不再有太监和士兵看管她们了，上阳宫的围墙也任由它残破着，在年年岁岁的风吹雨打中变成了断壁颓垣。

是的，莺变成了一个白头宫女，她终日坐在南琼殿的遗址下，四周荒草丛生，唯一不变的是御沟里的水依然清澈。

一个深秋的下午，御沟里漂满了红色的梧桐叶，一个二十岁的白衣少年来洛阳郊外远足，他无意中来到了残破的宫墙前，才记起老人们传说的古行宫。访古探幽的好奇心让他越过宫墙，小心翼翼地走在一片荒草和乱石中。

这里就是玄宗时代的上阳宫吗？少年惊讶于这里的冷清，偌大的宫殿遗址里几乎见不到一个人影，不时有飞鸟掠过，或有野兔从林子里蹿出，说不定还会有五十年前的狐仙和女鬼吧？

果然，他在一条小溪边见到了"女鬼"。

那是一个满头白发的老宫女，穿着玄宗时代的衣裙，鬓边居然还插着一朵鲜艳的宫花，在周围环境的衬托下，显得非常刺眼。

少年轻轻地走到了老宫女边上，只见她缓缓抬起头来，满是皱纹的脸上镶嵌着一双深邃的眼睛，正幽幽地注视着他。

奇怪，这老宫女竟然怔住不动了，似乎是见到了什么重要的人物，耷拉下来的嘴角还有些颤抖。

他能从她的眼神里发现什么？是秋风卷过最后一片落叶时的忧伤，是夕阳照在最后一池湖水上的无奈，还是疑似故人来的激动与兴奋？

但老宫女又摇了摇头，眼神也迅速地平静了下来，她用苍老的声音问："你是谁？"

"不才姓元名稹,字微之,洛阳人氏。"

少年元稹低头看着御沟里的梧桐叶,不禁想起了什么,于是他从怀里取出一个纸匣。纸匣上有许多黄斑,看起来是几十年前的旧物了。

他小心地打开纸匣,拿出两片红色的梧桐叶,两片叶子保存得非常好,经过了几十年仍宛如新的一样。

老宫女一下子愣住了,她端详着两片红叶,叶片上的墨迹依稀可辨,似乎是五言与七言的诗行。

看着这两片几十年前的叶子,她的眼里闪动着奇异的光,激动得差点跌倒在御沟中,幸好元稹伸手扶住了她。

叶子上有她遗失的青春。

老宫女盯着元稹问:"这两片叶子你是从何处得来的?"

"是我祖母交给我的。"

"祖母?"

元稹点点头说:"是啊,我的字'微之'就是祖母为我取的。"

"那你祖母现在何处?"

"一年前已驾鹤西去了。"

老宫女轻叹一声便不再追问了,她把那两片红叶还给元稹,继续低头看着御沟里的水。

元稹觉得这老宫女很奇怪,她的眼睛像是女巫的,难道能看到他的前世?

忽然,他低下头来问:"婆婆,你从玄宗时代就在这里了吗?"

"是啊,到今天已经五十年了。"

"那你见到过玄宗与杨贵妃?"

老宫女平静地点了点头说:"当然见过。"

元稹立刻兴奋了起来，玄宗与杨贵妃的故事，是那时年轻文人们最津津乐道的，他着急地问："能不能为我说说玄宗时候这里的故事呢？"

"玄宗时候的故事？"老宫女奇怪地苦笑了一下，"只有两个宫女的故事要不要听？"

"当然想听！"

于是，老宫女又低下了头，痴痴地看着御沟中漂流的梧桐叶。

元稹惊讶地发现，御沟里倒映的满头白发变成了青丝，那泓秋水竟奇迹般地倒流了，红色的落叶向上游缓缓而去，径直回到了五十年前的那个下午——

瞧，她依然是满头青丝的妙龄女郎，鲜艳的脸庞上有清秀的眉眼，浑身的肌肤是那样结实光滑，只是身上仍然穿着宫女的衣裳。她爬上了高高的南琼殿，在秋风中瑟瑟发抖地站立着，只等待贵妃娘娘把罗裙换下来。

趁着在南琼殿外等待的空当，她悄悄地向栏杆下面眺望，正好可以看到宫墙外幽静的山道。她看到一个白衣少年翩然走过，束着青色的头巾，衣袂飘飘而来，宛如传说中的林泉公子。

宫墙外的少年有双明亮的眼睛，正凝视着寂静的秋色——那是莺许多次梦中所见的景象。她大胆地扶着栏杆，几乎把头伸了出去，只为看清那少年游侠的模样。她想，自己一辈子都不会忘记这一眼吧。

太监的轻斥打断了莺的眺望，她只能低下头接过杨贵妃的罗裙，提心吊胆地走下了南琼殿。

在南琼殿的山下她见到了妹妹燕，两人一块儿到御沟边洗衣裳。

这时一片红色的梧桐叶落到御沟里，莺从水里捡起这片落叶，说："妹妹，我离开一会儿，去去就来。"

她捧着红叶飞快地跑到一间宫舍里，两个小太监正在为娘娘抄写佛经，莺笑着向他们借了笔和墨，悄悄地躲到一座假山后，提笔在红叶上写了四行小楷："一入深宫里，年年不见春。聊题一片叶，寄予有情人。"

在梧桐叶上写完这首诗，莺只感到胸中一阵小鹿乱撞，脸颊也微微红了起来。她又飞快地跑回御沟边，将题字的红叶放到了流水上。

御沟里的水流出宫墙的暗洞，就在几步开外的地方，她目送着梧桐叶漂出宫去，不知宫墙外的那个人能否收到呢？

正在莺对着御沟水痴痴地发呆时，身后传来了燕的声音："姐姐，你在哪里？"

莺打了个激灵，赶快应声道："我在这儿！"

她匆匆地跑到了妹妹身边，微笑着说："燕，我给你贴个花钿吧。"

花钿就是唐朝女子贴在脸上的装饰物，杨贵妃的花钿是用金箔剪成的，宫女们的花钿就只能用红纸来剪了。

莺掏出一个梅花形的花钿，轻轻地贴在妹妹的脸颊上。

燕对着御沟里的水照了照，说道："真好看！"

"妹妹，你回去歇一会儿，这里就交给我一个人吧。"

燕笑了笑说："好吧，燕回去帮姐姐也做个花钿。"

莺抬起头，看着满眼的红叶说："就做个梧桐叶形的吧。"

燕点了点头，便一路小跑着离开了。

寂静的御沟边只剩下莺一个人了，她慢慢地洗着杨贵妃的罗裙与帔帛，香味渐渐飘散在越来越多的梧桐落叶间，一些归林的鸟儿从头顶飞过，秋风轻抚着她鬓间的青丝。

所有的衣裳都已经洗好了，但她还是没有离去，寸步不离地守在御沟边上，就这么等啊等啊，仿佛要等到洛水干枯的那一天。

到了夕阳要落山的时候，莺苦笑着摇摇头准备离开，忽然有片红色的梧桐叶漂过脚下的御沟，叶片上似乎还有点点墨迹。

心头又禁不住狂跳起来，她掩着自己的微笑，从水中拾起了那片红叶，轻声地念出那个人给她的诗句："愁见莺啼柳絮飞，上阳宫女断肠时。君恩不禁东流水，叶上题诗寄予谁。"

莺深深地吸了一口气，将这片红叶紧紧贴着自己的心口，仿佛又看到了少年的那双眼睛。

上阳宫的夜色缓缓降临。

但她相信他还会来的，就在明天的清晨，他还会来到御沟边，等待第三片红叶漂过。

次日清晨，莺把题着"一叶题诗出禁城，谁人愁和独含情。自嗟不及波中叶，荡漾乘风取次行"诗句的红叶放入了御沟中。

然后，她依旧静静地坐在御沟边，等待他的回应。

但他的红叶再也没有来过。

她等了他五十年。

御沟里的水继续流淌，时光回到了五十年后，在残破不堪的古行宫里，白头宫女枯坐在荒草丛中，说着玄宗年间的往事。

他终于来了。

带着她的那两片红叶。

少年元微之看着白头宫女，随口吟了一首五言绝句——

夜宴图

寥落古行宫，
宫花寂寞红。
白头宫女在，
闲坐说玄宗。

赤兔马的回忆

四周的人都在说着江东话，吴侬软语的，我听不太懂，唯一能听懂的就是我的主人——关羽，他明天将被处决。

我没有悲伤，没有像年轻的时候那样从红热的眼眶里涌出大滴的眼泪，那些眼泪会在冬天冒着热气，顺着我红色的皮毛一直向下，滋润干燥的泥土，但现在没有了。我一动不动地默默倾听着他们说话，我很努力，终于懂了只言片语，也许我真的老了。

我老了。

我不再是那匹威名赫赫的千里马了，不再是一马当先于万军丛中取上将首级的英雄胯下的神驹。我像所有的老马一样，疲惫地甩着尾巴，肌肉习惯性抽搐，弯曲着四条腿斜卧在马槽边。马厩里充满了热烘烘的马粪和草料的气味，冬天的草料是宝贵的，所以闻起来有一股特别的香味，这些气味混杂在一起，让我昏昏欲睡。我双眼无神地看着马厩外东吴军队黑压压的军营和漫天的风雪，旁边有几个大胆的士兵偷偷地围着一堆火取暖，还有一条不知是谁家的狗对着火不停地叫嚷着。

火苗像个女人一样扭动着身体跳舞，我总觉得好像在哪里见过，于是这火光照亮了我的记忆深处——

我第一次见到吕布的时候他还年轻，营帐外的火照亮了他棱角分明的脸庞，还有他高大挺拔的身躯。为董卓效力的李肃牵着我来到他的面前，我明白我的使命，我只是董卓的一个工具，是送给吕布的贿赂。那时的我也很年轻，刚从河西走廊祁连山下被捕获后驯化，成为董卓凉州军中一匹普通的军马，后来被董卓看中，进了他的大营。

第一次看见吕布，我就看穿了这个人的性格，对于这一点，马通常比人敏感，对人的判断力也远胜于人自己。在那个夜晚，他原本是要杀死李肃的，但他一见到我就改变了主意。他非常喜欢我，欢喜地抚摩着我的皮毛，我也心领神会地表示了顺从。他因为我而改变了他的一生，他投靠了董卓，亲手杀死他的义父丁原，并且做了董卓的义子。从此，有了"人中吕布，马中赤兔"的流行语。

真正让吕布和我名满天下的，是在虎牢关前吕布骑在我身上将关东联军打得落花流水，张飞挺着丈八蛇矛出来，然后是关羽，最后是刘备，他们三个打吕布一个，真不要脸。

在那个时候，我看清了刘、关、张三个人的脸，我说过，马是敏感的动物，善于预言，这是一种神秘的能力，能预知人的未来。张飞长着一张黑脸，像个杀猪的，他将来会死于非命，头会被割下来。而关羽则仪表堂堂，漂亮的胡须迎风飘动，按当时的标准来看是又酷又性感。他也会人头落地，并且有两个墓，但当时我却没有料到后来这个人居然会成为我的主人，所以，神秘的力量并非永远可靠。至于刘备，后人说他有天子之相，完全是胡说八道，他只是一个普通的奶油小生罢了，眼睛很灵活，是一个刘邦式的人物，从见到他的第一眼起我就讨厌他。

清晨的阳光洒进了马厩，士兵们忙碌起来，一个年轻的士兵走到马槽前看了看，失望地说了句什么，然后给我添加草料，加得草料都溢了出来，乱七八糟地散了一地。很奇怪，虽然好几天没吃草，但是我依然不饿，面对香喷喷的草料，我显得无动于衷，我真的老了。

突然我见到了我的主人，他似乎也老了。他被五花大绑着押了出来，那张红红的脸膛上飘扬着五绺长髯，穿着一身白色的衣服，和白雪融为一体。他还想保持他的风度，努力挺直了身体，却被一个吴兵踹了一脚，一个踉跄倒在地上。他终于忍耐不住，少见地骂出了一句脏话，幸亏他的山西话在这儿没人能听懂，否则就真的晚节不保了。现在的关羽变得那样陌生，他像条狗一样在地上爬着，因为双手被绑无法自己站起来，他痛苦地扭动着身体，对每一个人大声地叫骂着，骂得最多的当然是吕蒙。周围的士兵没有理睬他，以一种惊人的冷静看着，也许常年的战争早已让他们看惯了这种场面。最后，一个军官扶起了关羽，并帮他拍了拍身上肮脏的泥和雪。关羽突然变得激动了起来，他居然流泪了，他从来没流过眼泪的。他对那军官说了声："兄弟，谢谢。"然后，他意味深长地点了点头。关羽又抬着头扫视了周围一圈，雪还在下，落在他乱糟糟的发髻上，又化了开来，融化的雪在他的头顶冒着热气，令他看起来像是灵魂出窍的样子。

"兄弟，有没有酒？"关羽突然低声下气地向那个军官问道。

他们给了他一碗酒，并给他灌了下去。他一口气喝完，喝得太急，不少酒从他两腮的胡子上流了下去，打湿了一大片白衣。喝完之后，他的脸更红了，有了些醉意，这并不符合他的海量。他再一次恳求他们：

"兄弟，能不能把这碗给砸了，被杀头的人临死前都要听个响的。"

军官把碗重重地摔在一块在雪地中凸出的石头上，粗瓷碗一下子被摔得粉碎，发出清脆响亮的声音。关羽的脸上露出了一丝满足感，他又扫视了一圈，看见了我。他张开嘴想对我说什么，但是嘴唇嚅动了好久还是没有说，我知道他感到了耻辱，他在自己的坐骑面前丢了面子。随后他把视线从我身上挪开，看了看乌青色的天空，高声地说了句："兄弟们，动手吧。"

军官恭恭敬敬地对他拜了拜，然后接过一把寒光闪闪的大刀，站在关羽后面，一刀砍在他的脖子上。可惜我的主人运气不太好，这一刀没能把他的头砍断，只砍到一半就停在脖子里了，也许是他脖颈里的骨头太硬，卡住了刀刃。

"他妈的！"关羽大声地骂了一句，这说明大刀还没砍到他的气管，他的脸更红了，露出一种奇怪的表情，不知是痛苦还是快乐。也许他真的老了，连骨头都硬了，看来他要活受罪了。

军官急了，他奋力地把刀向关羽的脖子前面顶，可是刀刃就像是在他的脖子里面生根了，一点都动不了，军官后悔没用锯子来锯。军官又努力地想要把刀从关羽脖子里抽出来，可是依然抽不动，他举着那把沉甸甸的大刀，刀却陷在关羽的脖子里动弹不得，在风雪中这场面显得有些尴尬和滑稽。

军官对关羽说："关大爷，麻烦您老用用力气，试着能不能把脖子往前或者往后动动。"

"兄弟，你看我的脖子被砍断了一半，我还动得了吗？用把力气！我老了，你还年轻。过去我砍人的时候，从来都是一刀一个，从没砍过第二刀。这砍头啊，得讲究三大要点，那就是快、准、狠，绝不能心慈手软，更不能拖泥带水，否则被砍的人不舒服，砍人的人也没面子。想当年，我一刀下去，咔嚓——那声音别提多干脆了，人头立刻飞到天上，你要是功夫高，那人头也飞得高。有一回，一个家伙的头被我砍得无影无踪，不知道飞哪儿去了，最后只能用泥巴做了一颗假头代替。这叫什么？这就是技术，一门手艺啊！我如果不当将军，早就是砍头冠军啦，我……"突然，喋喋不休的关羽住了嘴。原来在十几名士兵的帮助下，军官终于把刀从关羽的脖子里抽了出来，一摊血从我的主人的后脖颈里喷出来，溅了好几步远，把军官喷得浑身都是。白茫茫的雪地里出现了一大摊暗红。

"兄弟们，快上啊！"关羽现在真的是万分痛苦了，他匆忙地吆喝着士兵们快点来砍下他的脑袋。我突然发现他的脸不红了，一瞬间变得像白纸一样苍白。

军官吓了一跳，急急忙忙，不管三七二十一闭着眼睛又是一刀，这刀砍在了我的主人的肩膀上。

"你他妈的干什么吃的！"我的主人开始破口大骂。

"关大爷，太对不起了。"军官想把刀抽出来，可依然抽不动，他索性放了手，把刀留在了关羽的肩膀上。然后他换了一把刀，先大着胆子摸了摸关羽脖颈的伤口，比画了几下，这回他心里有底了，一刀下去，果真一丝不差地砍断了关羽的颈骨，然后是气管，露出了红色的脖颈切面。可是这一刀还是不够彻底，我的主人脖子前面的一段皮还没断，所以他的大脑袋歪挂了下来，像个大皮球似的倒吊在脖子上。

我的主人还笔挺地站着，只是血溅了一地。忽然他的身体动了起来，带着肩膀上的大刀向前走了好几步，朝着我的方向扑来。即将走到马厩前，他被脚下的一块石头绊了一下，摔倒在地，又浑身抽搐了一会儿，最后终于安静了。

他们真的找来了一把锯子，把我的主人脖子上最后连着的那段皮给锯断了，他的脑袋终于脱离了身体。他们把他的头放在一个精美的盘子里，送入吕蒙的中军大帐，就像是端着一盘美味佳肴，送去给客人们享用。

在白色的雪地上，只剩下一具肩膀上嵌着把大刀的无头尸体和一长条暗红色的血迹，那身体是多么熟悉，曾经多么让人景仰。士兵们拖来了一副薄薄的棺材，好不容易才抽出了大刀，把关羽的身体装了进去。他的身体将被埋在附近，而他的头将被作为礼物送给曹操，我能想象曹操看见我的主人的头时会是怎样复杂的表情。

这就是一个英雄的死，虽然有些滑稽，却像历史本身。

夜晚，雪下得更大了，昏暗的马厩里充满了草料的香味，我依然没有食欲，面对着满满的马槽，有气无力地卧着。

我为什么要吃，为什么要活下去？这个问题人类永远都无法替我回答。我懒懒地抖了抖脖子，像一匹劣等的卧槽马。记忆的车轮再次转动——

第一次见到貂蝉是在王允的府第里，我第一眼看到她，就知道她和我一样，只是一件工具，我突然明白，人也可以和马一样。她那年只有十六岁，也许还没发育完全，脸红红的，嘴角带着不自然的微笑。后来她被董卓占有了。一天吕布骑着我偷偷地潜入董卓的府邸，他吻了貂蝉，当时貂蝉对他说了什么我记不清了，我只记得她的嘴唇充满了诱惑。董卓的突然回府，打断了吕布的下一步行动，于是一个清晨，在金碧辉煌的皇宫里，吕布用他的方天画戟刺入了董卓的咽喉。

我时常回忆起跟随吕布在徐州一带辗转奔波的岁月。在某一个夜晚，貂蝉偷偷地来到马厩对我说话，有些细节我遗忘了，而有的，则像烙印在我的心头一样永不磨灭——她说她爱我。她爱我红色的皮毛，爱我发达的胸肌，爱我修长有力的腿，爱我大大的眼睛。她爱上了一匹马，说来真有些不可思议，但她就是一个不可思议的女人。吕布常带着貂蝉一起骑马，他们两个一同骑在我身上，我能感到她柔软的身体和两条完美的腿，在这种时候，我就有了一种表现欲，撒开四蹄狂奔起来，让貂蝉在我的身上颠簸起伏，让她快乐地叫喊起来，让她把自己的脸埋在我的鬃毛中，让她用双手紧紧地搂着我的脖子。

是的，在那个瞬间，我也爱她。

现在我老了，我不知道她在哪儿，如果她还活着，一定也老了，像棵老树一样立在荒凉的大道边，回忆着长安城里的青春岁月。

白门楼上，曹操和刘备看着下面的吕布还有我。

曹操的脸像一把沉默的剑，我之所以这样比喻，是因为他双目中散发的那种光芒——他不是一个凡人，在那个瞬间，我能深切地感受到这个会写诗的人将怎样改变历史，尽管我也可以预见到他将被后人戴上一副白色的面具。

至于刘备，我说过他是我最厌恶的人。虽然我不怎么喜欢我的主人吕布，但我不希望看到他死。吕布在被俘后曾请求刘备为他说几句好话，刘备点头同意了，随后曹操也几乎同意不杀吕布了，但是刘备突然插了一句："公不见丁建阳、董卓之事乎？"于是，曹操下令绞死吕布。

那回是我第一次看到自己主人的死，和这回一样，不是死于战场。吕布终究还是把舌头吐出来以后死了，他努力地想要憋住，不让自己的舌头跑出嘴巴，但他失败了。他睁大眼睛，满脸恐惧，下巴和脖子上全是白沫，最后舌头一吐，两脚一伸，就这么死了。我早就预见到了这一天，他只是一个匆匆过客，他所扮演的只不过是个杀死董卓、让汉室苟延残喘最后归于曹操的角色而已。从这个意义上说，他和我一样也是个工具，历史的工具。

在绞死我的主人的过程中，我看了看白门楼上的刘备，他的嘴角露着一丝暧昧的微笑。我知道他在享受，享受吕布的痛苦；他在复仇，向这个瞧不起他的世界复仇。我看出来了，刘备内心深处是极端残忍的，尽管他竭尽全力地表现出仁慈。

所以，从这一天开始，我恨他。

黑暗中，流水一样的记忆突然被一道大闸拦住了，什么地方亮起了光，我睁开眼睛，看到从吕蒙的大帐内走出一队人，为首的抱着一个木盒，我知道，那里面装着我的主人的头。他们骑上了马，马蹄敲打着雪地，向白茫茫的北方奔去，去往曹操的宫殿，那辉煌灿烂的铜雀台。我静静地倾听着马蹄声，那声响在雪夜里特别清晰，仿佛是从我的心上踩过去。

我也听到了另一种马蹄声，同样是敲打着雪地，事实上这正是我自己发出的声音，但不是现在，而是许多年前在祁连山下，在那自由的时光里发出的。那时我还年幼无知，作为一匹野马奔驰在祁连雪峰下，那里有高高的雪山和羊毛般的白云，我时而独自徘徊于祁连山半山腰的草原上，时而跟随着大群的野马去山下的戈壁滩。那匹领头的黑马健壮而老练，我们跟在它后面有一种安全感，它说过，等我成为一匹成熟的马，将交由我来领头。我常喜欢追逐一匹小母马，它全身白色，皮毛光泽夺目，漂亮极了，我们就在雪峰下玩着那古老的游戏。总有一天，它会为我生下一匹毛色红白相间的马，那一定是世界上最美丽的动物。

那就是自由的时光，直到董卓的凉州军来到这里猎马。他们骑着马，从四周包围了我们，每个人都挥舞着马套，打着奇特的呼哨，令我们不寒而栗。最后，我们一个也没有漏网，全被他们捕获了。我们被运到了凉州，然后被分隔开来，从此以后，我再也没有见过我的小母马。在背上多了一道道鞭子抽的血痕之后，我终于被驯服了，我从野蛮的世界来到一个文明的世界，从一匹野马变成董卓的坐骑之一。人人都说我是马中的幸运儿，可是，真的如此吗？

许多年来，我不断地回忆起那自由的时光，那祁连山的雪峰，那河西走廊的戈壁与草原，还有我的小母马。在凉州，我好几次尝试逃回去，但都没有成功，当董卓带着我走进长安时，我就再也没有回家的希望了。在后来漫长的岁月中，我总是渴望着能在某个瞬间见到那匹小母马，我知道它也一定成了凉州军的一匹战马，我祈祷它能在无休止的战争中活下来。按照人的说法，我们是青梅竹马，如果见到它，不管它变成了什么样，我都会认出它的，我确定。但我始终没有再见到它，甚至连一个当年祁连山下的伙伴都没有见过。每当看到战场上死去的战马，或者是荒野里白森森的马骨，我就会想起它们，还有我自己。

我希望我现在能趴在马槽上沉入梦乡，做一个关于年少时的梦，梦到自由的祁连山。

也许现在关羽的人头已经离我很远了，在黑夜的马厩里，我不由得想起他高大的身影，从斩颜良、诛文丑到过五关、斩六将，再到华容道捉放曹、刮骨疗伤和水淹七军，他的影子又清晰了起来。我有预感，在遥远的未来他将成为一个神，受千万人的顶礼膜拜，在我们这个国家的每一个角落，几乎都有供奉他塑像的庙。我还能预感到他后来又从一个战神变成了财神，这实在太滑稽了，关公与钱到底有什么关系？

我还想到了许多人，比如娶了一个丑八怪老婆的可怜的诸葛亮，老婆虽漂亮但自己的心脏却特别脆弱的周瑜。许多年以后，他们不再是人了，他们仅仅是一个个符号，比如一横一竖，比如几个简单的汉字，或者是红色或白色的面具。我又抬起了头，马厩里草料的香味越来越浓烈，雪稀疏地落下来，东方的天际像一条死鱼翻起的白色肚皮。

在那白色的肚皮里，我似乎能看到一座巨大的城市，人口繁密，商贾云集，我知道那已是另一个遥远的王朝。在一间酒楼或茶肆里，有一大群人围在一起，或是贩夫走卒，或是引车卖浆者，他们聚精会神地看着一个老人，老人捻着稀疏的胡子，干咳了一声，然后朗声道："话说天下大事，分久必合，合久必分……"

这个老人是谁无关紧要，也许这样的人有许许多多，重要的是我从他的嘴里听到了我所熟悉的那些名字，那些事情，那些地方，还有我自己。

我老了，我厌倦了这一切，我知道天快亮了，我看了这天空最后一眼，然后在草料的香味中闭上了眼睛。永远，永远地闭上了眼睛。

在一片黑暗中，我静静地倾听着那些千年以后的声音。我感到自己已不再是一匹马了，我变成了三个音节、三个汉字，变成了舞台上的一根马鞭。

我是赤兔马？曾经是。

飞　翔

一、纸飞机

"场上比分一比零。"足球场的喇叭里传出一个女人的声音。

虽然这个球场的音响非常先进，但在全场嘈杂的呐喊与几句最常见的脏话汇成的海洋中，传到我耳朵里的只是模糊不清的一串音节。我有些头晕，也许天生不适合吵闹的环境，而且我所处的位置不太好，在主队的球门后面，进球的那个球门远在整个足球场的另外一头，我只看到远方有几个人影在晃动，白色的皮球闪了一下，接着就是全场一片欢腾。从我这个角度看过去实在是莫名其妙，我居然连谁进的球也不知道。

必须承认，我有些厌倦了，我抬起头，看着黄昏时分的天空。忽然，我看到一只白色的纸飞机掠过天空，黄昏的天空被夕阳染红，那只前端呈现出一个角度很小的锐角三角形的纸飞机，在球场上空优雅地滑翔着，我仿佛能看到纸飞机后面拖出两道长长的尾气，宛如新娘长裙的下摆，让整个天空都黯然失色。

然后，我又看到一只同样的纸飞机向球场上方马鞍形天空飞去，第三只，第四只……直到我数到两位数，越来越多，数不过来了。这也许是某个球迷团体庆祝主队进球的独特方式。现在，球场的上空正飞翔着成百上千的纸飞机，也许是他们事先就准备好了的，全都叠成同一个形状。那些纸飞机浩浩荡荡地在上空盘旋、俯冲、翻转，在血色的天空下，居然让我联想到了奇袭珍珠港的零式战斗机群。

我发现似乎全场人的目光都被那些纸飞机从球场上吸引到了天空中。一些纸飞机坠落在草地上，几个球员停下比赛捡起纸飞机，又再次把纸飞机扔向了天空。我身边的一些人，也从身下拿起垫在座位上的报纸叠成纸飞机，扔向了天空。于是，纸飞机越来越多，似乎有种遮天蔽日的感觉。

我也拿出一张废纸，凭借我小时候的记忆，叠成了一架纸飞机，只是我叠的飞机特别丑陋，是啊，我都快忘了儿时的那些纸飞机是如何创造出来的。然而，我还是把我自己的纸飞机送入天空。

我注视着我的纸飞机，因为样子有些怪异，所以它在空中那么多的纸飞机中异常显眼。我看着它，觉得就好像在看着我自己，我的纸飞机，或者说就是我自己，正飞向足球场的最高处，一股上升的气流似乎在托着它的双翼往上而去。当它接近足球场顶棚几乎要飞出球场的时候，动力却突然消失了，它又开始缓缓地向下滑翔，转了几个圈，最后一头扎在了球门前的草地里。

剩下的比赛，我没有心思看完，只注视着那些纸飞机一架一架坠毁在草地上和观众席间。当主裁判吹响表示全场比赛结束的三声长哨时，最后一架纸飞机向球门后面的看台飞来，直接飞到了我的面前。我一把抓住了即将坠落的纸飞机，这是最后一架，也许值得收藏。

球迷们像潮水一样涌向出口,我不喜欢拥挤的感觉,依旧坐在位子上准备最后一个离开。十几分钟以后,当人潮散尽清洁工出来打扫的时候,我依然坐在位子上。天色已经黑了,在明亮的灯光下,整个球场上到处布满了纸飞机的残骸,一片白色的狼藉。

我终于从古老而尘封的记忆里想起了什么。

二、 丹凤楼

公元十六世纪的上海县是当时著名的鱼米之乡,人杰地灵,赋税粮米供应南北两京,纺织业更是行销全国。清人叶梦珠曾云:"前朝(明)标布盛行,富商巨贾操重资而来市者,白银动辄数以万计,多或数十万两,少亦以万计。"邑人褚华谓:"明季从六世祖赠长史公,精于陶、猗之术。秦晋布商皆主于家,门内常客数十人,为之设肆收买。俟其将戒行李时,始估银与布,捆载而去。其利甚厚,以故富甲一邑。"南方的糖、药材、香料,北方的大豆、油脂、皮革都汇聚上海。商肆林立,百货毕集,时人比之为"市货盈衢,纷华满目的苏州",这"游贾之仰给于邑中,无虑数十万人"的商业城市周围,许多小市镇也都发展起来。如朱家角、诸翟、安亭等,共有新兴市镇六十三个,均兴盛一时。

然而,正当此"江海之通津,东南之都会"一片繁荣昌盛之际,来自海上的大祸却临头了。嘉靖三十二年,中国海贼王直引倭寇大举来犯,连舰数百,蔽海而至。四月十五日从浦东渡江直捣上海县,知县喻显科仓皇逃遁,倭寇大掠,满载而去。至六月二十七日,五次焚掠县城,死者无数,昔日繁华的上海变成一片废墟。

　　虽然元代上海就已建县，但并无城墙，此次几遭劫戮，市民决意筑城抗倭。全城市民自动出钱、出地、出力。首义者顾从礼捐粟四千石，助筑小南门。太常卿陆深的夫人捐田五百亩，白银千两，拆房数千楹，助筑小东门。嘉靖三十二年十月开工，当年完工。城围九里，高二丈四尺，有门六座，东朝宗，南跨龙，西仪凤，北晏海，小南门名朝阳，小东门名宝带，另有水门四座。城上有敌楼六座，雉堞三千六百有奇，箭台二十所。城外有濠环抱，长一千五百丈，宽三丈。要害处筑高台三座，名万军、制胜、振武。万军台上有丹凤楼，楼分三层，游人多登楼远眺江景，故有凤楼远眺一景，为上海八景之一（其余七景为海天旭日、黄浦秋涛、龙华晚钟、吴淞烟雨、石梁夜月、野渡蒹葭、江皋霁云）。

　　城墙筑成后的嘉靖三十三年正月十八日，倭舟七艘进攻上海。董邦政踞城死守，各种火器齐发，毙敌无数，贼不敢近。围城十八天方围解。时有少林僧兵八十八人来援，大破贼于叶榭。嘉靖三十五年五月一日，徐海引大隅、萨摩倭船五十余艘突至上海。董邦政正率兵于浦东剿贼，城中皆老弱残兵，形势危急。市民招募勇士数百人守城。倭寇昼夜攻城，十八日夜半登城，被发觉，炮石雨下，倭退涉城濠，多溺死，残部逃遁。后在水中捞得六十七具尸体，皆重创，头颅肿大，口圆而小，色黝黑，确认为日本人。

　　就在这场战斗胜利后的第七年，"著名的中国教徒保禄"（根据一份十七世纪耶稣会呈给梵蒂冈的报告中的称谓）诞生在上海县城南太卿坊内的一幢小楼中。

　　当然，更多的记载说他诞生在县郊的农村，但我更愿意相信太卿坊内这个说法，也就是诞生于乔家路的九间楼之说，尽管据说九间楼是崇祯年间建造的，比他的诞生晚了许多年。

保禄的祖父是个上海的商人，很早就死了。当倭寇入侵上海的时候，房子和产业都给烧光了。保禄的父亲想必是没有继承多少遗产，所以只能做一个微不足道的小商人，从事一些货物的批发与零售的小买卖。

我相信，保禄就是在上海县的街道与小巷中度过了他的少年时光。

四百多年前的某个黄昏，一个穷困潦倒以至于要靠种地才能维持生计的小商人的儿子，正从楼上狭小阴暗的格子窗里向外眺望。四周是深宅大院高高耸立的白色防火墙，而窄窄的街道对面是红色的窗棂与青色的瓦片。他只能透过破败的屋檐，看到一方小小的天空。他看到一只说不出名字的大鸟，正掠过火红的天空。于是他放下书本，悄悄地跑下楼梯。他从后门出去，那儿有一条宽度只容一人通过的小巷，他穿过长长的小巷，旁边是高墙，头上的天光就像一道缝隙。少年很快走出了小巷，走到一条宽阔的青石路上，然后他向东面跑去。

十六世纪的上海街头充满了各种各样的气味，那是南来北往的货物与附近乡下农民的气味，还有轿夫的汗臭味、女人的脂粉味、酒馆里的黄酒味、民居里的炒菜味、药房里的药材味、皮草行里的皮革味。总之，十六世纪的上海把所有的味道都汇集在一起，放在街道里发酵，又散播到空气中飘浮着。少年闻着这些味道，不免有些眩晕。忽然，一阵风从东面吹来，那是另一股味道，让人飘浮或者沉没的味道，浩浩荡荡，波涛汹涌。少年顺着风的来势向东跑去，很快他来到了城墙脚下。自他出生七年前的那场战争以后，上海就再也没有经历过倭寇侵犯的灾难，所以，这里也就渐渐变成了一座不设防的城市。他很容易地就从马道跑上了城墙，在高高的丹凤楼上，少年倚着栏杆向黄浦江的方向眺望。十六世纪的黄浦江烟波浩渺，西岸遍布码头与各种船舶，尤以双桅帆船为多，东岸则是一片江滩，青青的芦苇丛生，成群的飞鸟在江岸翱翔，从长江口溯江而上的白色海鸟也掠过江面觅食。再往东，是一片坦荡的浦东原野，那里有成片的水稻和棉田，还有密如蛛网的水道，一切都被夕阳覆盖上一层红色。而此刻，面向黄浦江是看不到落日的，西下的太阳正在丹凤楼的另一面，少年看不见它。不但太阳，原野尽头的大海少年也看不见，但他知道大海正在几十里外的沙洲上缓缓地鼓动潮汐。有谁知道，这个十六世纪的上海少年是多么渴望同时看到大海和夕阳啊！

此刻，一个风尘仆仆、一身长途旅行装束的陌生人来到了少年的身边。陌生人把着栏杆，也望着黄浦江，吁出一口气，他终于能够"凤楼远眺"了。

少年回头，看着陌生人的脸，小商人的儿子见过的人很多，有广东来的商人、宁波来的裁缝、苏州来的书生、福建来的水手、南京来的税吏、苏北来的轿夫，但从来没有见过眼前这样的人。

"你从哪里来？"少年问陌生人，就像是在盘问什么可疑分子。

"小公子，我从四川来。"陌生人礼貌地回答。

"四川人？"

"不，这里就是我的家乡，我是在四川做官，刚刚解职回乡的。"这个陌生人缓缓地说。他是从成都启程的，坐船直下川江，进入三峡，出了白帝城，只一天工夫就到了江陵。接着又花了一个月的时间过武昌的黄鹤楼、湖口的石钟山、当涂的采石矶、镇江的金山和焦山，最后来到吴淞口，进入了黄浦江。

"你还穿着旅行的衣服，是刚下码头吗？"

陌生人微微一笑，点了点头。当他抵达东门外的码头，仰望着丹凤楼高高的匾额时，他似乎把一切都忘了。陌生人没有回到近在咫尺的自家园林，而是直接登上了这座城墙上的高楼。

少年继续问："既然你的家就在这里，为什么不先回家，却要上这丹凤楼来呢？"

"因为这里的景色很美。"陌生人的目光望向远处的地平线。

他停顿了一会儿，然后叹息着说："是的，天下任何地方，都及不上丹凤楼远眺的江景让我着迷。"

"可是，这里看不到大海，也看不到落日。"

陌生人笑了笑说："大海离这里太远了，人的目力实在达不到，落日在西面，面向东方如何能看到？除非，你能像鸟一样飞到天上，在高高的天空中，我想也许能看到远方的大海和西面的落日。"

少年点了点头，高声说："我就想飞到天上去。"

陌生人哑然失笑，觉得眼前这个嘴唇上刚刚长出些绒毛的少年实在有趣，他问道："人没有鸟的翅膀，如何飞上天空？"

少年回答："人没有马的四条长腿，却依然可以在大路上长途旅行，因为人们有马车。人没有鱼的鳍和尾，却照样可以航行在江河湖海之上，因为人们有舟船。"

陌生人听着少年的话，这话虽然有些别扭，但似乎包含着很重要的信息，他皱着眉问："你是说人们可以像使用马车和舟船在陆地上和江河中旅行那样，利用某种工具在天空中飞行？"

"是的。"少年依旧看着天空。

陌生人点了点头，也同样看着红色的天空。

少年突然问他："能不能把你的伞借我用一用？"

陌生人有些奇怪，但还是拿出了背在身后的油纸伞交给了少年。然后，少年撑起了伞，慢慢地爬上了栏杆，像走钢索一样，双脚站在栏杆上，陌生人吃了一惊，叫少年下来，少年却置若罔闻。接着，少年在栏杆上站直了，向身体两侧平伸出双臂，右手握着撑开的油纸伞的伞柄。

许多人都朝少年看过来，丹凤楼上的游人，城墙上的小卒，码头上的挑夫，黄浦江里的水手，众人的目光都朝向这个站在丹凤楼栏杆上，只需跨一步就会从四五丈高的地方摔下来变成一团肉酱的撑伞少年。

一阵风拂过少年的脸颊，撑开后的油纸伞很大，在风中有些摇晃。他看着脚下的大千世界和芸芸众生，仿佛自己已飞到了云端。

少年闭上眼睛，心想，飞吧。

在那个黄浦江畔的黄昏，这个后来成为著名的基督徒的少年差一点就飞了起来，当然，如果他真的飞了起来，那么日后也就不会有这个著名的基督徒了。所以，基督徒们还是要感谢当时站在少年身边的那位陌生人。

当少年即将向前跨出一步跃向天空的时候，陌生人一把抱住了他，将他拉回栏杆内侧。而那把伞却已经飞了出去。油纸伞晃晃悠悠地在黄昏时分的江风中摆动着，一阵风吹来，居然把伞吹向了比丹凤楼的斗檐更高的高处。随着汹涌的江风，那把伞在空中翩翩起舞，陌生人瞬间觉得那把伞的形体如同一个西域的美人，被夕阳镀上一层金色的光芒，在云端跳着古老的胡旋舞。过了一会儿，风向变了，那把油纸伞快速地向黄浦江的方向而去，然后缓缓地下降，最后，摇摇晃晃地落入汹涌的黄浦江里。

这时候，少年才慢慢地说："对不起先生，弄丢了你的伞，我父亲在做一笔油纸伞批发的生意，他会赔你一把新伞的。"

"不用了。告诉我，你为什么要撑着伞站在栏杆上？"

"因为你的伞很大很结实，而刚才的风向和风速都很合适，我会在空中飞行的。"

陌生人看着少年的脸说："总有一天，你会很有出息的，至少比我有出息。你今年几岁了？"

"十五岁。"

"都十五岁了，过几年要去考秀才了。"他想起二十年前会试发榜后自己名落孙山的那天。还好，那一切都过去了，不过对眼前这个少年来说，一切才刚刚开始。

陌生人继续问："你叫什么名字？"

"我叫徐光启，字子先。"

陌生人点了点头，目光里有一种无奈，然后他辞别少年，走下了丹凤楼。他走进了位于上海县城隍庙东北角的一座深宅大院。然后，他来到西面一座荒废多年的园子里，看着月亮渐渐爬上树梢，他已经打定主意了。

几个月以后，这座废园子被他建成了一座富丽堂皇的江南园林，以供他的父亲，也就是前南京工部尚书、都察院左都御史潘恩潘老爷子觞咏其间。这个救了少年一命的陌生人名叫潘允端。他取"豫悦老亲"之意，将这座园子命名为豫园。

六十多年以后，当丹凤楼上的少年和陌生人都已作古的时候，这位少年的第三代后人买下了潘家的一栋旧宅世春堂，改建为上海第一座罗马式天主教堂。在今天，如果顺着豫园边门的安仁街拐进梧桐路，在福佑路第二小学分部里，你会看到这座全部是楠木构架的明代建筑现在已经成了小学生的健身房。

三、南方

"广东的天气真热。"课堂里的徐光启擦着汗，缓缓地说。几个学生在偷笑，他们用广东话窃窃私语。徐光启听不懂他的学生们究竟在说什么，他也不愿意去深究那些可能是对自己不敬或是嘲弄的话语。炎热的天气让他有些慵懒，窗外又响起了广东女人的木屐声，踏踏踏地敲着青石地板。于是他卷着书本，凝神望着窗外一棵巨大的老榕树，那些繁茂的枝叶一直垂到书院的窗口。不知过了多久，当他回过头来的时候，发现教室里已经没有一个学生了，作为老师，也许应该感到愤怒，可他却愤怒不起来，反而有一种如释重负的感觉。他长长地吁出一口气，放下卷成了一团的书，心想，也许自己确实不适合教书。

他走出了教室，那跐拉着木屐的广东女人已不知到哪里去了，阳光从茂密的榕树枝叶的缝隙间洒了下来。光线零零碎碎的，落在徐光启的额头上，那个十多年前在丹凤楼上眺望江景的少年如今已经成长为一个男人了，他离开故乡，来到了遥远的广东。

风从院墙上掠过，迷离诱人，一如那童年的幻想。这里是炎热潮湿的南国。儿时，他的小商人父亲常常在家里存放许多来自广东和南洋的货物，狭小的房间和阴暗的楼道里，到处都充满了那些奇怪的味道，也许是蔗糖或者是药材，还有南海里的鲨鱼翅。那些奇怪的味道混杂在一起，慢慢地在陈年的老屋里发酵，真的说不清那是什么味道，少年时期的他只能统称广东味道。这来自遥远南方的广东味道散发着某种神秘的气息，唤醒了他身体深处的某种意识，让他感受到最初的欲望。少年的欲望被来自南方的气味所诱惑，于是，他从少年成长为男人。如今，他终于来到了神秘的南方，却什么都没有得到，那原始炙热的幻想在广东女人不断响起的木屐声中逐渐冷却，年华被慢慢地消磨。

十五岁那年的惊魂一刻，他差点从丹凤楼上坠下送命，成为人们茶余饭后津津乐道的故事。那一年的上海，人们总是说小商人徐某人的儿子异想天开，居然想要在丹凤楼上撑着油纸伞飞到天上。那次，徐光启的小商人父亲狠狠地打了他一顿，让十五岁的他一个月没能下床，从那以后，他再也没有去过丹凤楼。

许多年过去了，他知道，父亲虽然只是一个潦倒的小商人，但深深地爱着自己。父亲所做的一切：在外面闯荡码头、批发走私的小商品，甚至在乡下种地，都是为了让自己能够通过读书取得功名，不再像他那样做一个低三下四被别人瞧不起的小商人。于是，父亲逼迫着他日复一日、年复一年地苦读伟大的孔子与孟子留给后代的那些经典。尽管父亲对那些厚厚的书本里写的东西不太明白，但父亲深信书本是世界上最有用的东西，甚至比他日常接触的银子和孔方兄更有用。因为古时候有一位皇帝说过，书本里藏着黄金、藏着粮仓，甚至还藏着美女。

在他长大成人的岁月里，他就像当年在丹凤楼上遇到的那个陌生人一样，走进了一个又一个考场，从此，他的人生就变成了一场漫长的考试，将一直考到死亡的那一天。十九岁，他成了秀才；二十六岁，他参加了乡试，却没能成为举人。于是，他没有回故乡，而是循着一个古老的梦，来到了遥远的广东，在这棵百年大榕树的脚下，成为一名私立学校也就是书院的老师。

　　当徐光启在大榕树下发愣时，几阵清风吹动他的乱发。他正暗暗盘算着是否要回到家乡，用这些年来教书积攒下来的积蓄买一块地，种几亩水稻和几园青菜聊度此生的时候，他见到了一个陌生人，不过这个陌生人却明显不同于当年在丹凤楼上救了他一命的人。主要是因为这个人长得极不寻常，令徐光启大吃一惊。这也难怪，自太祖洪武年间起，本朝就实行了海禁，再也没有前朝的马可·波罗那种人了。

　　简单地说，这个陌生人不是中国人，而是来自遥远的欧洲，他的中文名字叫郭居静，外文名字叫 Lazarus Cattaneo。他来中国的使命，就是要把耶稣的事业传播到伟大的中华帝国，为罗马教皇填补世界上最大的一片基督信仰的空白。这个渡过茫茫大海，穿过半个地球，怀着一颗随时准备奉献给耶稣的心的人并不知道，他眼前所见到的这个普通的中国人，将成为名留青史的基督徒。

　　许多年以后，另一位著名的传教士利玛窦回忆说——中国南方大榕树下的这一天是耶稣在东方的节日。

四、利玛窦致梵蒂冈的信

尊敬的梵蒂冈教廷及教皇：

　　愿天主保佑天主教徒，打击亵渎圣灵的新教徒，以圣父、圣子、圣灵的名义。

　　我，天主的仆人，耶稣会的使者，利玛窦，现在正在遥远的中华帝国的都城北京，给伟大的罗马写这封信。愿信差能够平安地将这封信带到澳门，愿澳门的船长能够平安地跨越南中国海与印度洋、大西洋、地中海，将我的信带到圣彼得大教堂，让尊敬的教皇知晓——中华的大门已经为主敞开。

一切全来自天主的恩典。回想往昔，我们这些传播天主福音的使者，是多么渴望抵达遥远神秘的东方，让天主与基督的光辉洒遍东方的大地。因为中国这个伟大的国度有着辽阔的幅员、数以亿计的人民与五千年的辉煌文明，是世界上最庞大最文明的国家。这个国家的人民有其独特的信仰，绝不同于其他蒙昧野蛮的民族。我幼年在欧洲学习时，就曾听说东方的契丹国有基督徒，所以，将基督教带入中华是我的梦想，在我的心中，中华的人民始终与万能的主同在。

然而，中华的大门曾经顽固地对主关闭着，我们为此付出的努力绝非一般人能想象到的。虽然早在许多年前，葡萄牙人就曾去过北京，但是，这并不意味着天主的信仰也能自由传播于此。大家都知道，圣徒沙勿略在耶稣诞生后第1552年，就来到中国广东沿海一个名叫上川的荒芜小岛上，窥伺了一年多的时间，用尽各种办法也未能踏上大陆一步，最后带着莫大的遗恨死去。此后，耶稣会士又在澳门建立据点。这里在当时还是相当荒凉的边地一隅，教士们以此为基地，屡做强行进入中国内地的尝试，但还是没能成功。于是，有人面对中国海岸上的石头感叹："磐石呀，磐石呀，什么时候可以开裂，欢迎我主啊！"

然而，天主的光辉永远照耀着信仰坚定的人，罗明坚神父终于获得了成功，他被中华帝国的两广总督准许留居内地，而且于耶稣诞生后第1583年，将我从澳门带入了广东肇庆。

为了使天主的信仰广泛传播于世界，我必须尊重中国人的习俗。所以，我经过苦心学习，掌握了美妙的汉语和汉字，改穿起中国儒生的衣服。不仅如此，我在饮食、起居、礼节等方面也完全中国化，只为了向中国人表明，我们同样来自文明世界。

在十几年间，我遍游中国各地，愈加感到中国的文明迥然不同于欧洲，自成一家，甚至可说是世界上最完善的文明之一。然而，这并非表明天主的信仰就不适应中华，恰恰相反，中国的几部重要的上古典籍与天主信仰有许多共通之处，文明的中华与天主绝不矛盾。

在耶稣诞生后第1600年，我在中国的南京通过耶稣会士郭居静的介绍，有幸结识了一位中国著名的大儒生徐光启。他是一个充满智慧的人，谈吐文雅，学识渊博，对天主持宽容的态度，充分体现了中华民族的种种优点。

那一年的南京之会，我们曾经数次彻夜畅谈，在谈话中触及了一些极其重要的问题，现录于信中——

我：中国人都讳言死。用逝世、过世、去世、辞世、殁世、故去、物故、病故、亡故，作古、病殁、崩殂、命终，殒命、寿终、崩薨、夭、殇、卒等以代之。

徐：这是庸俗人的习惯，君子并不忌讳死。

我：不但不避讳，且当常说说。因为人人都知必有一死，却不知何时死，怎可不弄个清楚明白？

徐：中国人讳言死，并非想作恶纵欲。不过是以死为不祥，不愿宣之于口而已。

我：死可引导人避恶向善，祥莫大焉。知死有五益：一、知道人人必有一死，死后且有审判，则敛心克欲，去恶向善；二、财物不能带去，就不再贪婪；三、世人的赞誉对于死后的审判毫无用处，知此就杀灭骄傲与虚荣；四、想到地狱的大火，就可消解欲火；五、早有预备，就不怕死。临死而能坦然无惧，心安不乱，才算善死。

徐：人怎样才能得善死呢？

我：最好的准备是三和，即与神和、与人和、与己和。

在我与徐光启交谈的几夜中，发觉徐光启不但是一位学识过人的学者，还对自然科学极有研究，这在中国的文人中极为罕见。他尤其精通农学与历学，并提到他正准备研制一种特别的交通工具，可以使人在空中旅行，并且称这种奇怪的空中飞行机器早在中国古代就有人研制过了。

在我们的最后一次长谈中，徐光启告诉我，他前一晚梦见自己走入一座屋子，有三间房子。第一间有一个老人，第二间有一个青年，最后一间空无一人。我当时欣喜若狂，天主信仰最核心的要义终于能够被中国人理解了，这就是神圣的"三位一体"教义。

三年以后，徐光启终于成为一名基督徒，洗名"保禄"。

愿天主保佑这位高贵的教友吧，他将成为中国最伟大的基督徒。

而更令人欣慰的是，在这之前的1601年，我终于进入中华帝国的都城北京，见到了世界上统治臣民最多的君主——万历大帝。

在万能的天主的保佑下，万历大帝也对欧洲产生了兴趣，他准许我定居北京，自由地传播天主教义。

中华的大门已经为主敞开了。现在，不断有教友加入我们，信仰的光辉正普照中华广阔的大地，我深信，中华一定会在天主的福音下成为主的坚固堡垒。

现在，我写下这些文字，让尊敬的教皇和教廷都知道这些，让整个欧洲的天主教徒都为这个伟大的胜利而喜悦吧。

主与我们同在，以圣父、圣子、圣灵的名义。

阿门。

您忠实的仆人利玛窦

耶稣诞生后第 1605 年 10 月 20 日于北京

五、达·芬奇

北京的冬夜，街道上积着厚厚的雪，路上没有一个行人，风掠过一片死寂的宣武门，高大的城墙默默无言地凝视着一个小小的院落。这个小院里还亮着灯光，在灯光下有一个中国人，还有一个意大利人，正埋头在书堆中。

桌子上摊着一本拉丁文的《几何原本》，作者是亚历山大时期的欧几里得。他们所要做的，就是把这些拉丁文变成中国的方块字。那个意大利人的名字叫利玛窦，而那中国人的教名叫保禄，他还有一个更有名的中国名字，叫徐光启。

意大利人束着中国文人的发式，穿着一袭青衫，配着他那张有着高鼻子和深眼窝的脸，显得有些不伦不类。他很累，看着眼前的这些拉丁文与汉字，他觉得它们就像是一串串念珠和一排排砖头，而现在他们要做的就和要把念珠变成砖头一样困难。保禄也有些疲倦，他翻了翻其他几本拉丁文的书，忽然，在其中的一本书里滑落出了几张图纸。

那几张纸上画着一些奇怪的图像，第一张图是一个圆盘，圆盘里却有四个轮子；第二张图则是一个类似于碟子却封闭的东西；第三张图看上去像是中国农村井台上的辘轳。然而，第四张图他却完全看明白了，那是一对像鸟翅膀一样的东西，他可以百分之百地肯定，那就是飞上天空的工具。

"这是谁画的？"他问意大利人。

意大利人抬起头，看了看图像，然后说出了一个名字："列奥纳多·达·芬奇。"

"达·芬奇是谁？"保禄问他。

意大利人很自豪地说起了他的同胞："达·芬奇是欧洲最伟大的画家，佛罗伦萨人，他画过一幅表现耶稣在被罗马人逮捕前，最后一次与门徒们共进晚餐的情景，卑劣的告密者犹大将永远被天主惩罚。而且，达·芬奇还有许多发明，瞧，那个像翅膀一样的东西，就是飞行器。"

保禄问他："他的飞行器能够让人飞行吗？"

"不，那仅仅是一个图纸上的设想而已，人怎么可能像鸟一样飞行呢？我记得1507年有人绑上自制的翅膀从苏格兰的斯特林城堡跳下，结果摔断了大腿骨；还有两百年前一个君士坦丁堡的撒拉逊人，穿上一件宽大的带硬性支撑的斗篷从高处跳下，结果一根框架中途折断，斗篷立即垮了下来，他当场坠地身亡。而我的一位同胞，他于1503年试图用自制的翼飞行，也摔了下来，幸运的是他保住了性命。"

"我也差点飞过。"保禄慢慢地说。

"你说什么？"意大利人有些意外。

"没什么，那是许多年前的事了。"保禄微微一笑，想到了自己十五岁那一年。

意大利人不再说话，继续把目光投向拉丁文与汉字的海洋。而保禄则看着眼前这张图纸，昏暗的烛光不停地摇晃着，于是，纸上的光影也在晃动。渐渐地，他似乎看到图纸上画着的翅膀也跟着一起晃动起来，翅膀扇动的频率越来越快，最后，那架纸上的飞行器冲出图纸，飞了起来，撞开窗户向北京的夜空飞去。

一阵寒风吹来，烛火灭了，只留下一缕轻烟。

意大利人回过头来，烦躁地说："糟糕，窗户怎么开了？这里的冬天可真是冷啊。"随后，他赶紧关上了窗户。

六、一门大炮

这门大炮诞生在澳门，经过一次看来并不偶然的事件，被它的主人运往中国的北方。把大炮从澳门运到北方可不是件容易的事，首先要把它用牛车从铸造作坊里运到港口，再由几十个苦力用吊车把它吊起来，装到一艘巨大的葡萄牙帆船上。然后，船长一声令下，载着大炮的帆船扬帆起航。

接下来是漫长的航行，中国海上远不是人们传说的那样风平浪静，一路颠簸，这门大炮却始终安静地匍匐在船舱的某个角落。

不知过了多久，帆船绕过山东半岛进入渤海海峡，最终停靠在了天津。帆船沿着海河而上，到吃水浅的地方，大炮被拆卸分装到一艘艘小船上，抵达了通州。接着，再由牛车送到了北京城外的一处空地上。在这里，有一位叫徐光启的尚书正等待着它。

大炮对准远方，葡萄牙的炮手熟练地操纵着大炮，精确地摧毁了远方的目标。

尚书点了点头。事实上，这门大炮全是由他一手策划引进的。他来到了大炮面前，葡萄牙炮手不知道这个穿着高级官服的中国人其实也是一位基督徒。他已经老了，满头白发，但是眼睛却十分有神，步子也还矫健，他仔细观察着这门大炮，向葡萄牙人询问大炮的制造过程。他抚摩着巨大的炮管，嘴里喃喃自语了许久，谁都不知道他说了些什么，除了被他抚摩过的大炮。

几十天以后，这门大炮离开北京，经过向东的大道，抵达一道长城脚下的关口，在走过这道被称为山海关的关口以后，大炮进入了一个军事禁区，那里布满军队，以及一个又一个堡垒。东南的大海与西北的山脉之间是一片狭长的土地，据说它一直通向一块辽阔的平原，那里有无边无际的森林，有漫长的寒冬，有人参、鹿茸，还有一群梦想征服整个中华帝国的强悍的战士。

在最东面的一个坚固的堡垒上，这门大炮找到了自己应有的位置。在两个垛口之间，这门大炮把黑洞洞的炮口对准东北方向的莽莽原野。然后，这门大炮沉默了很长时间，没有人来管他，只有几个值更的士兵，在深夜打着灯笼从它身边走过的时候，靠在它的身上打瞌睡。

然而，对于一门大炮来说，沉默只是暂时的。终于有一天，大炮发现远方出现了黑压压的一大片军队，上方飘着各种颜色的旗帜，粗略地数一数，一共是八种颜色。那些武士骑着高大的马，全身披挂着铁甲，戴着不同于明朝或者是欧洲军队的头盔，背后插着五颜六色的靠旗。当他们靠近大炮所在的堡垒时，整个大地似乎都在震颤，全都被马蹄声、刀剑碰撞声、人的喘息声所笼罩着。看着那支军队越来越近，同为军人，但大炮旁边的那些士兵似乎浑身都在颤抖，他们连手中的滑膛枪都握不住了，居然连火药袋都打翻在了地上。

忽然，有人把一枚沉重的炮弹塞进了大炮体内，然后点燃了引线。火线低声地尖叫着，最后变成一声巨大的轰鸣，一颗炮弹冲出了颤抖着的炮管，在天空中划出一道完美的弧线，最终落在那些向前冲锋的骑兵队中。

又是一声巨响，瞬间火光冲天，接着是漫天飞舞的断手和断脚，血肉四溅，如同一场红色的雨。大炮身边的士兵们这才明白，原来满洲人厚厚的铁甲里藏着的同样也是血肉。然而，硝烟还没散去，满洲的骑兵还在继续冲锋，于是，第二炮又打响了，对面冲锋的巨浪像是被一块礁石拦住了一样，四散开来；接着，第三炮、第四炮……总共发射了十几发炮弹，整个炮管都被烧得通红。

当战场上终于寂静下来的时候，原野上留下了许多残缺的肢体，鲜血渗入大地，滋润着来年的青草。只有几匹失去主人的战马，还在夕阳中悲鸣着。

一个月后，圣旨传到了这座小小的堡垒，这门大炮被封为"红夷大将军"，官拜三品，比这里指挥官的级别还要高。后来人们才知道，这门大炮刚运到北京的时候，曾被徐光启大人亲手抚摩过。

那一年，士兵们似乎能从大炮上看到一个手印。

七、满洲间谍阿斯兰向皇太极的报告记录

皇上万岁万岁万万岁！

奴才名叫阿斯兰，正蓝旗人，祖上曾经跟随爱新觉罗家族与

朝鲜人打过仗。去年,大清的军队在辽西吃了败仗,被一门明朝的大炮打死打伤了许多八旗将士,以后的几仗,大炮都让八旗军吃了大亏。因为奴才精通汉人的语言和风俗,于是奉了皇上的命令去明朝刺探军情,以了解明朝大炮的虚实。

奴才化装成汉人,忍痛散了辫子,留起了额前的头发,换上了汉人的服装,化名为张德胜,自称是明朝抚顺的汉人,因不愿剃发降清,逃难来到明军守卫的锦州。奴才很容易就混进了明朝的军队,成为一名守城的小卒。没过多久,奴才就得知原来这城上的大炮,是从一个叫红夷的国家买来的,所以,这些也叫红夷大炮。在锦州城外的一个堡垒上有一门大炮,就是在去年的大战中打死了咱们贝勒爷的那一门,已经被当朝封为大将军,据说这门炮之所以能打得准,是因为被明朝的一位大学士亲手摸过而沾上了灵气。

后来,奴才几经打听,才得知这位明朝大学士叫徐光启,是松江府上海县人,万历三十二年进士及第,从红夷人手里买大炮全是徐光启一手操办的。奴才决心去北京打探徐光启的情况。奴才先用重金疏通关节,收买了一个明朝军官,他将我的名字上报到北京,说我一个人杀死了几百个清兵,把我送到了北京领赏。奴才终于越过山海关,正大光明地进入了关内,来到北京。领完赏以后,奴才又继续用钱财疏通关节,终于留在了北京。奴才想办法打听徐光启的情况,最后进入了他的府第,成为他的贴身卫士。从此,奴才就一直守在他的身边。

奴才所见到的徐光启,其实已是一个年过七旬的老人,但是他的精神非常好,特别健朗,看上去要比实际年龄年轻一些。他为人很和善,对奴才也很不错,经常嘘寒问暖。他是一个极有学识的人，对天下的形势了如指掌。而且，他与一般的汉人不一样，他在胸前挂着一个有十字形状吊坠的项链，而且他每隔七天就到一个小房间里烧香拜佛。

后来他对奴才说，他拜的不是佛，而是一个叫耶稣的西夷人。他说那个人是天主的儿子，出生在一千六百多年前一个遥远的地方，最后被钉死在十字形的大木架上，死后三天又复活升天，从此以后，人们就永远纪念这个人，也永远崇敬天上的主。

总之，他说了许多深奥的话，奴才大多不太明白，最后，他还问奴才愿不愿意也像他一样成为相信天主和耶稣的人。奴才心想，既然要打探情报，就要赢得徐光启的信任，于是奴才当即表示愿意入教。几天后，他给奴才施行了一个简单的入教仪式，这个仪式很奇怪，奴才知道，要成为和尚首先得剃头，而要成为徐光启所说的天主教徒，则并非剃头，而是洗头。他把一小盆水浇到了奴才的头顶，他称之为洗礼，表示奴才已经成为天主的信徒了，还给我起了一个西夷人的名字，叫彼得。当然，这只是奴才为了得到徐光启的信任不得已而为之，在奴才的心中只有一个天主，就是大清的皇上您。

奴才发觉徐光启不同于一般的明朝官员，他不仅精通文章，还善于格致之术，有时整日在房中面对一堆图纸，纸上画着各种奇形怪状的东西。其中就有奴才认得的大炮的图形，他说他正在改进红夷人的大炮，欲使之发挥更大的功效。还有其他各种东西，据说都有着种种奇怪的功能。

过了半年多，有一天他带着奴才来到府中的后院，那后院除了他之外，从来没有人进去过，看来，他是十分相信奴才了。那片后院占地极大，在院子的一角，停着一个奇形怪状的东西。那个东西很大，却生着一对又长又薄的翅膀，看上去每一个翅膀至少有三四丈长，近看才发现那是竹子做成的骨架，再用牢固的羊皮绷紧覆盖在竹子上，就像是真的鸟翅膀一样。在两只翅膀中间是一个小船似的东西，里面藏着许多轮子和皮带，还有一个座位，刚好能容纳一个人坐在里面。他想要在这个大鸟一样的东西里安装一些小小的部件，叫奴才帮忙。那些小小的部件看上去像轮子，边上却有许多小牙齿，像锯齿一样，他管这个叫齿轮。这样的齿轮有许多个，一个挨着一个咬合着，转动一端最小的一个，其他的就都跟着转了起来，直到最后一个最大的连接着一根皮带运转。那些齿轮和皮带，还有其他一些小玩意儿都十分精密，严格地按照顺序排列，徐光启十分小心地摆弄着，叫奴才也当心着点。奴才和他一起装了许久，那些东西实在太复杂了，奴才实在难以胜任，直到日落之时还是没有完成，于是我们离开了院子。

晚上，奴才小心地问他那个大鸟到底是派什么用场的，他告诉奴才那个大鸟是用来飞行的。对，千真万确，皇上，那大鸟是一架用来飞行的机器，看到那对巨大的翅膀以后，您就会明白了。他还对奴才说，等这台机器造好了，就能够带着人从天上越过山海关和辽西走廊，直接飞到辽东、飞到盛京，在咱们大清的皇宫顶上放火，甚至开炮，其效力胜过千军万马。奴才当即大吃一惊，心想这东西若是真的飞到盛京的顶上，咱们大清可就要遭殃了。于是当天晚上，奴才偷偷摸摸地进了后院，摸到那个飞行机器旁边，点了一把火，把那东西给烧了。大火熊熊，很快那竹制的机器就化为灰烬了。当时，奴才的心里还真有点惋惜，那东西若是真的制造出来，就能让人在天上飞，那是神话里才有的事情啊！不过，为了大清的基业，奴才还是一狠心烧了它。奴才知道这事一定会被徐光启查出来，当晚就逃出了北京城，一路翻山越岭逃回了大清的地界，回到盛京，回到皇上您的面前。

啊，什么？皇上，奴才可不是那种人，您要相信奴才啊！奴才也知道这种事人们一般不太会相信，可这全是奴才亲眼所见，若不是奴才放了一把火，盛京过几天恐怕就要遭到灾祸了。哎哟，奴才该掌嘴，瞧我这口没遮拦的。可是奴才确实是一片忠心，天地良心，没有半句假话，奴才绝对不是那种出去以后随便编一个谎话，自称立了大功回来讨赏的人啊。

皇上，您怎么还不信奴才的话啊，那会飞行的机器确实存在啊，不是奴才瞎编的！唉，奴才不敢顶撞皇上啊。皇上饶命，饶命啊！奴才该死，刚才奴才全是在胡说八道，什么飞行机器全是没有的，全是假的，皇上说一句顶奴才一万句。

皇上，您怎么还是要杀奴才啊，奴才可救了大清啊。皇太极，你他妈的王八蛋！你别自以为了不起，其实你连这世上有会飞的机器都不知道，你有眼无珠，错杀了我这忠臣。老子二十年后又是一条好汉……

八、晚年

北京的日头似乎是会说话的，总是带着些淡淡的忧伤，懒洋洋地铺洒在地上，投射着几根窈窕的柳枝的影子。徐光启生命中的最后一年，就是整日在空旷的院落中看着日头度过的，除了每天早上天蒙蒙亮的时候，坐着轿子从府第出发进入东华门上早朝，与不苟言笑的年轻的皇帝说几句例行公事的话以外，其余的时间就一直坐在这里，什么也不做，静静地看着日头的消长。

在这空旷的院子里，有一个角落黑黑的，有烧焦的痕迹，地上还有一些没烧化的金属呈圆形排列，大部分都扭曲了，只有一个最小的，还保持着原来的形状，有完好如初的齿口。他时常数着这些齿，从一数到二十，再从二十数到一。那有着漂亮的光泽和形状的金属物，是他亲自指导一个有名的铜匠制造出来的，它是那样完美，就像飞鸟的心脏。有时候夕阳会照射着这个小齿轮，发出金色的反光，投射在他的脸上，那些额头上的皱纹被照得很明显。他知道，自己已不再是年轻人，死亡离他不远了。

想起死亡，他却有些坦然了。他默默看着夕阳，那轮夕阳就像手里的小齿轮一样金光灿灿，也像自己的生命一样，越到临近结束的时候，越是光华夺目，太子太保礼部尚书兼文渊阁大学士，那是人们通常对他的称呼。可是，这美丽的夕阳已经离落山不远了，黑夜就快来临了。他在太阳还没落山的时候，想起了在成为"太子太保礼部尚书兼文渊阁大学士"之前的岁月，那个四十二岁才进士及第的穷举人，那个在遥远的广东常常被学生们嘲弄的教师，那个在丹凤楼上差点送了命的上海小商人的儿子。此刻，他听到他自己的声音："我是上海小商人的儿子，永远都是。阿门。"

夕阳终于消失了，夜幕降临，北京的夜晚无处不透着一股凉意。夜晚是属于死神的，他一直相信这一点，很自然的，他又想到了死亡。其实，他已经很熟悉死亡这个词了，他看过许多人的死，也给许多人送过葬。比如他的老朋友，意大利人利玛窦。

那是耶稣诞生后第 1610 年 5 月，这个意大利人死在了异国他乡——北京。他再也没能回到地中海，回到他的家乡。而那个时候，他忠实的朋友保禄正在上海的农村结庐而居，为自己的父亲，也就是那个上海的小商人服丧守墓，保禄的父亲在死前不久接受过洗礼，洗名利奥。

保禄从上海赶到北京，那时京沪之间的交通还不太方便，他是从大运河坐船去的。当他抵达北京的时候，利玛窦的遗体已经进了棺材，保禄没能见他最后一面。那个时候保禄曾想，如果能够从上海飞到北京，也许就能见上最后一面了。"如果从上海飞到北京"，在为利玛窦操办后事的时候，他的脑海里时常浮现出这句话。

利玛窦死后的第二年，也就是耶稣诞生后第 1611 年，11 月 1 日诸圣节这天，几乎北京所有的天主教徒都集中到了北京第一座天主教墓地——栅栏墓地的公共教堂内。教堂里烛光闪烁，香烟缭绕，在风琴的伴奏声中，信徒们举行完弥撒后，把利玛窦的棺柩抬进教堂，高声朗读《死者祭文》，举行丧礼弥撒并致悼词。随后教徒们抬起棺木，缓缓走向墓地，送行的人们边走边哭，沉浸在哀伤之中。教徒们已在花园北端修建了一座圆拱顶、六角形的小祭亭，供奉着基督像和十字架，称为丧礼教堂。教堂东西两侧各有一道半圆形墙，圈出了墓地的位置。花园中心原有四棵柏树呈四方形排列，一座砖砌墓穴正好安置其中。

棺木送达墓地，在丧礼教堂前，人们再一次为这个意大利人祈祷。保禄在葬礼队伍最前头，他亲手拿起绳索把他的朋友放入最后的长眠之所。然后，教徒们在墓穴前行跪拜礼致敬，结束了葬礼仪式。从此，这个意大利人的身躯与中国的土地融为一体。

这就是利玛窦的葬礼，已经是十多年前的事了。那个意大利人已经死了十多年了吗？他轻轻地问自己。好像昨天还在和他说话，在说什么？也许是在说达·芬奇，和他图纸上的发明。

夜已经深了，星空里有一些东西闪过，他握着那枚小齿轮，缓缓地离开了院子。

九、葬礼

史书上说，太子太保礼部尚书兼文渊阁大学士徐光启，于明崇祯六年十月初七死于北京，也就是西历 1633 年 11 月 8 日。

徐光启的灵柩是从北京运回上海的。乘着一艘官府的大船，从大运河的水路南下，到了苏州以后再转进吴淞江，也就是上海人所说的苏州河。那时苏州河的两岸净是种着水稻和棉花的田地，夹杂着密集的水网。大船载着徐光启的棺材在苏州河上平缓地行驶，最后进入了黄浦江，不久大船就停在了十六浦的码头上。十几名杠夫抬着红木棺材走下船，在高高的丹凤楼下，所有的杠夫都感到棺材忽然沉了许多，于是他们停顿了一小会儿，抬起头望了望丹凤楼上高高的飞檐。然后棺材又轻了，他们抬着棺材进入上海县的东门。

棺材上面覆盖着一条皇帝赐予的白缎。棺材的后面跟着一长串送葬的人，全都穿着白色的衣服，其中有几十个欧洲人，他们大多是耶稣会的传教士，在经历过"南京教案"之后都显得有些颓丧。他们排着井然有序的队形，没有像通常送葬的人那样吹吹打打和扔纸钱，只是一路静默无语。送葬的队伍穿过上海县东西向的大街，几乎整个城厢的居民都聚集在大道两边，目送着本地在大明朝最有名的士大夫的棺材通过。这条大街上又聚集起了各种味道，来自南方的、北方的、大海的、内陆的，从男人的腋下、女人的发端、老人的喉咙里散发出来。这些气味混杂在一起，在上海的空气中飘浮，飘到了棺材上，渗进曾被油漆和猪血刷了几十遍的棺材板。

送葬的队伍缓缓地离开了城厢，出了西门以后，又进入了广阔的农田，他们走在田间的小路上，向西南方向而去。最后，他们停在两条河流的汇合处，那里有徐光启生前研究农业用的田园和家族墓地。他们选了一块空地，很快就挖了一个简单的墓穴，在欧洲传教士的祈祷声中，棺材被慢慢地放了进去。人们又用土掩埋了棺材，堆成一个小小的土丘，在墓前立了一块刻着一个小小的十字架的墓碑。

所有的教徒都在画着十字。

阿门。

然而，故事还没有完。

十、小道消息

事先声明，以下纯属小道消息。

这是爸爸告诉我的，他属于老三届的那个年龄段。1966 年，全国各地都掀起了"破四旧"行动，所有与旧时代有关的东西全都成了"封资修"，要被一扫而空。特别是出现了冲击文物古迹的浪潮，最有名的要数山东曲阜孔庙里那块皇帝御赐的"万世师表"的匾额，被大串联闹革命的红卫兵扔到了火堆里。

上海也不例外，不过要比其他地方稍微文雅一点。许多人不约而同地把目光对准了文物古迹，就在那一年，许多名人墓地和遗址还有寺庙、教堂遭到了破坏。

我爸爸他们组织了一个"保卫江青同志战斗队"。虽然，毛主席号召大家要文斗不要武斗，可是十八九岁的年龄，浑身有着用不完的活力，成天想着闹革命。但等到我爸爸所属的那个战斗队要真正行动的时候，却发现上海有限的几处文物古迹全被破坏过了，没什么地方供他们发挥才华。最后，不知是谁说起徐家汇附近有一个古墓，据说是明朝一个封建地主阶级的大官僚的坟墓。于是，我爸爸去查了资料，得知那个墓主名叫徐光启，家庭出身是小商人，也就是小资产阶级，反革命的帮凶。后来做官做到了中央，成为一个大官僚，是封建皇帝手下剥削劳动人民的大元凶。更可恨的是，这个家伙还曾和西方帝国主义侵略中国的急先锋传教士狼狈为奸，向中国人民灌输天主教那一套精神鸦片的东西，企图麻痹中国人民，使中国人民成为帝国主义的精神奴隶，简直是里通外国罪大恶极的汉奸、卖国贼。

这种人的墓，就该挖！

我爸爸他们准备好各种工具，赶到徐家汇，好不容易才找到了那个墓。墓地没有人管，一片萧条的样子，他们立刻来了热情，热火朝天地行动起来。明朝的墓很坚固，但是最终他们还是挖开了墓，那具红木棺材露出来了，棺材上覆盖着一条白缎，保存得很好，上面还模模糊糊地写着一些外国字，足见躺在棺材里的这个人已经彻底做了洋奴。这激起了革命小将们的义愤，之前对于死人骨头的恐惧和掘墓要遭报应的古训都被抛诸脑后了。他们三下五除二，把棺材板给撬了开来，当他们一个个都捂着鼻子，准备面对一具僵尸开一场破四旧的批斗会的时候，却惊奇地发现，那红木棺材里面居然只是一堆石头。

　　是的，我爸爸告诉我，当时他亲眼看见徐光启的棺材里放着的只是一堆石头，除此之外，只有一套叠得整整齐齐的官服，官服上还有一枚小小的图章和一串十字架项链。他们后来把整个棺材都劈了，把棺材板拆了开来，也没有找到半点死人的痕迹。真不敢相信，原来徐光启并没有躺在他的棺材里，这是一个空冢。

　　后来他们开始怀疑这究竟是不是徐光启的墓，可是墓碑和棺材板上所覆盖的白缎上的文字都表明了墓主的身份，还有那个图章上刻着的确实是"徐光启印"的字样。

　　这究竟是怎么回事？这个时候忽然有人提出会不会是闹鬼了，虽然我爸爸严厉地批评了那个人的迷信思想，但是最后他们每一个人都害怕了，于是这些红卫兵匆匆撤退，再也没有回来过。

　　"文革"结束以后，直到 1983 年，这个坟墓才被修复，重新得到了保护。

　　然而，徐光启是否躺在他的坟墓里呢？

　　我不知道爸爸说的话究竟是真是假，反正他是一口咬定亲眼所见，绝不会弄错。

　　如果爸爸说的是真的，那么哪里才是徐光启真正的归宿呢？

　　当然，这只是个小道消息，信不信由你。

十一、飞　翔

　　徐光启是在天还蒙蒙亮的时候出发的，他给自己绾了一个特殊的发髻，那是他年轻时曾在少年人中流行过的发式，那时候，在父亲的严格管教下，他没能够留起来。而现在，头发有些稀少了，不过还是勉勉强强地绾了起来，他面对着一面有些模糊的铜镜，对自己点了点头。他脱去了宽大的朝服与长袍，穿上一件干净利落的短衣，蹬着一双软底布鞋走出了房间。

回廊与厢房一片寂静，人们还都在熟睡之中，他尽量轻手轻脚地走着。天空中月亮还挂着，只是颜色变得很淡，近乎一张白色的圆盘。冷冷的风中飘荡着一些薄雾，雾气带着露水悬挂在走廊的栏杆上，也沾湿了他的头发。转过几道月门，他拿出钥匙打开了后院门上的锁。推开院门，一阵风吹开薄雾，一架生着两只巨大翅膀的机器正停在他的面前。

他爬上这架机器，在两只巨大翅膀中间的一个船形空间里坐了下来。然后他摇动了一个把手，许多齿轮开始转动，一些大的齿轮又带动了皮带，发出了轰鸣。皮带的终端牢牢地绑在大翅膀上，皮带的运动带动两只大翅膀有节奏地上下扇动。翅膀扇动的频率越来越快，呼呼生风，整个院落里都充满了这种声音，许多落叶和灰尘被翅膀扇出的风高高地卷起，最后的那点薄雾也被扇得烟消云散了。他能感到自己全身都在颤抖，大地也在震动，直到一股来自翅膀的巨大的托力使飞行机器跃离了地面。

他飞起来了。

飞行器的翅膀越扇越快，不一会儿就已经离地几十尺高了，那个空旷的小院，甚至整个大学士的府第已经在身下。他脚下自家的屋顶看起来越来越小，整个大宅门仿佛变成了一个盆景。

一阵风吹来，飞行器抬升到高空，整个北京都在他的眼前缓缓铺展开来，如同一张世俗工笔画。内城里有无数的四合院，中间还夹杂着许多大户人家的深宅大院，如同画工笔下的宣纸上用毛笔绘出的线条。街道上一些早起的人已经忙碌起来了，车夫、轿夫们出来谋生计，而更夫和巡夜的小卒却已经收工，在空中看下去都是一些小黑点。城门也许已经开了，他似乎能看到拉着甘甜泉水的牛车转动着车轮进了北京城，一些三大营的士兵已经扛起了鸟枪。于是，他拉动一根铁弦，使翅膀伸展的角度产生了一些细微的变化，飞行器随之改变了方向，扇着翅膀向紫禁城的方向而去。

　　他看见皇宫的角楼了，那些翘起的屋檐倒映在护城河里，透过城上的墙垛可以看见里面辉煌的琉璃瓦。飞到东华门上，他看到要去上早朝的文武百官正鱼贯而入，那些人穿着整齐的官袍，却一个个似乎没睡醒的样子耷拉着脑袋往皇宫里走去。他们有些在窃窃私语，无外乎是猜测他们中的一位尊敬的同僚为何没有来上早朝，是睡过头了，还是被罢官了，或是年纪大了突然病故了？有的人难过，也有的人脸上难过心里却在高兴。谁都没有注意到他们尊敬的同僚正在头顶看着他们呢。他跟随文武百官飞进了皇宫，穿过内金水桥，进入奉天门，到达三大殿广场。

　　此刻，太阳从东方跃出了地平线，红日带着些许苍凉的光芒，照射在高高的三大殿的琉璃顶上，反射出万丈光芒，让他目眩，眼前似乎已不再是人间，而是金色的天国。飞行器下十多丈的地面上，与他同一级的同僚们已经步入了奉天殿，其余更多的人则跪在殿外的御道两边。他似乎能听到奉天殿宝座里年轻的君王用愤怒的声音责问道："文渊阁大学士怎么没来？"

　　这时候，他在飞行器里大声地回答："启禀皇上，老臣正在您的头顶。"

　　他的回答，年轻的崇祯当然没有听到，当朝臣们结束了早朝，走出奉天殿的时候，终于有人看到了天上的飞行器。所有人都抬起头惊讶地仰望着天空，大臣们、太监们、宫女们，最后，是本朝年轻的皇帝。

"瞧，那是什么？天哪，那是从天上飞出来的，而且飞在皇宫的顶上，国无二君，天无二日，这简直是大逆不道！晦气，晦气！"

"这位大人，请不要颠倒黑白，胡说八道！看到那翅膀了吗？那是一只大鸟，古书上所说的鲲化为鹏，就是这种鸟。鲲鹏之变，一飞万里，出现在紫禁城上，当是我朝从此中兴的吉祥之兆。恭喜皇上，贺喜皇上，吾皇万岁万岁万万岁。"

"吾皇万岁万岁万万岁……"

所有人都跪在年轻的皇帝面前恭贺这个好兆头。

他在飞行器上看着下面那些人都莫名其妙地跪了下来，立刻没了兴致，于是他掉转方向往南飞去，永远地离开了紫禁城。

他一直往南，飞出了北京城，飞在广阔的华北原野上空，很快，他就找到了大运河，决定沿着运河前行。飞过通州、天津、沧州、德州、临清，然后他拐了个弯，离开运河去了一趟泰山。上泰山时是在云层中飞行的，什么都看不清，云雾让他浑身都湿透了，钻出云雾的时候已经在泰山顶上了。一些在泰山顶上的人看到了飞行器，以为是哪位神仙显灵，纷纷跪了下来，烧香磕头。他摇了摇头，看了最后一眼泰山的风光，然后又钻入了云层。

他经过曲阜的孔庙，在飞行器上遥祭了孔夫子，然后又回到了运河沿线。到达微山湖时已经是中午了，他草草地吃了一些准备好的水和干粮，然后继续飞行。进入了南直隶，也就是江苏的地界。过徐州、淮阴、扬州，很快就到了长江边上，江面上一片迷蒙，江中有两座山，金山和焦山，他掠过金山寺里有着古老传说的那座塔，又来到辛弃疾赋过词的北固山上。离开镇江,接下去是常州、无锡、苏州,在虎丘上,他能清楚地看到深深的剑池在阳光下反射出一点金光。接着,他从苏州进入了吴淞江,这时,他放低了飞行高度,沿着宽阔的吴淞江面前进。他几乎是在超低空飞行,江水因飞行器的大翅膀扇动的气流卷起滚滚波浪,他似乎还能闻到两岸稻花的香味,听到骑着水牛的牧童吹奏的笛声。

"对,就是这条路线。"他对自己说。他似乎已经能够想象到在这个清晨,他的家人和朋友发现他突然从空气中消失了,他们会等待他回家,但是他们永远都等不到了。家人不敢公布大学士失踪的消息,只能被迫在几个月后,对外宣称大学士已经突然病故。他们会用船载着他的棺材从北京运到上海,走大运河的水路,进入吴淞江。只不过,那时候他的棺材里装着的,应该只是一堆石头和衣服而已。想到这些,他就在飞行器上轻轻地笑了起来。

当下午就快过去的时候,他终于飞到黄浦江的上空。飞行器的翅膀掠过江面,激起一阵浪花,船上的水手目瞪口呆地看着这架巨大的机器从他们面前经过。飞到了码头,他能看到上海城墙和城门,还有高高的丹凤楼。他拉了一下铁弦,翅膀扇动的角度和频率立刻改变,飞行器迅速地上升。从城垛到一层楼,再到二层、三层——也就是当年那十五岁少年撑着油纸伞准备纵身一跃的地方。最后,他飞到了丹凤楼的屋檐上面。

此刻,已经是黄昏了,江面被涂上了一层金色,江上的船帆和江岸的芦苇随风摇晃着。对面浦东的田野一望无际,覆盖着一片金色的余晖。于是,他又想起自己少年时代最大的遗憾——这里看不到大海,也看不到落日。

但现在，他看到了，就在这里，在丹凤楼顶几十丈之上的空中，同时看到了大海与落日。

是的，飞行器的右面是灿烂的夕阳，而左面是茫茫的大海。夕阳和大海都在极远的地方，夕阳在地平线上挣扎着，放射出回光返照的光芒。而浦东原野另一头的大海，正在滩涂上涨潮，汹涌地扑上海岸线和大堤。

这是他七十多年的生命中看到的最美丽的大海和夕阳。而脚下，那上海最高的建筑物和县城内密集的房屋却都显得那么渺小。他继续提升飞行高度，视线里的大海越来越广阔。最后，乘着夕阳的余晖，他驾驶着飞行器向东飞去。

他越过黄浦江，整个浦东都在他脚下了，低洼处种植着水稻，而近海处种植着棉花。正是农家做饭的时候，下面满是飘起的炊烟。飞行器掠过田野，终于，他看到了一块高出地面的小土岗，他知道那就是大堤，大堤之外就是大海了。

飞行器飞过了大堤，眼前是片灰色的大海，那是正在涨潮的大海，海浪汹涌。这里的海水很淡，因为长江口就在附近。江水与海水混杂在一起，有时清浊分明，有时则混为一色。

他明白自己已经离开大陆了。他的意大利老朋友对他说过，大陆之外，是更为广阔的大海，中国的这片大陆并不是世界的中心，中华文明也不是世界唯一的文明，中国之外的世界很大。大海则是世界上最宽阔的空间，经由大海，基督的使者可以从遥远的欧洲来到中华，可以去往世界上任何一个角落。而他，也可以从中国出发，经过大海，到达世界上任何一个地方。现在他在天空中，意大利老朋友没有说过天空的意义，没有说过经由天空可以到什么地方，最多只是说——从天空可以到达天堂。现在，他想告诉已经进入天堂的意大利老朋友，经由天空，不仅仅可以到天堂，而且，可以拥有整个世界。

现在，整个世界都属于他了。

他继续向大海飞去，离大陆、离长江口越来越远了，海水越来越蓝，展现出海洋的本色。无边无际的大海上，海天一色，除了波浪什么也没有。天色终于完全昏暗了下来，在一片昏暗中，太平洋西岸的东中国海上空，有一架中国人徐光启制造的飞行器，正载着这个七十多岁的老人，飞向未知的远方。

远方是何方？

这是一个问题，这个问题，直到今天依然困扰着我和我的朋友们。

海天茫茫。

尾　声

我小时候，住在闸北靠近老闸桥的一片弄堂里。在过街楼上有两间房子，房子上面，还有一个小小的阁楼。阁楼虽小，却有一个天窗，这种天窗在过去的上海随处可见，上海人称之为"老虎窗"，据考证这个词出自英文。

那时我很小，老虎窗下有一张床，我就站在床上，把头伸出窗外，看着窗外的屋顶。屋顶上净是瓦片，还有瓦片缝隙间长着的青草，有的人家还在屋顶上放个装满泥土的脸盆，养一些洋葱头。

当时，有一户人家养着鸽子，那些鸽子常从我的头顶飞过，我就把头伸出老虎窗看。领头的那只鸽子浑身雪白，漂亮极了，扇动着翅膀，引领着身后的鸽群。我时常想象着，那只白色的鸽子，它在天空

飞行时所见到的地面究竟是怎样的景象。那是 20 世纪 80 年代的上海
闸北,它会见到大片的弄堂,无数的瓦片,那些黑色的瓦片就像鱼鳞
一样覆盖着这个城市,使得这个城市有些海洋的味道。它还会见到一
个个老虎窗、屋顶盘踞的野猫、瓦楞上的青草,还有一个把头探到屋
顶上的小男孩,那就是我。

后来别人告诉我,我小时候居住的这片地方的所有房屋,都是在
1937 年以后才建起来的。1937 年以前,这里也是很大的一片居民区,
但在 1937 年的那场战争中,日本军队出动了轰炸机,对闸北的居民
区进行了大轰炸,那就是有名的闸北大轰炸。这一带全部被夷为平地,
死者不计其数,绝大多数都是平民,其中还有许多女人和孩子。还有
南市,也就是 16 世纪的上海县,以及曾经被日本海盗占领,后来又
筑起城墙打败了日本海盗的老城厢,也遭到了大轰炸,许多古老的建
筑化为灰烬。浦东的沿海停泊着一艘航空母舰,从航母上起飞了许多
轰炸机,对驻守宝山的中国军队狂轰滥炸。我完成这篇小说的日子,
也就是今天——9 月 7 日,1937 年的这一天宝山的城墙被轰炸倒塌,
姚子青战死。进入 10 月,最为惨烈、最为关键的大场争夺战是在蒋
介石的亲自指挥下进行的,在日机的轰炸下,上海于 26 日失守,师
长朱耀华自杀。

在上海战事爆发后的第二天,中国空军轰炸了黄浦江中的日本第
三舰队旗舰"出云"号,但是没有命中。战争的第五天,中国空军在
杨树浦上空击落日机一架,一架中国战机受伤,飞行员跳伞后被日军
包围,他用手枪击毙了九名日军后壮烈牺牲。据我查找的资料,这是
中国空军在上海仅有的两次战斗。

现在清场的人来赶我走了,我匆匆地走出了足球场,人们早已散

去，球场外的空地很安静。一阵风掠过我的头发，忽然间，我的脑海里出现一个奇怪的念头——我想去看海。

于是，我搭上一辆末班车，在经过一个小时的颠簸之后，终于来到了海边。上海的海边其实并不美，所谓的海滩不过是泥浆般的滩涂，在海水退潮的时候是看不到海的。而此刻，荒凉的海边一片黑暗，什么都看不到，海浪声也微乎其微，只有月亮高高地挂着。

我知道，或者说我期待今天晚上所要发生的事情。我就这样静静地站着，睁大眼睛，直到我看见一架有着两只巨大翅膀的原始飞行机器从我的头顶掠过。

祝你一路平安。

黄包车夫与红头阿三

　　下午六点，黄包车夫小苏北像往常一样，拉着车赶往英租界靠近静安寺的一条小马路，去接孙小姐。小苏北的车行位于华界的老闸北，他小心地避过老闸桥上的红头阿三，沿着南京路往西一溜小跑，有人叫车他也一律不予理会。如果放在今天可以投诉他拒载了。

　　小苏北今年只有二十岁，两年前家乡发大水，他独自一人来到上海，进了车行拉人力车，上海人称为黄包车。小苏北虽然生得瘦小，两条腿却跑得特别快，农村人耐力又足，如果练长跑，保不准就是块世界冠军的料。可那年月吃饭是第一大事，扣除他每个月必须上交车行的这个费、那个费，剩下的只够一日三餐了。

　　可更要命的是，车行不给他发执照牌，就像是今天出租车的营运证，没有这块牌子，那就是非法营运的黑车。在华界，那些穿着黑皮的警察总是睁一眼闭一眼，可一进租界，那些红头阿三锃亮的眼珠子就会围着你转。如果被逮住了，劈头就是一警棍，接下来轻则罚款十个大洋——小苏北一个月都挣不到这么多钱，重则把车给扣下，那真是砸了他的饭碗。

　　红头阿三是上海人对租界里印度巡捕的称呼，其实他们只是印度的一个少数民族，叫锡克人，信仰锡克教。每个锡克男子都留长发，以红色头巾缠头，所以得了这个外号。他们身材魁梧、骁勇好斗，常被召到英属殖民地军队中服役。除此以外，他们还是最出色的看门人，就像过去中国人在海外无外乎开餐馆与洗衣服，印度人在海外就是看大门，直到今天，香港许多摩天大厦仍由这些红头阿三把门。上海人一向非常讨厌他们，因为通常他们是英国人的狗腿子。最讨厌他们的，还是上海的人力车夫们，人力车夫和红头阿三的关系，就好像猫和老鼠一样。

六点半了，南京路上依旧灯红酒绿，上海的夜生活才刚刚开始。小苏北来上海两年了，无数次从南京路上拉着车走过，却从没来玩过。他的消费地点主要是在老北站。过了哈同花园，小苏北有意无意地往这栋上海最大的豪宅里望了一眼，但他没有见到那个犹太人大亨哈同。再拉一会儿，转进一条幽静的马路，过一个十字路口，就到孙小姐的公寓了。

十字路口有一个红头阿三，但小苏北并不害怕，因为他们认识，小苏北向那脸膛黝黑、高鼻深目、身材魁梧的印度人打招呼："喂，阿甘！"

"小苏北，侬好。"他居然会说上海话。

小苏北在孙小姐的门前等了一会儿，孙小姐终于出来了，穿着一件红色的旗袍，身体的曲线都被勾勒了出来。她优雅地坐上了小苏北的车，带着苏州口音轻轻地说："小苏北，还是去老地方，霞飞路1338号。"

小苏北把她拉走了，孙小姐临走的时候还看了那个叫阿甘的红头阿三一眼，给了他一个微笑。但今天阿甘却觉得，孙小姐的这个微笑里似乎带着一种淡淡的忧伤。阿甘目送着小苏北拉着孙小姐远去，他注意到孙小姐新烫了一个发型，不是很时髦，但的确很美。

若不是皮肤黑了点，年轻的阿甘其实可算是个美男子，就像过去常在中国放映的那些印度电影里的男主角。不过黝黑的皮肤恰恰能显出他的男子气概，他高高的鼻梁有些像施瓦辛格，而乌黑的大眼睛则酷似阿兰·德龙。在印度人中，他也算是特别聪明的，英文说得很棒，到中国没几年，连上海话都会说了。他在这个十字路口站岗已经有两年了，既是交通警，又是巡警。所以，他和孙小姐已经很熟了。

阿甘第一次见到小苏北是在一年前，小苏北拉着孙小姐回家，阿甘一眼就看出小苏北是没有牌照的。虽然他不像别的红头阿三那样凶狠，但还是拦住了黄包车。小苏北见状腿都发软了。可这时候孙小姐却说："阿甘，算了吧，他也不容易。"

孙小姐的话就像是一盆清水，一下子浇灭了阿甘所有的火气，阿甘笑了笑，就放过了小苏北。后来小苏北每次来，阿甘都只当没看见，最后竟似乎有跟小苏北交上朋友的感觉。阿甘要下班了，他又想起了孙小姐，不禁轻叹了一口气。

每次拉孙小姐的车，小苏北总是卖出十二分的力气，其实孙小姐保养得很好，可以说是魔鬼身材，拉起来很轻松。不像有些大腹便便的外国老板，有汽车不坐，偏偏要坐人力车，想见识一下中国的风情，却苦了瘦小干巴的小苏北，拉着二百斤的一团肥肉满上海乱转，还要躲避随时可能出现的红头阿三。

小苏北的额头渐渐沁出了一些汗珠。

"累了吧？"孙小姐在后头说，她温柔地拿出一块手帕递给了他。

小苏北接过手帕，一种诱人的香味灌入了他的气管。给拉车的递手帕，全上海恐怕只有孙小姐做得出。

"孙小姐，你真好。"小苏北一只手继续拉着车，另一只手轻轻地擦了擦汗，手帕细腻的纤维触碰着他的皮肤，让他脸颊上一阵发红。

拐进了法租界的霞飞路，就再也用不着担心红头阿三出现了。霞飞路也就是今天的淮海路，东段一直是全国有名的商业街，而西段至今仍是上海的高级住宅区。这时，小苏北突然感到车子颤动了起来，于是他回过头去，发现孙小姐浑身发抖，在用另一块手帕擦着眼泪。

"怎么了？孙小姐。"

"没事，小苏北，真的没事。"

"昨天在路上你也这样，为什么？"

孙小姐却答非所问地说："小苏北，如果我赚够了钱，一定雇你做我的车夫，好不好？"

"那太好了。"小苏北做梦都盼着这一天。

"还有，我还要雇阿甘给我看门。"她不哭了。

阿甘下班了，他回到巡捕房的宿舍。吃完了饭，先做祷告，然后就躺在了床上。他的床头有两张照片：一张是他在印度旁遮普老家的妻子和两个儿子的合影，另一张是孙小姐的。

所有的红头阿三都是虔诚的锡克教徒，阿甘也是。他不停地在心中做着祈祷和忏悔，但脑海里却始终抹不去孙小姐的身影。他每天晚上六点多临下班的时候，就会看见小苏北拉着车来接孙小姐，而第二天的早上六点多，他上班的时候又会看到小苏北拉着孙小姐回来。他早就明白了孙小姐的职业，这种职业让他恶心。在上海有许多这样的女人，他见过许多，但他又不敢对孙小姐有什么看法，因为她实在不像那种女人。

这个幽静的路口，通常会让阿甘在上班时闲着没事做，他就趁着空闲悄悄地观察孙小姐的公寓。由于孙小姐这种晚出早归的工作时间，她的房间每天上午总是窗门紧闭不见人影。通常要到午后才能见到她，她会在二楼临街的晒台上吃一顿简单的午饭。吃过午饭，就在晒台上的一张大遮阳伞下听音乐。这时站在马路上的阿甘就会听到从孙小姐身边的留声机里传出的那首《我爱夜来香》。

对于笃信宗教的红头阿三而言，这种靡靡之音可以说是魔鬼。可阿甘不这么认为，他总是傻傻地抬着头，看着孙小姐，沉浸在乐声中。此刻刚巧路过的黄包车夫总是会对这个红头阿三投来蔑视的目光。有时候，孙小姐的视线也会扫到马路上，就会和阿甘的目光撞到一起。孙小姐会赐予这个漂亮的印度小伙子一个微笑，阿甘却不敢笑，肌肉僵硬地咧一咧嘴。于是孙小姐就会和他聊上几句，她的声音像手指一样拨动着阿甘的心弦。也常有许多小流氓来骚扰孙小姐，每一次阿甘都会挺身而出赶走他们。有一回，阿甘甚至在孙小姐的楼下站了一整夜，帮她逮住一个经常到她家偷东西的贼。孙小姐对此感激不尽，有时还会送给阿甘两张电影票，可阿甘从不敢去看电影。

最近几天，阿甘发现孙小姐似乎有些反常，每次早上回家步履总是很缓慢，有一回差点跌倒，还是阿甘扶了她一把。阿甘扶着她柔软的腰肢和手臂，心头狂跳不已，他明白自己犯了戒。孙小姐谢过他，面无血色地走进了家。

阿甘祈祷了好一会儿，但没有用，又胡思乱想了很久，直到很晚

他才睡着。他梦见自己被一根绳子勒住了脖子，被高高地吊起，许多
人看着他，其中一个是小苏北。他在临近断气时用目光搜寻着孙小姐，
直到他从噩梦中醒来，始终没有找到她的身影。

　　小苏北拉着孙小姐到了霞飞路 1338 号，这是他连着第七天送苏
小姐到这个地方。这是一座高大华丽的洋房，据说里面住着一个跺一
跺脚能让上海滩发抖的英国大老板。孙小姐下车的时候又明显颤抖了
起来，按理说她在上海的风月场上已经很有经验了，此刻却有些神情
恍惚。但小苏北没看出来，只注意到她下车时大腿上露出来一块大大
的淤青，紫红色的，像一朵美丽的花，他看得出那是新近才受的伤。
　　"孙小姐，今天我们还是回去吧。"
　　"好的……不，不能回去。"小苏北第一次发现她如此紧张。
　　很快她又恢复了常态，说道："小苏北，老样子，明天早上六点
你来这里接我。"然后她拿出一把大洋，都塞在了小苏北手里。
　　小苏北从没见过这么多钱，一时手足无措，急忙说："孙小姐，
用不着那么多。"
　　"再见，你快走吧，我的客人等得不耐烦了。"她急匆匆地跑进
了洋房。一个仆人给她开了门，然后立刻砰的一声把门关紧了。
　　小苏北拉着车回车行，却发现从法租界通往英美公共租界的每一
个路口，都站了一个红头阿三。完了，他必须绕远路了。于是，他又
回到了霞飞路 1338 号门口，他突然想起了什么，于是坐在那栋洋房
的马路对面，从怀中取出那块孙小姐给他的手帕。手帕上的香味经久
不散，让小苏北有些想入非非，但他立刻又让自己清醒过来。他看着
那栋豪华的洋房，虽然不懂什么是法国式的屋顶，但也能看出来那一

块块红砖的确与英租界的有很大区别。

时间一分一秒地过去，他却不愿意走，从怀中掏出了半块发硬的馒头充饥。不知到了几点，洋房里所有的灯光都灭了，只剩下最上层的一扇窗户里还透出些光亮。在那光亮中，小苏北能依稀看出两个人影：一个男人，一个女人。那女人的身影他很熟悉。影子在杂乱无章地晃动着，像两个野兽。小苏北低下了头，他居然想哭了。

第一次见到孙小姐是在一年前的国际饭店门口，清晨六点，小苏北没有生意，他抬头仰望着这栋当时的远东第一高楼。一个艳若桃李的女人出现了，她就是孙小姐，她满脸倦容地从国际饭店里走出来，上了小苏北的车。在她的公寓门口，小苏北认识了红头阿三阿甘。

这天傍晚六点多，小苏北拉着一个客人又到了阿甘所在的十字路口，刚下客，孙小姐就从公寓里出来了，她说怎么这么巧，然后又坐上小苏北的车去了老西门的一户人家。在车上，她对小苏北说，既然我们很有缘分，明天一早你就到老西门这里来接我回去吧。

于是，小苏北就和孙小姐说好了，每天晚上六点半来接她，次日一早六点再接她回家。一开始，小苏北还很疑惑为什么这个漂亮女人要晚上出门，早上回家，后来经车行里的老师傅一点拨才明白了是怎么回事。

小苏北实在想不明白天底下居然还有干这一行的，就有了些瞧不起孙小姐的意思，可孙小姐待他真的很不错，就像姐姐待弟弟那样。小苏北在上海混得久了，这类女人见得也多了，像孙小姐这样待他好的，倒是只有她一个。若换了别的浓妆艳抹的女人，总是把拉车的当牛马来使唤，而黄包车夫们也都暗自在心中骂着这类女人——婊子。

月亮已升到头顶了，西段的霞飞路上没什么人，只有一个年轻的黄包车夫和他的车。小苏北忍不住又向对面楼上的那扇窗望了一眼，鬼魅般的影子还在晃动着。小苏北把头埋在膝盖间，昏昏沉沉地睡着了。

不知过了多久，一阵惨叫声把他惊醒了。是女人的惨叫，声嘶力竭，充满恐惧，回荡在深夜的霞飞路上，小苏北的心被它揪了起来，又被抛到很高很高的天上，再落下去。他突然觉得整条霞飞路每一座豪宅都像是妖魔鬼怪的洞窟，充满了邪恶，仿佛要把他给吃了。

小苏北睡意全消，手心里全是汗，站起来走动着，等待天明的到来。可时间却过得特别慢，月亮继续高高地挂着，偶尔有几辆黑色的福特轿车从霞飞路上驶过。对面的灯还亮着，他们在干什么？小苏北有些痛苦，但他无能为力。

东方开始有了些白色，小苏北焦急地等待着，他不知道时间，于是趴在洋房前的铁栏上向里张望。突然门打开了，一个穿旗袍的女人罩着一块头巾，蒙着脸，跌跌撞撞地冲出了门，门里一个家仆样子的人在后面轻蔑地说了句："贱货。"

小苏北听见了，他真想冲上去揍那个家伙。孙小姐已经到了他的面前，他看不到她的脸，一把扶住了她，她浑身无力地靠在小苏北身上，一句话也没说。他能感觉到孙小姐浑身在颤抖，他小心地把她扶上车，拉了回去。

回到静安寺旁边的那个十字路口，阿甘正好在上班。他看见小苏北把孙小姐拉回来了，但感觉不太对劲儿，于是他跑过去和小苏北一起把孙小姐扶了下来。他们要把她送进门去，孙小姐说话了："不，

夜宴图

我自己能行，你们回去吧。"她的话很轻，气若游丝。她很坚强地站
直了身子，头巾中只露出一双饱含忧伤的眼睛，她走进公寓，关上了门。

小苏北哭了，他不愿让红头阿三看到自己的眼泪，慌忙地拉着车
走了。

整个上午，阿甘都没什么心思，他徘徊在孙小姐的门前，望着她
拉起的窗帘。午后，他没有见到晒台上有人，下午，依旧不见孙小姐
的身影。阿甘的心里乱极了。忽然，他听到了留声机的乐声从孙小姐
的窗户里传出，这让他略微放心了一些。午后的阳光像箭一样射到了
阿甘身上，他像个木头人似的在留声机放出的音乐中一动不动。这时
阳光突然泛出红色，就像血的颜色，让阿甘有一种嗜血的感觉。

烦躁不安的感觉又开始折磨他了，他再也无法忍耐，于是翻过了
墙，跳进了孙小姐的公寓。他打开门，冲了进去，客厅里没有人，阳
光把他的影子拉得长长的，像个印度僵尸。阿甘循着留声机传出的音
乐，跑上了二楼，每前进一步都让他发抖。他用战栗的手打开了孙小
姐卧室的房门。

他见到了孙小姐，但一开始不能确定那就是孙小姐。

孙小姐躺在床上，这张脸他已不再认得。这是一张被摧残过的脸，
被一个残忍的男人摧残过的脸，尽管这张脸在昨天还足以沉鱼落雁。
如血的阳光洒在她可怕的脸上，但她还是如此安详，从容不迫。

她穿着那件红色的旗袍，她的右手放在心口，左手垂下了床。左
手手腕上有一道长长的伤口，伤口切得很深，皮和肉都翻了出来，红
红的，就像是她性感的、迷倒了这个城市中许多男人的红唇。深深的
伤口中，动脉隐约可见，一道血正汩汩地向外流着，血顺着她五根纤

094

细的手指，像蔻丹似的涂满了指甲。血流到了地上，已经有一大摊了，一地的暗红色，被阳光涂上一层夺目的光彩。阿甘仿佛看到孙小姐的生命也随着血流到了地上，被阳光摄去了。

留声机中传出的音乐充满了整个房间。

阿甘摸了摸孙小姐的脉搏，痛苦地抱住了头。这时他见到了桌上堆着十根金条，金条边有一张纸，阿甘认识汉字，纸上写着孙小姐留下的最后的字迹：给小苏北和阿甘。

阿甘明白，这十根金条是孙小姐一生的积蓄，是她用自己的身体换来的。

阿甘瘫软下来了，阳光像剑一样，刺穿了他的灵魂。

小苏北在六点半的时候准时到了孙小姐家门口，却发现她的门口贴着巡捕房的封条。他迷惑地站着，直到看见阿甘拎着一个沉甸甸的包袱向他走来。

小苏北发现阿甘的脸被夕阳涂上了一层血色。

孙小姐送给他的那块手帕也落到了血色的夕阳中。

一个月后，上海著名的英文报纸《字林西报》上报道了这样一条英语新闻，现翻译如下：

　　本报讯　昨日霞飞路1338号的一栋豪宅内发生一起凶杀案。英国克来福公司董事长布朗先生在自己的家中遇害，身上共发现二十七处刀伤。两名凶手已被当场缉拿，其中一名华人，二十岁，以拉黄包车为业；另一名印度人，二十三岁，供职于英租界巡捕房。两名凶手的行凶原因不明。另据消息灵通人士透露，布朗先生生前有性虐待的癖好，经常召妓，并施以殴打，乃至将其毁容。

小苏北由法租界的刑事法庭审判，判处死刑，于1935年7月14日，也就是法国的国庆节被正式处死。

那天阳光明媚，万里无云，小苏北面对着一排黑洞洞的枪口，却一点也不害怕。他打量着法国军官漂亮的军服，仔细地琢磨着军官的那顶帽子，他想提醒军官，你的帽子戴歪了。他刚要开口，枪响了，六颗子弹灌进了他的胸膛。

阿甘由英租界的军事法庭审判，被判处无期徒刑，流放于印度洋上的安达曼群岛。一直关到印度独立，阿甘才被大赦放了出来。

阿甘寿命很长，而且子孙满堂。2000年，八十八岁的阿甘穷其一生的积蓄再次回到上海。他发现这座城市与六十多年前相比已有了巨大的变化。在他当年站岗的十字路口，一个年轻的交警正在给一辆违章的出租车开罚单。孙小姐的公寓早就被拆除了，那里建起了一座三十层的高楼。而霞飞路1338号的那栋发生过命案的洋房依然存在。

年迈的阿甘又来到了上海西郊的一座荒凉的小花园中，六十多年了，这个小花园什么也没变。他借了把铁铲，拼尽最后一点力气在一株比他还老的大树下挖了起来，不一会儿，他挖出了一个包袱。他打开包袱，里面是十根金条。

1935年5月27日，就在这个花园里，小苏北和阿甘一起，把这十根孙小姐留给他们的金条埋进了大树下。

那个夜晚，小苏北对阿甘说："我们两个，如果谁能活下来，这十根金条就归谁。"

天空中乌云掩盖着月光，黑漆漆的夜色中，两把刀子的寒光映出他们的脸。

阿甘带着十根金条，在上海到处寻找小苏北和孙小姐的墓，但始终都没有找到。但他最后竟奇迹般地找到了小苏北的哥哥的后人，他伸出颤抖的手把五根金条交给了他们。

在回国前的那天，他来到黄浦江边，外滩的大楼让他很容易就想起了往事。黄浦江水滔滔不绝地向长江口流去，在江水中，满头白发的阿甘仿佛看见了十字路口那个英俊的印度巡捕，那个年轻的黄包车夫，还有，美丽无比的孙小姐。

然后，阿甘把剩下的五根金条全都扔进了黄浦江里。

祭

（《青铜三部曲》之二）

引　子

　　血是这样一种东西：它蕴含着力量，蕴含着生命，蕴含着灵魂。它居住在你的体内，像大江大河一样奔流不息，使你的生命获得力量，使你的肉体和灵魂保持活力。

　　所以，不论从科学还是宗教，或者是哲学的角度来看，血都是神圣的，正因为如此，我们的历史才布满了鲜血。这些血来自一个个肉体，也来自一个个灵魂，这些灵魂正看着我们，我们其实也在看着他们，血是我们和他们之间的桥梁。踏上这座桥梁，我们得以抵达历史的彼岸，从那一片血红中窥视我们的祖先和我们的民族。

　　国君喜欢把他的宫殿布置得像迷宫一样，巨大，神秘，深不可测。在这迷宫的中央，我们的国君正与他的儿子——公子文对坐着。

十八岁的公子文嘴唇上覆着一层淡淡的绒毛，目光在灯火下炯炯有神，他平静地对国君说："父王，我是不是快死了？"

"不，孩子，你不会死的。大司命说，上天会拯救你的。"国君拍了拍儿子的肩膀，然后离去了。

"我是不是快死了？"公子文轻轻地问自己。然后，他也离开了这里，走进了迷宫般的长廊。

迷宫似乎永远也没有尽头，虽然从小生活在这里，但他还是常常迷路。据说国君这样安排是为了使敌人无法找到他们，从而赢得逃生的时间。在永无休止的长廊与甬道间，公子文绝望地倒了下来。

公子文是国君唯一的儿子。国君在四十岁前始终没能让他的众多妻妾怀孕，直到在大司命，也就是掌管王室宗教祭祀的官员的提议下，他举行了一场隆重的祭天求子的仪式，将三百名童男子的鲜血涂满国君的全身，第二年，公子文诞生了。他五岁就识字，十岁就会写祭文，十五岁给周天子写颂诗，他是国君的骄傲，他被公认为这个诸侯国最优秀的继承人。但是现在，他自己都不相信了。

突然，公子文的胸中又升起了一股热血，就像是一群渴望跳出水面的鱼，它们在公子文的胸口跳跃着，如此快乐。终于，这些不安分的血跳出了他的气管，跳到了地板上。长廊柱子上的一把火快活地燃烧着，照亮了这摊来自公子文胸中的血。这摊血刚才还生龙活虎，现在却失去了生命，静静地躺在地板上。刚开始，这摊血还在火光下闪闪发光，如一块红色的丝绸，只过了一会儿，就慢慢干涸了，越来越暗，成为一摊印记，暗红色的。他突然觉得这血仿佛已离自己很远很远，就像是遥远的古代某位先祖留下来的那样。

在公子文绝望的目光中，血越来越模糊了。

"我究竟还能活多久？"一个青铜时代的人，在每天都吐一口血的情况下，总是会对自己这样发问。

这座巨大的宫殿有上千个房间，每一个都蕴藏着一个秘密，这是罪恶，就像宫殿本身。公子文再次穿过漫无边际的长廊，从靠近屋顶的狭小窗格里射进来的光照亮了他的脸，而他的身体则处于昏暗之中。

他产生了一种欲望，于是依次打开了一个又一个房间。过去他从不敢打开这些沉重的门，他只在国君给他划定的空间里生活，这些近在身边的房间，却依然是神秘且陌生的。

他来到了一个不见天日的甬道，幽暗的反光在他的面前铺出了一条路，走到尽头，他打开了一扇从未开启过的门。公子文没想到，在这座宫殿的深处，还有一座更隐秘的宫殿。他更没有想到，宫殿中的宫殿里还有一个王子。

是的，当公子文发现那个坐在竹席上的年轻人居然和自己一模一样时，他的惊讶是无需怀疑的。他们简直就像是从同一个模具里浇铸出来的两件青铜器。那个人穿着和他一样的长袍，戴着相同的冠，以同样惊诧的目光盯着他。

"你是谁？"那个人先开口说话了。

"你是谁？"公子文以同样的话回答。

"我是公子文。"那个人的回答让公子文大惊失色。

公子文后退了一步，用双手捂着疼痛的胸口。又是一口血，重重地吐在了干净的竹席上。

"你怎么了？"那个人关切地向他跑来。

公子文的恐惧随着他的靠近越来越强烈，他忍着痛楚，转身就跑，离开了这座宫殿中的宫殿。他以为这只是一个噩梦，可惜不是，阳光透过窗格照着他残留着血迹的嘴角。他是谁？究竟是谁？居然和自己一模一样！公子文绝望了。

这天，是公子文的新婚之夜。

婚礼非常盛大，气势恢宏，大殿里堆满了无数的酒和肉，所有的人都醉倒了，一向忧心忡忡的国君和大司命也露出了笑容。最后，新人被送入了洞房。

新娘是世代与王室通婚的上大夫家的女儿，她和公子文同龄，是这里所能找到的最美的女子。在以红色为基调的新房里，她的脸被火光映得红红的，就像一枚成熟的果实，她已经熟透了，就等着男人来摘。她是第一次见到公子文，火光下公子文的脸上有了几丝血色，他抵挡不住新娘的目光，靠近了她。

"你叫什么名字？"

"香香。"从香香的身体里传出了一股香味，刺激着公子文所有的感官。他的手颤抖着伸向了她，当即将触摸到她的脸时，他突然像遭到了电击一般痛苦地把手缩了回来。

他轻轻地说："睡吧。"

她轻轻地褪去了衣服，全身都暴露在火光中，皮肤一片红润，闪闪发光。她的身体完美无缺，像一个沉睡了千年的宝藏，正等待着公子文来开启她的秘密。显然，香香在出嫁前就接受过这方面的教育了，她是那样从容不迫地面对一个女子总要面对的这一天，对她来说，这一切是那样顺理成章，天经地义。她轻轻地躺在了锦缎铺就的地上，向公子文敞开了一切。然后她又闭上了眼睛，准备忍受那快乐的痛苦。

时间一分一秒地流逝，新房里寂静得可怕，只有象征生命的火在燃烧。香香在地上躺了很久，她所等待的那种痛苦却一直都没有降临，她很奇怪，终于睁开了眼睛，发现房间里只剩下她一个人了。是的，新郎不见了。

公子文又去找那个宫殿中的宫殿了。

今晚，宫殿中的每一个角落，都挂着红色的布匹和灯笼，为了不打扰公子的新婚之夜，宫人们都退下了，现在空荡荡的长廊成了真正的迷宫。公子文再也找不到那个地方，一切都在重复，长廊之后又是长廊，房间之后还是房间，一圈又一圈，直到他筋疲力尽。

也许世界就是这样的一个迷宫，是一种荒谬的重复，就如同公子文身体里流动的血。血液在他的血管里循环往复地流动了十八年，血管就是一个人类肉体内部的大迷宫，只有不安分的血才会走出迷宫，找到出口，比如公子文现在吐出来的血。

他终于倒下了，在一个拐角处。

胸中有一团东西，滚烫火热，充满着力量，这是血的力量，血对肉体的反抗，血渴望着自由。在与不安分的血的搏斗中，公子文终于醒来了。他看到了眼前的那张脸，还以为自己在照着镜子，他笑了笑，"镜子"里的他也笑了笑。

好久他才明白，这不是镜子，而是另一个人。

"你终于醒了，欢迎来到我的宫殿。"那个人是充满善意的，他的目光关切地注视着公子文，公子文伸出了手，两个人的手握在了一起。现在他感觉到不同了，自己的手是那样冰凉，而那个人的手则充满温暖。

公子文觉得已经没有必要再探究他是谁了，既然这个世界对他来说就是一个大迷宫，那么，多一个谜也没有关系。他爬了起来，发现自己躺在一间豪华的房间里，所有的摆设和装饰都与自己的寝宫相同。他们走出了房间，一个小小的天井式庭院安静地坐落在清晨的阳光下，就和公子文的房前一样。

"昨天，你吐血了。"

"是的，我快死了。"公子文平静地说，他的脸在阳光下更显苍白，这使得他与那个人有了微小的差别。

一只虎皮鹦鹉飞到了庭院里，它停在一枝海棠花上，展示着美丽的羽毛。那个人向公子文做了一个嘘声的手势，然后悄悄地拿了一只簸箕，又用一根拴着绳子的小木棍把它撑起来，再撒了一把谷子在下面。不一会儿，漂亮的鹦鹉就进入了这个陷阱，那个人轻轻地一拉绳子，鹦鹉便被罩住了。那个人熟练地用绳子拴住了鸟腿，然后把鹦鹉交到了公子文手里。

"这只鸟送给你了，算是我的见面礼吧。"他对公子文笑着说。他的身手矫捷，精力充沛，在这里，公子文觉得自己是那么相形见绌。

"谢谢。我该走了。"公子文带着鹦鹉，走出了这座宫殿中的宫殿。这里仿佛是一个同比例的复制品，一切都那么完美。

回到自己的寝宫，他在门外隐隐听到了一个女人的哭声，他悄悄地走了进去，香香穿戴整齐，正在啜泣着。

"你回来了。"香香回过头去，手忙脚乱地抹去了泪水，恢复了正襟危坐的样子，眼睛不敢正视公子文。

公子文把鹦鹉拴在了窗格上，对香香说："对不起。"然后他的胸口又是一阵剧烈的疼痛，一口叛逆的血跳了出来。

香香惊叫了一声，赶紧扶住了公子文，她一时手足无措，慌乱地抱着她的新郎。公子文擦擦嘴角的血，安宁地躺在香香的怀里。从她的怀里，他嗅到了那股浓烈的香味，天生的香味，就像是为他送葬涂抹尸体的香料味。他希望一直这样下去，永远都不要得知那个迷宫的真相。

他闭上了眼睛。在一片模糊中，他感到自己的脸上忽然一热，那种温暖让他冰凉的脸颊恢复了生气。这热气在他脸上的毛孔间滚动着，奔流着，一如他毛细血管里那不安分的血。又是一滴，终于，他睁开了眼睛，他看到一双美丽的大眼睛正对着自己，离他那样近，其中充满一种古老的液体，现在已滴落到了他的嘴角，味道咸涩。又是一滴，香香的眼泪也带着那股香味，滴答滴答地溅落在公子文的脸颊上。他的心头终于热了，他伸出手，抚摩着香香湿润的脸。

他感到自己的眼眶也跟着湿润了。但是，他终于挣脱了她的怀抱，像只逃跑的野兽，冲入了永远都没有尽头的迷宫——他要把自己的眼泪献给长廊。

公子文跟随着国君来到城外的祭坛。今天是祭天的日子。公子文坐在自己的马车上，一年了，他第一次走出深宫。猎猎的风卷过大旗，王国的徽记在阳光下灿烂夺目，公子文是这个王国唯一的继承人。

三百名俘虏被捆绑在高大的祭坛上，每个人后面都站着一个手持大刀的刽子手。在大司命的指挥下，经过了几道复杂的仪式，接着国君向大司命点了点头，刽子手们的大刀就在空中掠过了若干道美丽的弧线。

阳光耀眼，刀光夺目。老天爷是嗜血的，这是献给老天爷的礼物。

一瞬间，公子义满眼都是飞起的人头，这些人头都那么年轻，许多都是他的同龄人，如果他自己的头在里面，恐怕也不会有人分得清的。人头以各种各样奇怪的姿势旋转上了天空，又以各种各样的表情注视着公子文，有痛苦的，有愤怒的，有恐惧的，有忧伤的，有后悔的，有快乐的，也有平静的。这些头颅最终又按照自由落体的规律回到了地面，三百颗，在地面上滚动着，就像三百个皮球。天空和大地都被鲜血覆盖了，当然也包括公子文的眼睛。

公子文胸口那叛逆的液体又蠢蠢欲动了，它显然是受到了不远处那些痛快奔流的同类的吸引，对它来说那太有吸引力了。公子文一定要打败它，把它永远囚禁在自己体内，但他又一次失败了。鲜血再次从他嘴里吐出，这回吐得非常远，居然奇迹般地落到了祭坛上，与三百个俘虏的血混合在了一起。它们一起快乐地奔流着，它们向太阳奔去，它们是老天爷的午餐。

"我们生存的时代，就是一场大祭祀，人类，不过是祭品而已。在上天面前，我们是那样脆弱，那样不堪一击，我们生来就是要奉献给命运的供品，以我们的鲜血来满足自然的欲望。"公子文把他心中所想的全都倾诉给了他面前的这个人。他感到那是另一个他，对这个人说话，有一种自言自语的快感，所以，公子文心中隐藏的一切都能对他倾吐出来。

月光洒在宫殿中的宫殿上。在这个宫殿的中央，他们像两尊一样的雕塑面对着面，也许他们真的是不死的陶俑。公子文对面的那个他，眼睛清澈得如一潭井水，深深的井，在深宫之中无人知晓其存在，清凉，诱人，倒映着凄美的月光，展示出一种处于绝境中的美。总之，每天晚上的相会，他都会给公子文留下这样的印象，尽管他们几乎毫无分别。

接着，公子文看见面前的他从袖中取出了一个奇怪的小东西，椭圆形的，上面有几个小孔。既不像木头，更不是石头或金属，仔细看，才发现是陶质的。那个人把小东西放在了唇边，他的唇永远都是血一样的红色，甚至胜过所有女人。公子文看见他的唇动了起来，一抿一合，优雅极了。同时，一阵奇特的乐音，也从那个小东西里传了出来。原来这是件乐器，公子文想起来了，这件乐器是——埙。

埙的声音有些像男中音，仿佛是从一个神秘的山洞里发出来的，有一种厚度——泥土的厚度，因为埙是用土做的。泥土是平凡的，但渐渐地公子文又听出了不平凡的火的气势，那旋律就像一团燃烧着的炉火，发出青色的光焰，给人以温暖，又绝不伤害他人。没错，陶器毕竟是用火烧出来的。埙声四散飘扬，整个宫殿中的宫殿都充满了一种少有的泥土的芳香，在月光下，每个角落都好像绽开了一朵不知名的花。公子文完全沉浸于其中，这令他似乎忘记了胸中那可怕的血液和那致命的吐血病带给他精神上的痛苦。他在起起伏伏的旋律中放松了，听觉的、视觉的，甚至还有嗅觉的美都汇集在埙的乐声中。这种古典的凄美，如今已几乎绝迹了。

公子文看着面前的人，他微笑着吹着埙，仿佛是一幅永恒的壁画。公子文踏着埙的音阶，似乎越走越远，走出了这个迷宫。音阶越来越高，他就像是踏着祭坛高高的、似乎永无止境的台阶。在音阶的最高处，也就是祭坛台阶的最高处，有一个十八岁的少年，他有一张苍白凄凉的脸，他的血，不安分的血，布满了整个巨大的祭坛。

公子文在致命的埙声里夺路而逃，在巨大的迷宫里绝望地奔跑着，鲜血从他的嘴角喷涌而出……

漂亮的鹦鹉被关在竹笼里，它日渐忧伤，就和香香一样。香香独自一人在寝宫里看着孤独的鹦鹉，一个月了，公子文从不在这里过夜，她依然是一个完完整整的少女。现在她的眼泪又滴答滴答地落到了自己的手背上，凉凉的，就像公子文手心的温度。突然一只手按在了她的肩上，有力的手，来自一个年轻的男子，这只手仿佛具有某种魔力，一股神奇的力量深入她的肌肤和肉体。

"跟我来。"公子文在她的耳边轻轻地说。香香是不可能拒绝的，她跟着公子文，穿过无休无止的一条条长廊，她不明白迷宫的意义，只觉得一切都是相同的，只是在简单地重复。在令人压抑的迷宫中，她只有服从，只有忍受。于是，他们来到了那个宫殿中的宫殿。

在一个空旷的房间里，公子文又在她耳边说："我去去就来。"然后他走入一扇屏风之后。不一会儿，香香看见公子文又走了出来，他有些拘谨不安，坐在香香的面前，却一句话都不说。

突然，灯灭了，只有一丝极其微弱的月光，房间陷入可怕的黑暗之中。她看不清面前的公子文，周围寂静无声，仿佛自己面对的人已不再有生命。香香从小就怕黑，一直都要点着灯才能睡着，她现在浑身颤抖，扑到了面前的男子怀中。他的胸膛是那样温暖，香香的头贴着他，能听到他体内一声声有力的心跳。她听得出他的心跳在加快，就像战场上敲起的战鼓，呼唤着男儿们勇敢地冲锋陷阵。现在这鼓声也唤起了她面前的这个男子冲刺的欲望，怀里颤抖的女人的身体，就是他进军的目标。

"为什么不理我？为什么？"香香在他怀里轻轻地说。她的眼泪又下来了，黑暗中泪光却是亮的，发着异样夺目的光，宛如一串珍珠。她的手用力地拍打着男人，一个月来全部的委屈都发泄了出来，她非常渴望这一夜，她在心里有些恨这个面对她时无动于衷的男人，但现在躺在他的怀里，她又觉得自己一辈子都离不开他。

胸中突然烧起的那团火，促使她手忙脚乱地褪去了男人的衣衫……一切都在黑暗中进行，宫殿之中的宫殿悄无声息地见证了眼前这场诱人的游戏。香香终于满足了。

但是在另一个隐秘的角落，还有一双眼睛注视着她和他，那就是真正的公子文，现在你们可以明白究竟是谁使香香满足的了。月光渐渐地亮了，最终当公子文看见月光下的竹席中央那一摊来自香香的殷红的血时，他胸中的那些东西再也忍受不住了，对于它们而言，这种红色的诱惑是不可抗拒的，公子文强忍着没有发出声音，悄悄地把血吐在了角落里。

当香香满意地睁开眼睛时，灯突然亮了，公子文穿戴整齐地站在她面前，毫无表情地说："回去吧。"

"带我去上次的那个地方，我一个人找不到。"香香终于大着胆子对公子文说。这是在两个多月以后。

"不。"他看着鹦鹉，没有理会香香。他的鹦鹉一直都很忧伤，也许是在回忆自由的时光，他轻轻地问鹦鹉："你为什么不快乐？"

"为什么不这样问我？"香香忍不住了，自她新婚以来，只享受过一次真正的快乐，在那个她永远也找不到的地方。接下来的两个月，公子文仿佛那夜什么也没发生过，照样从不与她一起过夜。

"对不起。"他似乎永远只会对香香说这三个字。

"我——肚子里有了。"香香终于说出口了。这是一个奇迹，仅仅一个夜晚，就使她的腹中孕育了一个新的生命。

公子文以一种忧伤的目光看着她，在劫难逃似的长叹了一口气。然后，他离开了香香，他现在必须去那宫殿中的宫殿。

公子文再一次与那个他对坐着，仿佛在照着镜子。也许眼前的人只是他的影子而已，也有可能恰恰相反，他才是眼前这个人的影子。也许那个人才是真正的公子文，而自己只不过是做了一场梦而已。到底谁是谁的影子，谁是谁的梦，这是个亘古不变的话题，人永远也回答不了。

但是他必须承认，这个人是友善的，他们之间心有灵犀，他们有着几乎相同的外形，他们共有一个宫殿，甚至——共有一个女人。

对面的人终于说话了："对不起，明天，你就见不到我了。我不是公子文，你才是这个国家的继承人，我只是个奴隶的儿子，因为和你长得一模一样，才被大司命选进了宫中。我的任务就是做你的替身，穿你的衣服，住和你一样的宫殿，享有和你一样的权利，总之一切都和你一样。最后，我将在祭天的仪式中被处死，这样，万能的上天就会相信公子文已经死了，那么也就没有必要再来夺去你的生命了。所以，大司命说，在我死的那天，你的吐血病就会不治而愈，因为，已经有一个替身替你去死了，人界和冥界的生死已经平衡。你将活下来，你一定会活下来的。明天，就要举行祭祀了，他们不会告诉你的。"

这算是答案吗？公子文沉默了，他胸口的一团鲜血又冲了出来，高高地飞上了天空，又重重地摔下来，溅满了整个竹席。

"这对你不公平。"公子文说。

"这是命运。"这几个字在空旷的房间里回荡着，产生了一种澎湃的共鸣，既在他们的耳边，也在他们心里。

"我只是你的影子，一个影子而已。还有，谢谢你的女人给我的那一夜，我对她做了不该做的事。"

"香香怀孕了，孩子是你的。"公子文必须要告诉他这件事。

长久的沉默，宫殿中的宫殿寂静得可怕，像被死亡笼罩了一样，他们的额头发出一丝微弱的反光。这是他们之间的最后一夜。

第二天。

正午。

阳光直射巨大的祭坛，公子文的替身躺在祭坛的最高处，他的双臂伸展开来，宛如一个十字。祭坛边，大司命和他的手下在狂热地跳着舞，他们每个人身上都涂满了狗血，脸上画着奇特的图案。国君在祭坛下的马车里饶有兴趣地观看着。

头顶的太阳像一只巨大的眼睛，瞪得圆圆的看着替身。此刻就连太阳也是嗜血的，仿佛世界万物突然都变成以吸血为生的了。于是，血成了最宝贵的财富，价值连城，尤其是他这样的男子的血。他却异常平静，嘴角带着微笑。

祭坛下的舞蹈结束了，一时锣鼓喧天，旌旗飞扬，成千上万的观看者从四面八方拖家带口赶来，如同赶集一样。今天是属于他们的节日，杀人是最精彩的节目，人们欢呼雀跃，掌声雷动。通常对于人类来说，观看流血的场面是最富于刺激性的，这种最古老最原始的场面，人类看了几千年，却永远都不会厌倦，直到今天依然对它情有独钟。

这是一种宗教，对血的崇拜就是这种宗教的核心教义。于是在中国，就有了关于血的种种神秘的传说，比如用人血馒头做药引子，其实就是精神上的药物。

终于，最精彩的一幕向人们敞开了，一个奴隶用刀割开了祭坛上替身的咽喉。万众瞩目，瞬间鸦雀无声，从平地，从四周的山丘上，人们凝神噤声，静静地欣赏着，陶醉于死亡之美。

牺牲是祭祀的核心。这是古老的真理。

今天的这个核心是人，是一个人的替身。

他的咽喉有一个手指长的口子，鲜血汩汩地涌了出来，像是涓涓细流，快乐地奔流在他的脖子、胸口、手臂，直至全身。最后鲜血又仿佛汇聚成一条山间的小溪，在茫茫山野中千回百转，最后变作了一条大河——"大河汤汤"，他突然想到了这一句。

正午的阳光也在快活地舔舐着血液，血液蒸发了许多，又流失了许多，好像永远都不会穷尽。渐渐地，大河奔流到了大海里，是的，祭坛成了血的海洋，红色的大海，充满着血腥味，有些像咸水鱼的腥味。这味道迅速在空气里扩散，传播到千千万万观众的鼻子里，让他们也闻到了人血的美味。血色的海水涨潮了，海水溢出了祭坛的堤防，从高高的台阶上流了下去，在台阶上快乐地翻滚着，跳跃着，就像千万条红色的丝巾，长长的，从最高层一直披散到地面。

千万人目睹了这个奇迹。

我们必须相信奇迹。因为在血的世界里，什么奇迹都有可能发生，这个人奇迹般地流出了那么多血，如果把这些血都盛入一个巨大的容器称一称重量的话，也许血的重量早就超过他的体重几百倍了。后世的史家都不相信这个故事，但是我相信，血是神奇的。

他居然还没死，从他那小小的躯体内竟流出了那么多血，他也不明白这血是从哪儿来的，他只知道自己还活着，血还在不断地从咽喉的那道小口子向外喷涌。

阳光夺目。

血继续流淌，在大地上铺展开来，像是一张巨大的红地毯。血液肆意地延伸着它的每一个触角，奔向那些围观的人群。终于，人们害怕了，他们恐慌不已，以为是遇到了大灾大难，是上天对人的报复和惩罚，血侵入了他们的鞋子，又渗入袜子，沾满了他们的脚。接下来，是一场大逃难。那景象壮观无比，无数人快乐地来到此地，现在又惊恐地逃离，来时一阵潮，去时也是一阵潮，潮起潮落，都取决于祭坛上的人。

天地间到处都是人痛苦的叫声，许多人妻离子散，许多人倒在地上被后面的人踩死，许多人被维持秩序的士兵杀死。在混乱中，我们的国君也放弃了马车，狼狈不堪地步行着夺路而逃。

这才是真正的灾难，鲜血淹没了全国，宛如回到洪荒时代。祭坛上的祭品却还活着，他只看到太阳，太阳突然变成了血的颜色。

"回家吧。"他对自己说。

三天三夜。

三天三夜之后，鲜血的洪水才退去。全国都充满了那种血腥味，从泥土里，从空气里，持续不断地散发出来。第二年从地里收割的麦子和水稻，做成食物后，依然从中散发出血腥味。

人们后来找到了那个祭坛，祭坛已经毁坏了，上面有一具尸体，完好无损，正是那个替身。人们不敢埋他，害怕血水又会从尸体里流出来，他们把尸体给烧了，把骨灰撒在了江河里。

这是献给上天的祭品的归宿。

大祭之后，公子文的吐血病奇迹般地好了。于是，大司命又受到了国君丰厚的赏赐。

两年后，国君因病去世，公子文继承了王位，成为新的国君。他即位的第一天，就下令处死了大司命。

在新国君的寝宫里，鹦鹉依旧忧伤地活着，它从不鸣叫，似乎是在对主人抗议。新国君看着它，把手指伸到鸟笼里抚摩着它漂亮的羽毛。已成为王后的香香从后面吻了他，他们身后是个一岁多的幼儿，安静地躺着。

新国君把灯灭了，宫殿里传来他的喘息声……

"血！"一声凄惨的叫声把香香惊醒了，原来是新国君做了一个噩梦。他满头大汗，两眼直盯着前方。他爬了起来，走在月光凄冷的大殿外，他不愿在迷宫里多待一秒。他跪在青石板上，喃喃自语："我只是个替身，一个复制品，一个影子，一面镜子，一个副本，我存在的意义就是替公子文去死。我早就该死了。"

香香从背后抱住了他，她的手突然那么有力，她终于说出了早就想说的话："你不是公子文，我从那次大祭后的第一天起就察觉了。"

"为什么不告诉别人？"

"我需要你。"香香的手指甲嵌进了他的皮肤，以至于溢出了血丝。眼泪在香香的脸上尽情地奔流着，她狂烈地吻着这个男人，她已经成熟了。

"我不要公子文，我不管你到底是谁，我只要你，我不能，不能，不能没有你。"

一口鲜血，从他的口中喷了出来，沾满了整块青石板。然后是香香的尖叫。

"公子文啊，你能听到吗？那天晚上，你说我不能死，为了香香，我要活着，替代你。而你则要冒充我，替我去死。公子文，感谢你做了一个替身的替身，一个影子的影子。这是我还给你的血，可我永远都还不清。"他用力地挣脱了香香，突然大笑起来。这笑声阴森恐怖，整个宫殿都被笑声笼罩着。

第二天，新国君失踪了，连同他养的鹦鹉，没有人知道他到哪儿去了。于是，他一岁多的儿子成为国君。

祭坛早已成了废墟，但是每天夜晚，如果你路过那儿，仔细地听，你会听到一种奇特的乐器奏出的音乐，凄惨而美丽。那种乐器是——埙。

刻　漏

　　我把头探进一大堆乱七八糟的杂物中，在天井里，这些旧相册、旧镜框、旧书，还有爷爷用过的旧工具，它们被我的双手翻腾着。仿佛堆积了几十年的尘埃一下子腾空而起，在阳光下飞舞起来，就像一团难以驱散的雾，遮挡了我的视野。

　　过了好久我才在飘落不定的尘埃里喘过气来，目光被尘埃的迷雾拉了下来，重重地摔在杂乱的旧物中，我仿佛真的能听到它坠落在几十年前的水门汀，发出砰的一声。事实上，不是水门汀，而是一个圆筒，在那些 20 世纪 50 年代的旧杂志下隐藏着的家伙。

　　我伸出手把那东西拽了出来，又大又沉，差不多有半米高，在阳光下飞扬的一片尘粒中，那灰不溜秋的木头圆筒忽然发出了些许光泽。我打开了天井里的水龙头，白花花的水冲刷在木筒上，那声音就像是秋后的雨水敲打在古老的木檐上。当几十年或许更长时间的尘土随着流水消失在下水道后，木筒露出了青色的皮肤，就像一个浴后的少妇。我发现这水淋淋的尤物体形却十分单调，毫无少妇起伏的曲线，而是笔直的圆柱体，就像是经过了几何学的计算那样标准。当我仔细观察圆筒下端时，我发现用少妇来比喻它完全是荒谬的，而应该用穿开裆裤的小男孩来比喻。在圆筒接近底部的地方，伸出了一个几厘米长的小嘴，就像是宜兴紫砂茶壶的小茶壶嘴，但它的开口要比茶壶嘴小得多。

这东西的样子真是奇怪，我对着它思考了许久都没想出它到底是什么东西。如果是容器，怎么可能在下面开个小洞呢。我把水灌进了圆筒，满满一筒清水荡漾着，不时飞溅到我的脸上，水面反射的阳光有些晃眼。于是我转过身去，继续把头探入尘埃里。

过了片刻，我忽然听到了很轻的水声，是水滴轻轻落在地上的声音，轻得让人以为那是自己耳膜边的血管里的血液在流动。我回过头去，看到地上积了一些水，在满地的尘埃中，那巴掌大的积水厚厚地涨了起来，就像是个水做的小岛，而地面则是汪洋大海。又是一滴，那晶莹的水珠先在圆筒下的小嘴边悬挂着，越来越大，越来越重，最终在地心引力的作用下挣脱了那比针眼略大的洞口，做了一个自由落体的动作。就像是从三米跳板上往跳水池里跳一样，形体优美地坠落在了下面的水中，立刻如鱼儿入水一样无影无踪了。接着，又是一滴，我对了对手表的秒针，每一滴的间隔都一样，都是整整五秒钟。

在这个阳光明媚的中午，灰尘们在强烈的骄阳下翩翩起舞，我站在天井里似乎从尘埃的深处窥到了什么东西。于是，我花了整整半天的工夫自己动手完成了一项"工程"。我用的是爷爷用过的旧工具，那些几十年前制造的工具质量特别好，居然没有生锈，用起来得心应手。我是一个手比较笨的人，被那些五花八门的材料伤透了脑筋，终于在太阳即将消失的时候完成了。其实这"工程"非常简单：在圆筒上加一个基本密封的白铁皮盖子，盖子中央开一个小洞，用一根又细又长的木棍穿过小洞，木棍的下端粘接着一小块泡沫塑料，泡沫塑料就漂浮在圆筒内的水面上。

然后我在笔直的小木棍上每隔一厘米就刻上数字标记，接着开始看表，随着下面小嘴的不断滴水，我每隔一分钟就记录下木棍上数字标记的变动。也就是说，下面在匀速滴水，圆筒里的水面相应下降，浮在水面的泡沫塑料和木棍一起下降，由此根据木棍上刻度的改变就能知道时间了。我知道我们的祖先称这木棍为"箭"，称这圆筒为"壶"，所有的这些东西加在一起叫作"刻漏"。

我一个人在天井里，守着一大堆杂物和尘埃。天色已暗，我打开灯。小嘴里不断滴出水来，"箭"就缓慢地下降，直到"壶"里的水滴完为止。我就像个小学生一样睁大了眼睛观察着，一小时过去了，刻漏与我的表只相差三十七秒。但是第二个小时，刻漏比我的表慢了八分五十一秒，我明白，这是因为水压的关系，"壶"内的水位越低，水压也越低，下面滴水的速度也越慢，所以，这是一只走时越来越慢的钟。

这时我抬起了头，天上的月亮是那样圆，就像一只大钟的钟面。当我低下头的时候，却仿佛见到了一艘中国帆船，正在灰色的东海海面上向北行驶。

中国人的船舱里弥漫着一股汗臭味，就和世界上任何一个国家的船舱里的气味一样，这对于一个从大西洋航行到太平洋的人来说早已经习惯了。船舱被打开了，一阵淡淡的泥土味传来，陆地不远了。

一个圣方济各会的传教士精疲力竭地爬出了船舱。在暗无天日的船舱里关了太久，他的脸色苍白得吓人，两腮爬满了浓黑的胡楂。他见到了一片灰色的水天，别人告诉他现在已经进入了长江，他从没见过如此宽阔的江河。然后这艘中国双桅帆船转进了一条内河，在江南密密麻麻的河网中蜿蜒行驶着，最后停泊在一座繁华的城市边。

他背着自己硕大的包走进了这座城市，他知道自己要去哪儿，在那个黑暗的船舱里，他确信上帝已经给他指明了方向，他顺着那条冥冥之中的道路去见那个人。他从遥远的葡萄牙来，穿过好望角，越过果阿，在澳门学习中文，然后坐上一条中国人的帆船来传播上帝的福音。他从熙熙攘攘的人群中穿过，所有的人都停下来注视着他。他停在一座巨大的府第前，到达了他的目的地。

那是十七世纪的事了。

刘家老爷在客厅里见到了传教士。他惊异于世界上居然还会有如此相貌的人，他仔仔细细地围着传教士转了一圈，发现那家伙的胸前挂着一串链子，链坠上刻着一个骨瘦如柴的人，双手伸展开来，整个人就像个"十"字。老爷寻思着，这位外国神仙与我们寺庙里那胖乎乎的菩萨比起来可真够惨的。

令老爷吃惊的是这野蛮人居然说起了汉语，虽然含混不清，但也足够中国人听懂了。接着传教士那双毛茸茸的大手伸进了自己的大背包，在里面捣鼓了半天，拿出一个长长的圆筒，一头大一头小，然后他把小的那一头放到了老爷的眼前。老爷有些疑惑，为了表示礼貌，还是仔细地看了看，却发现圆筒是中空的，视线穿过圆筒，可以看见客厅外的照壁，但从那圆筒里看到的照壁却好像比平时大了好几倍，这让老爷吓出了一身冷汗。然后他放下圆筒，照壁又恢复了原样。

"这是什么妖术？"

"千里镜。"

　　然后，传教士又把手伸进了那大背包，低下头翻腾了半天，拿出一个小瓶子。老爷也从没见过这种瓶子，既不是青瓷，也不是白瓷，而是完全透明的。小瓶子里装着粉红色的水，轻轻地荡漾着，就像女人的眼波。接着，传教士打开了瓶盖，一种浓郁的香味弥漫了整个客厅。老爷明白那是从瓶子里传出的，他把鼻子凑近了小瓶子，这味道让他想起年轻时在南京国子监读书，每晚都到秦淮河的画舫上寻花问柳的难忘岁月。

　　"快把瓶盖盖上，我老了，不敢再闻这味道了。"老爷急吼吼地说着，脸颊已红了。

　　传教士在胸前画着十字，一边盖瓶盖，一边告诉老爷这东西叫香水。

　　他又把手伸到背包里去了，这一回老爷仔细地盯着他的手，看着传教士变戏法似的拿出了一个圆球，大约有小孩的头那么大，旁边和下面有轴支撑着。那只毛茸茸的手轻轻一拨，圆球就自己转了起来，转了好几圈才停下。老爷好奇地端详着圆球，发现那是彩色的，主要是蓝色，其次是红色、黄色和绿色，上面标满了密密麻麻的外国字。

　　"这是地球仪。"

　　"什么叫地球？"

　　"就是我们生活的这个世界，这片大地。"

　　老爷心中暗笑，大地怎么可能是圆的，若是圆的，那另一边的人们岂不是要掉下去了，野蛮人到底还是比较低能啊。但他并没有说出口，只是微微地对传教士笑了笑。

　　传教士继续把手伸进了包里，这回拿出的是一本厚厚的书。

"《圣经》。"他闭上眼睛虔诚地说出了这两个字。

等他睁开眼睛,却发现老爷正贪婪地盯着他的背包。

"莫不是个百宝箱?"老爷轻声地自言自语。

那天晚上传教士就睡在刘家老爷特地安排的客房里。屋里有精致的红木家具,宽大舒适的床让他近日头一回睡了个好觉,只是他不会使用蚊帐,以至于第二天起来身上多了好几个红色的肿块。他明白富有的刘家老爷在算计他的大背包,所以他才会受到这种热情款待。他在清晨的庭院中做了早祷,吃了一顿老爷派人送来的早餐,无非是大饼、油条,再加一碗豆腐脑,但他依然为此地主人的慷慨而吃惊,因为在葡萄牙,连国王都吃不到这样好的早餐。

吃完早餐,他在巨大如迷宫般的花园中散步,在太湖石与幽静的池塘间,他开始考虑他的传教计划。忽然,一个孩子叫住了他,也许是个小书童,他跟着这个孩子走过一道月门,进入了一个更幽静的花园。花园的尽头有一间房子,走进房子,那小孩忽然不见了,传教士有些忐忑不安,他想,会不会是老爷派人把他引到这里,要谋取他留在客房里的背包呢?

此刻,这个故事里的一个年轻人出现了,大概二十岁的样子,嘴角略带难以描述的微笑。他请传教士跟他走,传教士有些疑惑,他跟着年轻人穿过这间放满了书橱的房间。在一道屏风后面,年轻人又打开了一扇门。原来门后还有一个庭院。这个庭院被几组小花盆隔成了好几块空地。

在第一块空地上,他见到了一个用石头制成的大圆盘,像个车轮,雕刻着从圆心辐射到四周的直线,边上标记了汉字。圆盘的中心竖起一根金属的"针",长长的,指向天空。日光突然从厚厚的云层中挣脱出来，万丈光芒照射到庭院里，照射到传教士长长的睫毛上，也照射到石头圆盘上，那根竖立的"针"的影子就躺在圆盘上的某一根辐射线上。

"先生，到了中午影子就会落在正上方的那根直线上。"年轻人语调轻柔地进行说明。

在第二块空地上，他见到一个高大的木架子，做成了台阶的样式，总共有五级，每一级都有半人高。每一级上都放着一个铜质的圆筒，每个圆筒最底下都有一个小嘴，水匀速从小嘴滴下，最下面那个圆筒中伸出一根细长的棍子。传教士仔细观察了片刻，发现最下面的棍子在缓慢地上升，露出了一节节的刻度。

第三块空地上，传教士见到了一个固定在铁杆上的大秤，外形和中国人平时使用的秤一样，不过这一个要比一般的大许多倍。秤砣、挂钩、刻度一应俱全，只不过称重的那一头挂着的是一桶水，而在那一桶水上面还有一个圆筒。那圆筒和之前看到的几个筒一样，下端有个小嘴，水通过小嘴匀速地滴到下面的水桶里。水桶里的水越来越多，于是秤杆上的显示就发生了变化。

第四块空地上，传教士见到一个漏斗，沙子从漏斗里匀速流出来，撞击到一个齿轮上，像这样的齿轮总共有四个，一个带动一个旋转。最后一个齿轮带动在水平面上旋转的齿轮，这个齿轮的轴心上有一根指针，指针则在一个有刻度的圆盘仪器上转动。忽然，圆盘上出现了两个惟妙惟肖的小木人，它们击响了一面小鼓，发出悦耳的声音。

"巳时到了。"年轻人轻轻地说。

第五块空地上是一个圆球，居然与传教士带来的地球仪酷似，只是，这个中国的地球仪在滴水的带动下不断旋转。其实它代表的不是地球，而是宇宙。

到正午时分，小木人手中的鼓又一次敲响了，那奇特而陌生的声音让传教士有些不知所措。他觉得自己千里迢迢来到这个马可·波罗笔下神奇的国度，不是为了福音，而是为了看到这些古老的计时器。正午的阳光直射在他的眉头，耳畔有规律地响着刻漏滴水的声音。他问道："年轻人，你叫什么名字？"

"子烟。"

子烟是刘家老爷唯一的儿子。

我家里有一个三五牌的大钟，上海产的，是爸爸妈妈结婚的时候买的，那个时候差不多每户人家结婚都会买这个牌子的钟。这座钟每到整点都要敲响，一点钟敲一下，十二点钟就要敲十二下，而且每到半个钟头还要敲一下。钟声非常响亮，在子夜时分那十二下钟声听来也挺恐怖的，简直有夜半歌声的意境，就像末日审判的钟声。

我现在一个人住在一套房子里，家里有许多新买的钟，都是静音的，质量也挺不错。虽然有好几次我都想把这座三五牌钟扔掉，但这老钟倒真是命大，由于各种原因，数次劫难它都逃过了，一直苟延残喘到了现在。但真正倒霉的是我，因为每天晚上我都要被这钟声折磨，半夜里，巨大的钟声几乎惊天动地，让睡在被窝里的我时常从梦中惊醒。而且即便未到整点或半点，它的秒针走动的声音也比一般的钟表响得多，有时候我甚至觉得自己是在寺庙里，那秒针走动的声音就像是老和尚在永无休止地敲着木鱼。好几次我忍无可忍，故意把它给弄坏了，好让自己能安安静静地睡觉，可过了几天它又奇迹般地开始走动，仿佛它是有生命的。

　　但真的要扔了它，我又有些不舍得，那敲木鱼般的秒针走动声让我难以入眠，但当某一天我真的听不到那声音的时候，可能会更加难以入眠吧，也许我永远也摆脱不了它。

　　传教士在这座城市里生活了一年，成为刘家老爷最尊贵的座上客，当然，前提是老爷如愿以偿地得到了传教士那神奇的背包里的某些东西。但是传教士还是决定离开这里，因为老爷已经得到了香水、望远镜、玻璃球，还有烟草，再也不愿意听他喋喋不休地讲解《圣经》了。在一个香气四溢的夜晚，传教士从这个城市失踪了。在圣方济各会编纂的一本书里，留下了他去北京传教的记载，但是也有人说他去了日本，或是蒙古，或是西藏。

　　最后一个见到他的人是子烟。

　　事实上，传教士是特意在临走前向子烟辞行。在子烟的房间里，两个人都没有说话，一片寂静中，只有刻漏滴水的声音是那样清晰，微弱的声音充斥了整个房间。过了好久传教士才从这声音里回过神来，他小心翼翼地在自己宽大的黑色教袍里摸索着，好不容易才摸出一块小巧玲珑的自鸣钟来。

　　他把这块自鸣钟塞在子烟的手心里，轻轻地说："送给你。"然后他在子烟的头上画了一个十字，接着转身出门去了，永远地离开了这里。

　　子烟赶出去时，传教士已经消失在了夜色中。子烟回到灯下，仔细地看着自鸣钟，很小，可以放在衣服袖子或是口袋里，重重的，是用墨西哥银做的。在玻璃表面下，有一长一短两根指针，钟面上有罗马数字的刻度。子烟能听到从自鸣钟的心脏里发出的声音，那是最古老的滴答声，与刻漏的滴水声同时响起，居然那么相似。他闭上了眼睛，钟声和刻漏声同时撞击着他的耳膜，于是他做了一个梦。

当子烟醒来的时候又过去了一年，除了日复一日的钟声和刻漏滴水声以外，突然多了一阵猛烈的炮火声，巨大的喧嚣在城市的四周响起。他茫然地看着窗外，黑色的浓烟混杂在黑夜中，远方有熊熊的火光。父亲冲了进来，失魂落魄地叫着"满洲人来了"，拉起子烟的手就往外跑。

那一夜，在逃难的人群中，子烟被父亲拉着向城门奔去。突然他想起了什么，大喊起来，转身想要回去，父亲死死地抓住了他，说："儿子，别管你那些破烂儿了！"

父亲用近乎哀求的目光看着他，忽然，父亲的神色变了，他的眼球开始向外凸出，嘴巴张大。子烟这才发现，父亲的胸口突然多了一个窟窿，一个骑着马的满洲人手里的长矛从父亲的后背一直插到了前胸。父亲终于松开了抓住子烟的手，慢慢地倒了下去。父亲的脸变得模糊，连同父亲袖子里藏的那瓶香水一同沉入了黑夜的大海中。子烟被汹涌的人潮挤走了，他什么都不能做，就像一块漂流在水上的木头，随波逐流，被喧闹的夜色淹没。

几天以后，满洲人停止了屠城，子烟回到城里。他的家已经成了一堆瓦砾，只留下一片灰烬和几个仆人的尸体，迷宫般的花园也已不复存在。

他看到房后庭院里第一块空地上的日晷已经被毁坏了，坚固的石头圆盘裂成了六块，也许是被火器炸的；第二块空地上的五级刻漏少了三个"壶"，可能是被满洲人拿去当马桶了；第三块空地上巧夺天工的秤漏，秤杆已经断成两截；第四块空地上原本是詹希元创制的五轮沙漏，现在只剩下了两个小木人躺在地上看着他；第五块空地上张衡发明的漏水浑天仪也变成了一个半圆。

子烟默默无语地走了出去，当走到自己房间的瓦砾堆里的时候，他忽然听到了一种熟悉的声音。这声音让他的心又恢复了温度，他仔细地听着，声音是从自己的脚下发出的，从瓦砾堆里。他循着声音趴在瓦砾上，用手向下挖，直到手指上全是鲜血，才终于在瓦砾深处找到了声音的源头——那银色的外壳在沾满鲜血的双手里颤抖着，反射着正午的阳光。

"多美啊。"子烟对手中的自鸣钟自言自语着。

"滴答"。自鸣钟是最后的幸存者。

子烟把自鸣钟塞进怀里，离开了这座城市。他走在江南的小径里，野地里有许多尸体，他又坐上了一艘船，沿着蜿蜒的水道向大陆的深处而去。天气越来越凉，过了些日子，下雪了，漫天雪花里，一袭单衣的子烟冻得浑身发抖，蜷缩在船舱里的某个角落。他的手隔着衣服抚摩着自己胸前的自鸣钟，他的皮肤能感觉到自鸣钟机芯里的运行，那种轻微如自己心跳般的声音，甚至有时会令他误以为自己长了两颗心脏。

河水越来越浅了，船无法再行驶，他下了船。

子烟看见远方的山丘和那些半山腰上被白雪覆盖的枯黄的茶树，他定了定神，向山上走去。这里已经很荒凉了，连绵不绝的丘陵里见不到一个人，他越往前走地势越高，直到进入一座莽莽的大山。子烟不知道自己该向何处去，他已经没有家了，他只是觉得自己应该这么走，仿佛前头有什么在等待着他。

这时他听到钟声了，那声音悠远洪亮，从前头的树林中传出。他从怀中掏出了自鸣钟，酉时到了，太阳已经西沉。他用最后的一点力气向钟声响起的地方跑去，在密林的深处，他看到了古钟寺。

推开那扇摇摇欲坠的大门，子烟在寺院里看到了一座大凉亭，亭子里面吊着一口大钟，钟边有一个五十多岁的老和尚。子烟原以为自己冒失地闯进来会使老和尚大吃一惊，但老和尚是如此平静地看着他，平静得有些可怕。

老和尚笑了笑，朗声道："你终于来了。"

"我终于来了？"子烟不明白，他觉得这句话意味深长，但他不想弄明白，他知道自己弄不明白，"好吧，我来了，我能不能来了就不走了？"

"你想来就来，你想走就走。"老和尚的回答让子烟非常满意。

"老师父，这里有刻漏吗？"

"没有。"

"那为什么你的钟敲得那么准？"

"这需要理由吗？这口钟我已经敲了四十年了。"

子烟走到了大钟跟前，抚摩着钟面，铜质的大钟无比坚固，仿佛与日月万物共生。黑色的钟面上刻着几行梵文。

突然子烟跪了下来，把脸伏在了老和尚的僧鞋上，说道："求求你，给我剃度吧。"

"留着你的头发吧，你只不过是做了一个梦。"

我迷迷糊糊地从梦中醒来，太阳已经照到了我的床上。天哪，现在至少已经七点半了，平时我六点就要起来的，闹钟怎么没响？我狠狠地摇了摇它，一看时间，原来闹钟停了。我看了看三五牌钟，它怎么也停了？我管不了那么多，急忙出门，狠狠心叫了一辆出租车去单位，但还是迟到了。

下班以后我有些心不在焉地在淮海路上转了几圈，在一家礼品店的橱窗里我见到了一个沙漏，它一般是被人们当作礼品的，沙子在玻璃里流动着，上上下下，就像是血液循环，我盯着它看了好久，直到看得头有些晕了才转身回去。天色太晚了，我抬腕看了看表，这时我发现我的手表也停了。

回到家里，我又把我做的刻漏拿了出来，往里加了水，并做了一些改动，以便它能保持一昼夜的计时。我呆呆地看着水珠缓缓地滴落，又一次被这东西吸引住了，脑中突然变得一片空白，如一张白纸，苍白舒展，懒洋洋地躺在一片水面上，这水面就是时间。

第二天早上，我又迟到了，迟到五分钟，按规定扣五块。第三天我迟到了十五分钟，扣了十五块。第四天干脆迟到了一个小时，这回我被扣惨了。我明白这是因为刻漏越走越慢的缘故，但我真的感到我的时间走得越来越慢了，我又抬头看了看月亮，月亮也迟到了，今天已经是十六了，它刚刚圆。

在长长的山间小径上，子烟挑着两桶水走着，他的肩膀已不像当年文弱书生般单薄，而变得厚实有力，稳稳地托着扁担。他蓄起了长长的胡须，脸上留下了刀刻般的皱纹，两鬓也过早地添了许多白发。他挑着水回到了寺里，把水倒进了水缸。

子烟已经在这里生活了二十年，偌大的寺庙里就只有他和老和尚两个人。

每天的卯时和酉时，老和尚都要去敲钟，每次子烟都会悄悄地看一看自己怀中的自鸣钟。他发现老和尚就等于是一口钟，亘古不变地守时。酉时又到了，那悠扬的钟声再次准时响起。而他的自鸣钟也始终陪伴着他，寸步不离，就连晚上睡觉也要放在胸前。如果什么时候自鸣钟停下来，他会怀疑自己的心跳也停止了。

总之，自鸣钟已经与他合为一体了，或者说，子烟就是自鸣钟，自鸣钟就是子烟，就像老和尚就是古钟，古钟就是老和尚。

"子烟。"老和尚叫起子烟的名字。子烟来到了他面前，看到他在大殿里，盘腿坐在佛像面前。

"子烟，你已经来了二十年了，你究竟明白了吗？"

"师父，你要我明白什么？"

"从你第一次来到这里，我就希望你能明白。我想看看你的心。"

"看我的心？"子烟退了一步，看了看佛像，又摸了摸自己的心口，他感到的却只是自鸣钟机芯的运行。子烟低下头，燃烧的香把那缭绕的轻烟往他的鼻腔送去，再通过气管传遍全身。他觉得自己的胸口突然被那团轻烟笼罩了，于是他猛地扯开自己的上衣，自鸣钟正安安稳稳地贴在他的心口。

"师父，我已经没有心了，我的心，就是这钟。"

"你的梦终究是快要醒了。"老和尚微笑着说，"快回房去睡一觉，明天早上，你和你的心将一同醒来。"

子烟回到房里立刻睡下，很快就睡着了，他睡得又香又沉，好像从出生就没享受过如此美妙的睡眠。

卯时之前他准时醒来了，他已经养成了这个习惯，赶在老和尚敲钟前起来打扫寺院。但他却迟迟都没有听到钟声，他有些奇怪，来到古钟前，没有人。然后他走进了大殿，却发现老和尚仍盘腿坐在蒲团上，闭着眼睛一动不动，俨然是一口老钟。

"师父。"

老和尚没有反应。子烟轻轻碰了碰他，却发现老和尚已经圆寂了。

子烟大哭了一场，然后把老和尚火化了，子烟原以为老和尚会留下舍利，但他只化作一片轻轻的灰尘，被西风卷到天空中去了。

子烟一个人孤零零地回到古钟寺里，看着那口古钟，总觉得钟上刻的梵文似乎要对他说话。他又把自鸣钟掏了出来，发现现在依然是卯时，可是现在天色已经接近黄昏，应该是酉时了。他觉得不对。又过了一个时辰，天上已是满天星斗的时候，自鸣钟上居然显示的是寅时，又比卯时倒退了一个时辰。子烟心想，怎么这自鸣钟突然倒着走了呢？他回过头，看了看大殿里庄严的佛像，然后把自鸣钟放回心口，自言自语道："我的梦醒了吗？"

子烟决定离开这里，他下山了。

他再次走过那条来时走过的山路，走出莽莽的大山。走出大山是丘陵，丘陵上种满了茶叶，正是采茶时节，采茶女在忙碌地劳作。走出丘陵，在一片平原中有一条小河，刚好能够通行客船，他跳上了客船，船老大还是原先的装扮，唱着欢快的船歌载着他回那片江南水乡。穿过一望无际的稻田，又不知行驶了多久，终于到了子烟家乡的那座城市。

出乎他的意料，这城市依然繁华如故，城门口依然高扬着明朝的旗帜，他跟随南来北往的客商进了城，走过一条条商贾云集的大街，见到了自己过去的家。他不敢相信，这里居然和二十年前一模一样，他想一定是新主人按原样重修了。他不敢从大门进去，而是沿着高高的围墙走了一圈，见到一个偏门虚掩着，于是他悄悄地走了进去，发现里面的花园也和过去一样，每一棵树、每一朵花几乎都没变。他来到最幽静的地方，那是他住过的房间，居然还在，他曾亲眼见到这里成了一片废墟。他走进房间，还是那几个大书橱，还是那些他喜欢看的书。在房子后面，那个花园里，他见到了他的日晷、五级刻漏、秤漏、五轮沙漏，还有漏水浑天仪，它们全都在，一个都没有少。刻漏仍在滴着水，五轮沙漏的刻度盘上的指针还在准确地运行着。

子烟真的无法理解，他不知道是谁重新把这些东西复原的，也许这是一个天大的巧合，新主人有着与子烟相同的爱好。正当他苦思冥想但没有结果的时候，忽然听到房间里有人叫他的名字——会是谁呢？

子烟走进房间，见到了他的父亲。

没错，是父亲，绝对没错，而且跟二十年前相比一点变化都没有，难道当年他没有死？子烟惊讶地张大了嘴巴，他想把心中的疑惑说出口，但又不敢，只是一个劲儿地发抖。

"子烟，你怎么了？中午吃饭还好好的，快跟我走，来了一位客人。"父亲拉着子烟的手就往外走，他被父亲拉去了客厅。

在通往客厅的一道长廊里镶嵌着一面镜子，子烟走过镜子，对着镜子照了照，他看到镜子里是一个二十岁的少年，白白嫩嫩的脸，干净的下巴上没有什么胡须。这个人是谁？子烟想了好久，最终他想起来了，这个人就是他自己，二十年前的自己。他又摸了摸自己的脸，皱纹没有了，长长的胡须也没了。

子烟有些傻了，他被父亲拉到了客厅。在客厅里，他见到了一个传教士。传教士穿着黑色的袍子，脖子上挂着十字架项链，背着一个巨大的背包。他解开背包，取出了一个望远镜、一瓶香水、一个地球仪、一本《圣经》，最后，是一个自鸣钟。传教士走到子烟面前，微笑着把自鸣钟塞到了子烟的手里，并用娴熟的汉语说："年轻人，这个送给你。"

"不，我已经有了。"子烟把手伸进了自己的怀中，却什么都没有。

子烟看了看现在的传教士给他的钟。重重的，用墨西哥银制成。在玻璃表面下，有一长一短两根指针，钟面上有罗马数字的刻度，和原来的一模一样。子烟后退了一步，看了看父亲，看了看传教士，他想哭，但又哭不出来，然后他拿着自鸣钟飞快地跑回自己的房间，渐渐在钟声与刻漏的滴水声中睡着了……

我的刻漏还在滴滴答答地给我计着时，听着这种滴水声写作，我感觉像是在梅雨季节里缩在被窝中听夜晚雨点打在雨棚上的声音，听着这种声音总能让我产生奇怪的想法。好了，现在我可以告诉你们，我正在写一部小说，但我现在无法确定我是继续写下去，还是就此以子烟回家睡觉为结局。我不知道这算不算结尾，也许根本就没有结尾。我原先打算给子烟安排一段感情的，就在那古寺里，和一个给丈夫上坟的寡妇。但我觉得这是多余的，因为子烟爱上的是时间，如果有可能，他会娶时间为妻的。

但是我不可能像子烟那样，我还要生活。

我买了一个新的闹钟，包装上特别强调了它是用墨西哥银制成，我不懂这样强调究竟有什么重要性。当然，这个闹钟的质量还是不错的，次日一早准时提醒我起床。

我起床后来到了天井里，睡眼蒙眬中看到我的刻漏还在滴水。

卯时整，我突然听到了一声钟声，悠远洪亮，带着几十年的陈年往事的气息，我觉得这是那老和尚每天早上敲响的古钟声。但接着我又听到了五下，原来是我的三五牌钟，它又一次起死回生了。

芦苇荡

　　我所说的这个故事发生在 1942 年的一个夏天，地点是在苏北平原的最东端，长江口与黄海之间，与我所在的大上海仅一江之隔的地方，从地图上看像个半岛。

　　在这个故事里，我把自己设定为十二岁。

　　十二岁的我与十八岁的红妹那天正在钓龙虾，其实那并非真正的龙虾，只不过是一种当地极常见的甲壳动物罢了，姑且将它们称为龙虾。我们先从泥土中挖出许多蚯蚓，然后把它们穿在钩子上放入水中就行了。我一个人会同时放下十几个钩子，只需在一旁静静等待就会有丰盛的收获。虽然这种方法极为原始，但效果甚好，这儿的龙虾数量惊人，极易上钩。不一会儿篓筐里就会装满龙虾，它们一个个挥舞着巨大的钳，披一身红色的鲜艳甲壳，非常漂亮，而个头差不多等同于我手掌的长度。

　　我们钓龙虾的地点是一大片芦苇荡的深处，那儿有大片的水塘泥沼，长满比人还高得多的青色芦苇，大概有上千亩。一旦你躲在其中某个地方，密密麻麻的芦苇足够把你完全隐藏，就算全村人都躲进来也没问题。

那天红妹钓得始终比我多，我有些气馁，索性躺在地上看着天空出神。我看到的天空是在许多随风摇曳的芦苇尖中露出的一方小小的蓝色，蓝得与苏北平原一样纯洁。

忽然天空中传来一种奇怪的声音，就像有几万匹马在云中飞奔。我站起来透过芦苇尖向天上仰望。终于，云层下出现了一个小黑点，渐渐变大了，变成一只银色的鸟。再近一点，又变成了一只巨大的长着铁翅膀飞翔的怪物，发出一声声巨响。

"飞机，这是飞机！"红妹叫了起来。

我明白了，红妹的爹陆先生曾说起过这种叫飞机的东西。这是我生平第一次见到飞机，在这架飞机的最前端，似乎有什么东西在飞速旋转，机身上画着一张巨大的嘴，我甚至能看到那嘴里还画着两排锋利的牙齿。许多年后我才知道，那是美国人陈纳德指挥的飞虎队的标志。在那两个铁翅膀上，还画着两面花旗子。

"花旗兵！"红妹又叫了起来。她爹是陆先生，所以她什么都知道，那年月，我们习惯把美国人叫作花旗兵。

忽然，花旗兵飞机的后面又跟来了三架画着太阳旗的飞机。它们在后面紧追不舍，一会儿笔直上天，一会儿又在天上翻跟头。忽然那三架飞机喷出了几长串红色的光焰，嗒嗒嗒，声音非常清脆。

花旗飞机被打中了，它的尾巴被炸开一个大洞，一阵浓烈的黑烟涌出，在空中拖出一条长长的黑线。它掠过离我们头顶很近的地方，剧烈抖动，掀起一阵芦苇的波浪，一种凄惨的啸叫震耳欲聋。但是随后它又抬高了，到了接近云端的地方，又开始向下滑翔。

突然，从花旗飞机上爬出了个模糊的人影，然后那人竟从飞机上跳了下来。一眨眼，有一面巨大的伞在他的头顶打开了，又把他给拉了起来。而那架冒着浓烟的飞机，则像只无头苍蝇似的滑向东北边海滨的方向。

天上的那个人就像是孙悟空腾云驾雾一样慢慢地向下落，竟向我们这边飘过来了，他越来越近，我能看见他穿着很厚的衣服，戴着皮帽，大热天别把他给热死。终于他坠入了芦苇荡的另一边。天上三架太阳旗飞机盘旋了一阵便飞走了。

"快！"红妹带着我向前跑去。我们被茂密的芦苇遮挡了视线，惊起许多水鸟。在一片翠绿中，我们见到了一大片白色的布。

那是花旗兵的大伞，一棱一棱的非常柔软、漂亮，几十根长长的线连着硕大的伞面，我们沿着线，见到一大片被压倒的芦苇，长线断了，人却不见了。

他在哪儿？洋鬼子的形象我只从陆先生的口中听到过。十二岁的我有一种强烈的冲动，要看看花旗兵究竟是什么样的怪物。

我们一直找到天快黑的时候。两人都饿了，但红妹还想继续找，于是，我们拿出了随身携带的小铁锅和火镰，再折了许多干枯的芦苇叶子，在一片空地上煮起了龙虾。不一会儿，那几十个张牙舞爪的怪物就飘出了一股肉香，虽然没有油和盐，但依然让我流了口水。

正吃着，突然身后的芦苇丛中发出一种奇怪的声音。

"是花旗兵。"红妹提醒了我，也许他饿了，闻到了龙虾的香味。

芦苇丛动了，从里面出来一个人，黑色的鬈发、高高的鼻梁与深眼窝——跟陆先生说得一样。但他的脸不算白，被烟熏黑了，眨巴着两只眼睛。他的外套与帽子都不见了，只穿了件白汗衫和绿裤子。他站着，个子很高，但立刻又跪了下来，双眼充满了恐惧，仿佛我们会把他吃了。

"别怕。"红妹大胆地靠近了他。花旗兵的眼睛又眨巴了几下，居然流下两行浑浊的泪水，像个孬种似的抱头哭了起来。看他这副孬样，我也有了胆子，小心地把龙虾伸到他面前，就像喂牲口一样。他盯了我半天，然后赶着投胎似的一个猛扑，把龙虾连壳带肉地吞下了肚，自然，这不是很好受，他的表情有些滑稽。于是红妹又剥壳给他示范，不一会儿，剩下的龙虾已全部填入了他的肚子。

"三克油。"他终于说话了，但他的口臭却熏得我退避三舍。他显得很激动，拉着红妹的手说了一大堆话，当他明白我们一个字也听不懂时，就对我们傻笑着。

红妹决定把花旗兵留在芦苇荡里，否则他进村子肯定要落在日本人手里，八成要送命，还不如在这儿安全。然后红妹对他做了个手势，他就乖乖地如同俘虏般跟我们走了。

我们穿过密密麻麻的芦苇丛，来到一片水塘边的空地。这里有一座砖头坟，我翻开坟边的一堆干草，扒开几块石头，露出了一个刚好能容一个人钻进去的小洞。红妹做手势让他进去，花旗兵脸色变得惨白，扑通一声跪在我们面前，以为我们要他的命呢。我们跟他比画了半天他也不明白，我就先进去了。其实里面是空的，清朝的时候有人造反，退到这儿就挖了这个坟藏身，外面不大，里面可宽敞了，用石头和砖块垒成，还防水。这地方，除了我爹，就只有我和红妹知道。

花旗兵也进来了，我点亮了一直藏在里面的蜡烛，照亮了整个墓室和花旗兵惊慌失措的脸。通过上方的一个小缝，还可以监视外面的空地。除了有些潮，样样都好，绝不会有人想到墓里面还有大活人。

红妹塞了许多干草进来，我们铺在地上，让花旗兵就睡在这里，千万不要到处乱跑。花旗兵紧紧抓住我和红妹的手，他手上野兽般的浓密汗毛让我吃了一惊。他连说了几个"三克油",最后说了声"古得白",眼泪又像黄梅天的雨一样流了出来。真没出息。

我们回家的时候月亮已经很高了。踏着月光,芦苇叶扫过我的脸,看着走在前面的红妹,十二岁的我突然有了一种前所未有的感觉,热辣辣、朦朦胧胧的,说不明白。今天红妹显得特别高兴,红扑扑的脸颊就像三月里村口绽开的那一树桃花。她说她居然救了个花旗兵,陆先生在地下也会开心的。

现在我该讲一讲红妹了,她是我家的童养媳,也就是说,等我长大了,她就会嫁给我,做我的大娘子。

她已经十八岁了,是全村最漂亮的女子,我真怕自己等不到长大的那一天。她在不断地长大,我是说她身体的各部分,该细的细了,该圆的也圆了,常撩得村里那些男人直勾勾地盯着她,我真想把他们的贼眼珠给抠出来。而我,还是个又瘦又小干巴巴的孩子,那些比我粗壮的男孩常来欺侮我,他们说我将来一定会当活王八,这时候,红妹就会把他们打跑,保护我。现在我跟在她后面,在月光下看着她那撩动人心的好身段在芦苇间忽隐忽现,我跑上去和她手拉着手,但我的个头只到她下巴,只能仰起头看她的脸。村里有个老太婆说红妹是个美人坯子,自古红颜多薄命。过去,我没觉出来,今天我终于懂了前半句,至于后半句,我还是不明白。

我们说好绝不把花旗兵的事说给任何人听,除了我爹。我爹知道后一晚上都没睡,天一亮,就和我们一起去给花旗兵送些吃的和用的。

村口有好些人聚在一块儿,村里有名的无赖小黑皮站在一块石磨上说:"昨天海边掉下来个大怪物,日本人说是个花旗兵坐着那玩意儿来的，如果谁窝藏了他，就要枪毙。"突然他停了下来，紧盯着红妹，我立即白了他一眼，随后我们逃跑似的出了村。

路上我发现爹的精神有些恍惚，我想问他，但被红妹拉住了，显然她更明白爹的想法。到了古墓，我搬开石头往里看，花旗兵正舒舒服服地在里头做梦呢。我叫醒了他，于是我爹带的那些馒头就全进了他的肚子。吃饱后，他才"三克油"个不停，还抱了我爹一把。

突然，我爹的手发起抖来，他让我们继续陪着花旗兵，他先走了，以免村里人疑心。我突然有种不祥之兆，拉住爹说："别！"

"爹不会的，别忘了你娘是在上海被日本人炸死的。"爹的目光沉重了许多。

爹走后，我们开始教花旗兵钓龙虾。这种原始的方法连傻子都会，可这个会腾云驾雾的花旗兵学了整整半天，才钓起一只小得可怜的半透明的虾，又被我们放生了，但他还是手舞足蹈了一阵。

我对这个花旗兵很失望，原来关于他的英雄形象的种种想象全然不对。他居然当着女人的面流眼泪、连小孩都会怕，这种胆小鬼也配打仗？但我必须救他，因为陆先生活着的时候总是说，花旗兵是来帮助我们打日本人的，是我们的朋友，对朋友一定要像对亲兄弟一样。可这种人配做我的亲兄弟吗？算了，陆先生是有学问的人，他讲的话一定是有道理的。

陆先生是红妹的爹，红妹的娘生她的时候就死了。陆先生曾在上海教过书，是我们这方圆几十里内最有学问的人，但他却很穷。五年前，上海被占领时，他带着红妹回到了老家。三年前，有个从大概是叫重庆的一个地方来的人在他家里住过一夜，第二天他就被日本人抓走了，回来时已成了具尸体。从此，红妹成了孤儿，我爹收养她做童养媳，她就住在了我家。

第二天，我和红妹又去送饭，顺便把花旗兵从天上带下来的大布伞、皮衣和皮帽都给埋了。一见到花旗兵，他身上那股猪圈般的味道就直往我鼻孔钻。他该洗澡了，当然还有我，我立刻就脱衣下水了，水不深，大人站在最深处也只淹到脖子。我扑打起水花招呼花旗兵下来，起初他又是一副恐惧的样子，但后来他还是下来了。他在水里更活泼些，主动给我擦背。他赤着胳膊，露出的野兽般的胸毛让我恶心，我还从没见过人的身上能长这么多毛。他很殷勤，嘴里叽里咕噜像在和我聊天，于是我也和他聊了起来，自然我们谁也听不懂对方说的话。过了一会儿，我向岸上看了一眼，红妹不见了。

她去哪儿了？我撇下花旗兵，让他自言自语吧。我游向芦苇丛中，拨开密密的芦苇秆，穿过一个极窄的小河汊，又转了好几个弯，才到了一个被芦苇层层包围起来的更隐蔽的小池塘。我想到了什么让我脸颊发热的事，我尽量不弄出声音，把全部身体藏在水中潜泳。忽然，我在水中依稀见到了两条雪白修长的腿，我看不清，心跳却加快了。我忙后退几步，躲到近岸的芦苇丛中，才悄悄把头探出来。

首先，我看到岸上有一堆红妹的衣服，然后看到红妹在池塘中，只露出头部和光亮的双肩。我不知道她是在游泳还是在洗澡，只是尽量克制自己急促的呼吸。她舒展着四肢，双眼却闭着，长发披散在洁净的水中。过了好一会儿，直到我站得脚都快麻了，她才慢慢上岸。我看到她赤裸的背脊，两块小巧的肩胛骨支撑起一个奇妙的几何形状。然后，她的腰肢和大腿直至全部身体都像一只剥了壳的新鲜龙虾般，一览无余地暴露在河岸上。她的体形犹如两个连接在一起的纺锤，沾满池水的皮肤闪着一种奇异的光。我过去总感到世界上没有比这片芦苇荡更美的东西了,但现在这些芦苇在红妹的身边全成了一种陪衬。虽然我在心中暗暗咒骂自己,但十二岁的我却在偷偷地对自己说:"快些长大吧。"

终于,她穿上了衣服,把所有的诱惑都严严实实地包裹了起来。我悄无声息地离开了。

接下来的一个月出人意料地平静,花旗兵似乎已和我们交上了朋友。他很老实地只在古墓四周活动,钓龙虾的技巧也熟练掌握了。他一开始难以适应我们的稀饭,只肯吃馒头,但后来也温顺得像牲口一样,给什么吃什么。我不知道要这样过多久,红妹也不知道,反正只有这里是安全的,出去肯定不行。这些天,三十来岁的爹突然多出来不少白头发,我开始了解大人们的烦恼了。

我总觉得花旗兵对红妹热情得有些过分。有一回我们在河边钓龙虾,他突然唱起了歌。我们都不明白唱的是什么意思,但我们知道他的歌声就像是砂锅里煮肉的声音,而且完全走调了。我们都被花旗兵驴叫般的嗓子逗乐了,于是红妹也唱了一首歌:

> 长亭外,古道边,芳草碧连天。晚风拂柳笛声残,夕阳山外山。
> 天之涯,地之角,知交半零落。一壶浊酒尽余欢,今宵别梦寒。

我和花旗兵都听得入迷了。陆先生活着时经常唱这首歌,但红妹唱得更好。芦苇荡中似乎一切都静止了,连风也停住了,她的歌声渗入每一片芦苇叶子和每一波涟漪,总之在我的回忆里是这样的。

花旗兵听罢沉默了许久,像个白痴,忽然他拍起手来,说道:"歪瑞古德。"他兴奋地张大嘴，顺势脱下手腕上那块表，放在了红妹的手里。红妹急忙摇了摇头还给他，并后退了好几步。花旗兵又说了一长串话，做出了各种表情。红妹也明白了几分，但就是死活不肯收，可花旗兵真较上了劲，死皮赖脸地缠上了。红妹实在拗不过，就一把将表塞在了我手里。花旗兵却一脸尴尬，但也没法子，于是就摸摸我的头，又说了一大堆话，看样子，这块手表算是送给我了。

红妹立即带我回去了，路上她嘱咐我千万不能让别人看到这块表，藏在身上，别戴在手上。

"红妹，为什么你不要这块表？"

"你还太小，不明白。"

"我明白，花旗兵没安好心。"我大声地说。

红妹突然盯着我，我俩对视了许久，她的眼神火辣辣的，像是发现了什么，然后她把红扑扑的脸颊紧贴在我头上说："你长大了，你快点长大吧。"

晚上，我借着烛光仔细打量这块表，头一回抚摩这种戴在手腕上的时间机器。表面上刻着几行外国字和一个奇怪的标志，外壳和表带都是一种特殊的金属。那时我还不懂一块飞行员的表的价值，也讨厌得到它的方式，但我实在太喜欢它了，虽然我的手腕太细，但戴上它的感觉依然棒极了。我戴着它模仿花旗兵问红妹好不好看。最后我还是恋恋不舍地把表摘了下来，放到耳边倾听秒针的嘀嗒声，那仿佛是表的心脏搏动的声音。

"红妹，这表什么时候才会停？"

"这是飞行员的表，也许十年、二十年，也许一辈子都不会停。"

我把表小心地包在一块手巾里，放在胸口的小褂内，再用一根带子绑起来。它就在我的心口，和我的心一块儿跳动着。

"快睡吧。"红妹催促着我。我和她是睡一间屋的，但分两张小床。这时我突然说："红妹，我在你身上躺一会儿好吗？"

我上了她的床，把头枕在她高高耸立着的胸脯上。她的胸脯既柔软又坚韧，我闭上了眼睛，鼻子却在努力嗅着红妹身上的气味，那就像是春天芦苇变绿时弥漫在池塘中的味儿。

"红妹，给我揉揉背好吗？"说罢我翻过身去，俯卧在她身上，把脸埋进了她的胸脯里，然后我又贪婪地深深吸了一口气。

"你今天怎么了？"红妹给我揉起了背。她的手指凉凉的，手掌上有老茧，光滑的指尖和指甲划过我裸露的背脊时，让我想起了我死去多年的娘。自从我娘在上海的闸北大轰炸中被炸死，我就成了个沉默寡言的孩子。我是村里唯一没有兄弟姐妹的独子，直到红妹来到我家。

"红妹，你白天唱得真好听，你再给我唱一首歌好吗？"

红妹拿起了一把破蒲扇，唱了一首《扇子歌》。这是一首苏北平原上古老的民歌。她轻声吟唱着，一只手为我揉背，一只手为我摇扇子。

从红妹的胸脯里散发出来的气味充满了我的鼻腔，让我昏昏沉沉的。我感觉自己好像渐渐飘了起来，到了一个更大的芦苇荡，坐落在退潮后的黄海边。在那儿，有一个披着红盖头的新娘坐在花轿里，来到一个小池塘边，池塘边有一个戴着块手表的人，这个人就是长大后的我。我掀起了新娘的红盖头，但却什么也看不见。我哭了。

芦苇荡里一队水鸟掠过，惊醒了我的梦。

醒来时，我发现自己躺在红妹的床上，她正在灶前为我和我爹做早饭。

吃过早饭我独自出门，正遇上小黑皮，我想避开他，他却拉住了我的手说："小新郎官，你家的红妹怎么还没见喜啊？"

"我听不懂，你滚开。"

"我可是一片好意，你爹是个三十来岁的老光棍，家里有这么个漂亮的大姑娘，风言风语可少不了的。你可得小心着点你爹，别红妹没给你生个儿子，倒给你添个小弟弟。"

虽然我那时还不懂这些话是什么意思，但知道反正不是好话，我一拳砸在了小黑皮的鼻子上。这一拳用尽我全力，小黑皮也没什么防备，鼻子立刻就开了花。

但他终究比我大了十岁，他飞起一脚踹在我胸口，把我藏在胸口的那块表给踹了出来。我心里一惊，忙捡起来，还好没坏，刚要往怀里藏，小黑皮就一把将表抢去了。

"还给我！"我冲上去抢，但被他推翻在地，他一只脚踩下来，把我踩住了。

"这是什么玩意儿？"小黑皮仔细地看，"还有外国字，歪歪扭扭的，是什么宝贝？"

"还给我！"我声嘶力竭地喊道。

小黑皮突然松开脚，把手表还给了我，我把表揣进怀里，对他大骂了几句，便立刻跑开了。

下午，我陪爹到镇里办事，红妹去给花旗兵送饭。黄昏时分，我们回来的路上突然下起了一场大雨，豆大的雨点像被从天上倒下来一样砸在我们身上。冒着大雨回到家时却发现红妹不在，那么大的雨，她上哪儿去了呢？难道还在芦苇荡里？

爹很不放心，于是和我披上蓑衣又冲入雨中。雨越下越大，水塘的水不断上升，一片泥泞。我们艰难地涉过水塘，拨开被雨水砸得四处摇晃的芦苇向古墓进发。一路上，我们什么也没说，我只听到自己的心在怦怦地跳，似乎与大雨和着同一个节奏。

接近古墓，隐约听到大雨中有尖叫声从那儿传出，我们加快了脚步。是女人的声音，越来越清晰了，听得出那是红妹的声音。

"救命！"她嘶哑的叫喊声划破了芦苇荡的上空，天色越发黑暗，一切都被大雨涂抹成了深色。我们到了古墓，却没有人，声音是从对面那一丛东倒西歪、剧烈晃动的芦苇中传出的。

"红妹！"我也大叫了一声。

这时突然从芦苇丛中冲出一个人影，像弹丸似的弹了出来，直撞到我身上，将我一同扑倒在泥水里。是红妹，她的衣服全都成了碎片，像是只在身上披了层破布。她的头发全乱了，头发上、脸颊上，甚至嘴唇上也沾满了泥水和芦苇叶。她满脸的泪水已与雨水混在一起，难以分辨。红妹紧紧把我抱住，蹲在地上不肯起来，虽然湿透了，但她的身上却很热，我突然从她身上闻到了一股只有花旗兵身上才有的特殊味道。

"狗娘养的花旗兵！"我爹大骂了一句。

我从没见过他如此怒不可遏。他凶猛地扑向那丛芦苇，很快就把那个赤着身子的花旗兵拖了出来。爹向来是个性格温顺的人，从不与人打架，此时却打得如此狠，手脚并用，而且专拣要害。直打得花旗兵全身青一块、紫一块，浑身是血，又跟泥水混在一起，简直成了个"黑人"。

花旗兵根本就不敢还手，他任凭自己被我爹痛打，一身不响地背过气去了。

"爹，你会打死他的。"

"你真是个憨大，当了活王八还不知道！"爹恶狠狠地说。

然后他把花旗兵架了起来，又在花旗兵耳边大吼一声："别装死！"

"红妹，你说让这个杀千刀的畜生怎么死？"爹一边问着红妹，一边用手紧紧掐着花旗兵的脖子，随时都可能把他的脖子拧断。爹的目光第一次让人不寒而栗，我相信花旗兵的死期到了。

红妹咬着嘴唇，好久才轻轻地说："饶了他吧。"

"什么？"爹以为自己听错了，"你不恨他？"

"恨，我恨不得亲手杀了他。可花旗兵是来帮助我们打日本人的，我们不能伤害他。"

"可他伤害了你，也等于伤害了我们。"

"这是命，红妹受的苦都是天注定的。"

"真的要饶了这个忘恩负义的畜生？"爹又给了花旗兵一个耳光，把他打醒了。花旗兵双眼无神地看着红妹，仿佛已听天由命了。

"饶了他吧，就当什么也没发生过。"红妹的声音越来越微弱了。

爹长叹了一口气，把掐住花旗兵的手放开了。"快磕头谢罪。"爹又把花旗兵按倒在地上，让他向红妹磕了三个响头。然后爹把蓑衣和外衣都脱下来披在红妹身上，带我们离开了这里。

路上，我们保持沉默，红妹不停地发抖，爹的脸色难看极了。回到家，爹什么话也没说，立刻回到他的屋里去了。许多年以后，爹终于向我说起他对红妹的身体曾有过一种强烈的渴望，毕竟那时的他是一个三十多岁的成熟男人，他曾有过他的痛苦。但爹是一个老实巴交的鳏夫，作为一个农民，他有惊人的克制力去忍耐那种欲望。我想，那晚的事一定让他彻夜难眠。

红妹让我给她打些热水，她想洗澡。过去总是红妹给我烧水，但这回我想红妹是真的受委屈了。打来了热水，我刚要退出房去，红妹却说："你留下吧。"

于是，我看着她在木桶里洗澡，这是我第二次看见女人的身体，第一次是偷看，这次却是光明正大的。她的身体依然是那么完美，在热水中更显得成熟。她一点表情都没有，只是努力擦拭自己的身体，一遍又一遍。她对我说："红妹已经不干净了，将来你还要不要我？"

"我要，我一定要，红妹你洗完了澡又会和昨天一样干净了。"十二岁的我还不明白这天发生的事究竟意味着什么。

"你也淋雨了，进来一块儿洗吧。"红妹说得异常平静，我知道她始终把我当成一个孩子。于是我脱光了衣服，露出我十二岁的身体，跳进了大水桶，与红妹十八岁的身体贴在了一起。

"为什么你还是个孩子？"红妹仔细看了看泡在水中的我全身每一个干巴巴的细节。

"我不是个孩子了。"尽管我说出口的是童声。

红妹的表情略微有了些变化，她轻轻地在我耳边说："红妹脏了，从今天起，红妹永远是脏的，永远也洗不干净了。帮我擦擦背好吗？"

平时总是红妹给我擦背的，现在我才想起该有人给她擦背啊，这个人应该是我。我拿着布擦了好一会儿，早就擦干净了，可红妹还是觉得脏，于是我再擦一遍，一直擦到她皮肤发红，她还是认为不干净。然后红妹又要我为她擦遍全身每一个角落，她说："我全身没有一个地方是干净的，就算皮肤干净了，骨头里也已经脏了。"

我突然激动了起来："红妹，你一点也不脏，就算脏了，我也要你，要你。"

红妹一把将我紧紧抱住，抱得好紧，让我在热水中喘不过气来。我的意识有些模糊了，在我的记忆中，她的嘴唇好像堵住了我的口，好像把我的手和前胸紧贴在她高高的胸脯上。我们就这样紧拥了好久，也许是一辈子。但是，我十二岁的身体究竟无能为力，那一晚，什么也没有发生。

大雨，下了整整一夜。

天亮了，雨也停了，村子里传来了几声刺耳的狗叫和皮靴落地的声音。我家的门被一脚踹开，我和红妹还有我爹都被绑了起来。我这才看清来的是一个小胡子日本军官，他带着一个翻译和一队日本兵，以及一条伸着舌头的大狼狗。在日本人身边还站着小黑皮，他正死死地盯着红妹。我什么都明白了，是因为那块表，他告密了。

小黑皮笑嘻嘻地在红妹身边转了一圈，又来到我跟前，一把从我的胸口把那块表给掏了出来，交给了日本人。小胡子军官个头很矮，比我高不了多少，他拿着那块表端详了片刻，连连点头，然后拍了拍小黑皮的肩膀，又向翻译说了一通东洋鬼话。

翻译问："花旗兵躲在哪里？"

我们没人开口。小胡子看了看，把手指向了我爹，几个日本兵上来用枪托猛砸我爹的脑袋，我爹立刻就被砸得倒地不省人事。我一急就叫了起来，小胡子走到我跟前，摸摸我的头，对我龇牙咧嘴地笑了笑，见我毫无反应，就打了我一记耳光。我的脸上立即火辣辣地疼，半边脸肿了起来。我在心里面骂起了日本人的祖宗十八代，顺便也骂到了那个活该千刀万剐的花旗兵，这种畜生最好马上就死，说就说吧。

"不能说！想想你娘吧，千万不能为日本人办事！"红妹突然大叫了起来。

小胡子于是又转到红妹面前，打量了一番，伸手便去摸她的胸脯，红妹冷不防啐出一口唾沫，正中小胡子的鼻梁。他勃然大怒，从腰间抽出了一把寒光闪闪的军刀对着红妹。红妹眼睛也没眨一下，小胡子摇了摇头，又把军刀放回了刀鞘。

小黑皮却对翻译说："看样子，他们是把花旗兵藏在了芦苇荡里。"

小胡子听了翻译的话后点了点头，让小黑皮先看着我爹，他自己带着士兵和翻译还有大狼狗，押着我们进了芦苇荡。他们叫红妹带路，红妹却带着他们乱转。然后又叫我带路，我则原路返回。小胡子很恼怒，他下令让狼狗带队。这狼狗大得惊人，露出长舌头和两排森白的牙齿，它一定吃过不少人肉。它不断用鼻子在泥泞的地上和芦苇间嗅着，雨后的空气特别清新，使狗鼻子的灵敏度增强了。它带着我们向一片淤泥冲去，不一会儿，我们埋在那儿的花旗兵的大伞和皮衣皮帽都被挖了出来。小胡子狡猾地笑了笑，继续搜索。我不知道今天还能不能活命，浑身都在发抖。我偷偷向红妹瞄了一眼，她却神情镇定，她的眼神与我的撞在一起，立刻让我平静了下来。

但随即我的恐惧又涌上来了，可憎的大狼狗正带着我们一步一步靠近花旗兵藏身的古墓。不断有飞鸟和青蛙被日本兵的皮靴惊起，他们用刺刀尖拨开芦苇，终于我们到了那里。

　　刹那间，我脑中一片空白。但那条狼狗似乎被古墓中散发出来的古老气味迷惑了，它绕过古墓继续前进，结果又绕了一圈回到古墓边。

　　小胡子急了，他抽出军刀对准了我们。我的腿发软，但我想到了花旗兵，他此刻一定躲在古墓中透过那道石头缝偷看我们呢。现在我要为这个混蛋去死了，他的命难道真的比我们的命更值钱？咋晚真该让爹把他杀了。

　　小胡子把军刀对准我的鼻尖，我无路可退，直视着锋利的刀尖，锋刃在清晨初升的阳光中耀眼夺目。我想象着它切开我的脑袋，沾满了我的鲜血和脑浆的情景，我大叫了起来："二十年后又是一条好汉！"

　　这话本不该由我这个孩子来说，但我一想到如果我下辈子能活到二十岁，就能娶红妹了，所以脱口而出。

　　"不要碰他！"红妹大叫起来，小胡子立刻把目光对准了她，也把军刀掉转了方向。

　　"他是我男人，不要碰他。"红妹的这句话让我重新精神起来，死就死了，我也满足了。

　　翻译把这句话告诉日本人，小胡子立刻对我轻蔑地笑了笑。

　　"先把他放了，我就告诉你们花旗兵在哪里。"红妹对翻译说。

　　小胡子同意了，并为我松了绑。我一下子扑到红妹身上，喊道："我不走，我要和红妹死在一起，永远在一起！"

　　红妹在我耳边亲了一下，然后轻轻地说："快走，忘了我吧，我是个不干净的女人，我配不上你，将来你找个干净的好女子吧。"

　　"我只要红妹，这辈子我只要你。"我抱着她不放。

　　红妹突然踹了我一脚，说道："快走，为你爹想想，别断了你们家的香火。"

我流着泪看了她一眼，放开了她，红妹又说了一句："你是男人，男人不能随便流眼泪，更不能当着自家女人的面。"

我抹干了眼泪，飞快地跑了。一切都在芦苇的绿色中模糊了。

一口气跑到村口，我突然想起昨天晚上红妹在热水里的身体。我不能丢下她不管，她说我是个男人，不能随便流眼泪，可一个男人不能让自家的女人留下来等死，自己却跑了。不行，我要回去！于是我又跑回芦苇荡，脱了衣服跳下水，悄悄游了回去。不一会儿，我便游到了古墓边的池塘里，隐藏在密密的芦苇中，偷偷看着岸上的红妹和日本人。

翻译说："现在他已经走远了，你可以说了吗？"

"好的。"被松了绑的红妹嘴角带着一丝微笑，对着直指她胸口的军刀。她捋了捋头发，眼神中闪出一种光彩。她挺直了身体，刀尖前面高耸的胸脯一起一伏，仿佛在嘲笑着苍白的锋刃，她的衣服紧紧包裹着的似乎已不再是诱惑，而是一团炽热的火。

突然，她骄傲的胸脯向前一挺，军刀尖深深地刺了进去。这让小胡子措手不及，他根本无暇抽刀，从红妹胸口喷出的鲜血已经溅在了他的脸上。

我惊呆了，身体麻木了，仿佛已不再属于我自己。我看见红妹的嘴角依旧带着微笑，只是胸口上多了一把长长的军刀，鲜血正源源不断地向外喷涌。红妹倒下了，她慢慢地闭上了眼睛，身体完全被染红了。血流到了地上，泥土也红了；血流到了芦苇秆和叶子上，它们也红了；血流到了池塘里，于是我的眼前也一片猩红。她的血仿佛永远也流不完，一直汩汩地往外涌，我从她的血中嗅到了那晚把头埋在她的胸脯里时嗅到的味道。

那条狼狗贪婪地伸出舌头舔着泥土里的血，小胡子把军刀从红妹的胸口抽出，无奈地摇了摇头。正当他们要离去时，从古墓中传出奇怪的声音，把他们吓得魂飞魄散。我看见花旗兵了，他竟从古墓中爬了出来，他的身上和脸上全是昨晚被我爹痛打之后留下的伤痕。花旗兵露出了一种我从未见过的表情，他愤怒了，真正愤怒了。他像一个真正的军人一样扑向了小胡子，带着一种野兽般的呼啸一把将小胡子扑倒在地，狠狠地掐住了他的咽喉。周围的日本兵立刻用刺刀刺入花旗兵的背脊，但花旗兵不放手，继续狠狠地掐住小胡子，直到花旗兵的身上出现了二十几个刺刀留下的窟窿，血溅起半尺高，才彻底断了气。

日本兵费力地把花旗兵搬开，躺在地上的小胡子一动不动，翻译用手去试了试他的鼻息，然后沮丧地说："完了，被活活掐死了。"他们对花旗兵的尸体验明正身之后，便把他和小胡子的尸体一同拖走了，只剩下红妹独自躺在地上。

我从水中爬出来，趴在红妹身边，静静地看着她的脸。我仿佛能看见她的灵魂正离开她曾经火热的身体，像一缕轻烟，飘到高高的云端去了。而芦苇荡依旧平静地横卧在苏北平原上，好像什么也没发生。虽然它已经染上了三个国家的人的血。

十二岁的我吃力地抱起了红妹，她好像突然轻了许多。我向芦苇荡的深处走去，筑巢的水鸟们被惊起，在我们的身边飞舞。我踏着猩红的泥土走着，红妹被芦苇永远地隐藏了起来，永远。

迷 城

引 子

已经是后半夜了，叶萧缓缓地走在那条似乎无穷无尽的官道上，大路上覆盖着一层白雪，身后留下两行清晰的足迹。当他以为自己永远都无法到达终点时，忽然，那座城市出现在了视野尽头。

他站在山岗上眺望那座城市，只见一片白茫茫的雪原在冷月下泛着银光，他惊诧于这南国的冬天竟会有这样的雪景。越过那条在雪原中蜿蜒起伏的官道，便是南明城了。

隔着黑夜中的雪地远远望去，那座城市就像坐落于白色海洋中的岛屿，有着无数黑色的棱角，突兀在那片雪白的平地中。叶萧忽然有些恍惚，不知是因为这大雪，还是远方那梦幻般的庞然大物。他一动不动地站在山岗上看了很久，一切又显得有些不真实了。他并没有意识到，在令他印象深刻的第一眼之后，他永远都难以再看清这座南方雪原中的城市了。

叶萧知道那就是他要去的地方，他摸了摸背后藏着的剑，快步走下山岗。

一

二更天了，丁六听到城墙下更夫的梆子声在南明城的死寂中敲响，他清醒了一些，抬起头看着那轮清冷的月亮，那被厚厚的眼袋烘托着的细长眼睛忽然有了些精神。他挪动着臃肿的身体，继续在月满楼前的小街上走着。

丁六的步子越来越沉，雪地里留下深深的脚印。他嘟嘟囔囔地咒骂着这寒冷的天气，浑浊的气体从口中喷出，又被寒风卷得无影无踪。酒精使他脸色通红，他后悔没喊轿夫随行，但每次坐上轿子，轿夫们就会暗暗诅咒他，因为他的体重使所有的轿夫都力不从心。他又想起了刚才月满楼里那些女人们身上留下的胭脂的香味，这味道总在他的鼻子附近徘徊，就连风雪也无法驱走。

拐过一个街角就要到家了，习惯于深夜回家的他会举起蒲扇般的手掌，拍打着房门，年迈的老仆人会给他开门，乡下来的十五岁婢女会给他脱衣服，端洗脚水。最后，他会走进屋里给躺在被窝里的瘦弱的夫人一个耳光，斥责她为什么不出来迎接。

再走二十步就到家门口了。忽然，他停了下来。

他停下来不是因为他改变了主意，而是因为他忽然听到了什么声音，这声音使他的心脏在厚厚的胸腔里猛然一跳。丁六忽然有些犹豫要不要回头看一看，不，也许只不过是寒冬里被冻坏了的老鼠在打洞，或者是——终于，他把自己那颗硕大肥重的头颅扭了过去。

二

太阳在雪地上升起，南明城的每一栋房子都被白雪覆盖着，房檐下一些水珠正缓缓滴下。

南明城捕快房总捕头铁案抬着头，天上的太阳与周围的一切融合在了一起，光芒如剑一般直刺他的眼睛。铁案缓缓地吁出一口气，看着从自己口中喷出的热气升起又消逝，忽然觉得有些无奈。他又低下了头，看着地上的尸体。

雪地上的死者仰面朝天，肥硕的身躯就像一张大烧饼摊在地上，显得有些滑稽。铁案轻蔑地说："死得真像头猪。"

铁案认识这个死者，甚至对他了如指掌。死者叫丁六，经营猪肉买卖十余载，在全城开有七家肉铺，生意兴隆，家境殷实。说实话铁案很厌恶他，当年丁六是靠贩卖注水猪肉发家的，至今仍在从事这种勾当，只因贿赂了地方官才能逍遥法外，要不然铁案早就用链条把他锁起来了。

虽然铁案对丁六充满厌恶，但他还是俯下身子，仔细查看丁六咽喉上的伤口。是剑伤，伤口长两寸一分，深一寸二分，完全割断了气管，但丝毫没有触及动脉。显然凶手是故意这么做的，丁六仅仅是被割断了气管，不可能一下子就死，他是在无法呼吸的痛苦中渐渐死去的。

忽然，铁案脑海中出现了这样一幅画面：黑夜的雪地中，寂静无人，只有丁六臃肿的身体倒在地上。他的咽喉上有一道口子，气管被割断，其中一小截裸露在风雪中。丁六也许还茫然不知，他倒在地上猛地吸着气，然而从口鼻吸进的空气，却又从喉咙口那被割断的气管漏了出去。他不明白此刻呼吸只是一种徒劳，他那肥胖的身体迅速与空气隔绝开来，然后他开始不停地抽搐。一开始丁六的脑子还是清醒的，他应该记住了杀死他的那个人的脸。最后由于缺氧，他脑中一片空白，直到在绝望中丧失所有的意识。铁案考虑到死者的体形，他推测这一痛苦的过程大约持续了半炷香的时间。

铁案又回到现实，许多人在雪地里围观，公差和衙役在维持秩序。丁六的老婆来了，这个精瘦的女人，尽管脸上还残留着许多丁六赐给她的掌印，却依然不要命似的往丁六那与她形成鲜明对比的身体上扑去。一个公差拉住了她，铁案的耳边响起了女人的尖声号叫，这刺耳的声音让铁案心烦意乱。他知道仵作马上就要来拉尸体了，接下来要做的就是破案、缉拿凶犯、捉拿归案、官府审判，最后等待凶犯的将是秋后处决。这一切，对于办了二十多年案的铁案来说早已习以为常。

他低着头拐过一个小街口，见到了那个叫阿青的小乞丐。他停下来怔怔地看着小乞丐，在阳光照不到的街角，阿青静静地坐在一堆废棉絮里，身上裹着一件破得像筛子似的棉袄。铁案说不清自己为什么停下来。小乞丐特别脏，看不出多大年纪，脏脏的小脸盘上有一双特别明亮的眼睛，与被抹黑了的脸形成鲜明对比。铁案忽然想起了什么，但瞬间又忘记了。也许自己真的老了，他长叹一声便离开了。

阿青蜷缩在大棉袄里，静静地看着那高大的官差离去，然后拍拍身下的破棉絮说："快出来吧，官差走远了。"

叶萧终于把自己的头从那堆棉絮中探了出来，面无表情地看着阿青的脸。

三

寒夜里，一堆篝火悄悄地燃烧着，不断跳动的火光映红了这间破庙里的一切，也映红了阿青脏脏的脸——她的脸终于有了些血色。她转过头看着身边的叶萧，轻轻地问："你从哪里来？"

"我也不知道自己从哪里来。"叶萧淡淡地回答。

"不知道？你真奇怪，那你为什么来南明？"

"我来找一个人。"

"谁？"

"王七。"

"王七？"阿青觉得这个名字好像有些熟悉，但又实在记不起来，也许是因为这个名字太普通了，随便哪条小巷里都能找出一个王七来。

她又问叶萧："你找的那个王七是什么人？"

他摇了摇头说："我不知道。"

"那你找王七干什么？"

"与他比剑，而且，我要打败他。"

"可你甚至不知道他是谁？"阿青有些莫名其妙。

"你觉得这重要吗？"篝火照耀下的叶萧神色忽然冷峻了起来。

阿青看着他的脸，不知道该说些什么，眼前的少年看起来还不到二十岁。她是在昨夜三更天时看到叶萧的，那时她正睡在这间破庙里，从外面传来的声音使她惊醒，她跑出去看到了这少年。他穿着破旧的衣服，独自行走在寂静无人的街道上。阿青看他冻得发抖，就把他带回破庙，让他睡在神像前的供案上。

阿青忽然问："今天早上，那个公差走过的时候，你为什么立刻就躲到棉絮堆里去了呢？"

"因为昨夜我是翻越城墙进来的，我不想被官府抓住。"

"怪不得，你的本事真大，你能翻越城墙？"

叶萧不回答，只是微微点了点头。

狭小的破庙里又陷入沉寂，篝火继续燃烧着，寒风从破庙的缝隙里钻进来，吹坏了角落里的许多蛛网。

两个人沉默了一会儿之后，叶萧终于说话了："阿青，你说话怎么像个女孩？"

"你说什么？"

"我说，你说话的声音像女孩。"

叶萧以为她是个男孩。其实，几乎所有认识阿青的人都这么认为。她总是披散着一头发出臭味的乱发，裹着一件破烂不堪的棉袄，每天都是脏兮兮的样子，没人会把她与小姑娘联系在一起。阿青也愿意别人把她当成男孩，一个住在破庙里的以乞讨为生的穷小子。

"嘻嘻。"阿青像男孩那样对叶萧傻笑了一下，然后就倒在乱草堆里睡觉了。

叶萧依旧坐在篝火前，独自面对着越来越微弱的火苗。

四

朱由林看到自己走在一片密林中，密林不见天日，只有乌鸦的叫声响起，在树木与枝叶间回旋着。他握着佩剑继续向前走着，乌鸦纷纷向他飞来，他的帽子被叼走了，锦袍被啄破了，甚至玉带也被抢去了。最后，他身上所有的衣服都没有了，只有手上还握着一把剑。

这时密林中出现了一个人影，那个人逆着光，一言不发地靠近了朱由林，当朱由林即将看清他的脸时，那人忽然扬了扬手，随后一道寒光一闪而过。朱由林刚要拔剑，就感到自己的喉咙口有一阵彻骨的凉意，一阵风正从咽喉灌进他的身体，他有一种脖子被别人掐住的感觉，然后就什么都看不到了……

当今大明天子的侄子——世袭南明郡王朱由林终于醒了过来。他喘着粗气，坐在紫檀木的大床上，透过纱帐向外看去。寝宫里一片黑暗，在宫室的一角，刻漏还在继续滴着水。听到这每夜陪伴他的滴水声，朱由林终于相信刚才只不过做了一个梦。他担心天寒地冻，万一刻漏里的水结冰的话，他就真的要陷入无边的恐惧中了。

朱由林离开了他的大床，披了件皮袍走到寝宫的另一边，忽然闻到了一阵奇特的熏香味，耳边似乎又响起了惠妃的笑声。他又想起刚才那个梦，从这场几十年不遇的大雪降临南明城起，他每晚都会做这个梦。

朱由林走到寝宫的窗前，缓缓推开了窗，黑夜里什么都看不清，只有天上的冷月散发着清辉。

五

又下雪了。

南国细小的雪籽，轻轻地落在南明的街巷中。叶萧有些累了，他靠在一间店铺边，静静地看着前方的十字路口。他的身体靠在墙上，背囊里的剑硬邦邦的，几乎嵌入了后背。剑柄藏得非常隐蔽，即便从他身后经过都很难察觉得到，但如果需要，他能以最快的速度将剑从背后拔出，指向敌人的咽喉。

一些雪籽落在他脸上又渐渐融化。忽然，店铺的门开了，老板杨大走出店门，迎面看到了这个靠在墙边的少年。

杨大端详了叶萧一会儿，看出他不是本地人，杨大笑了笑说："小兄弟，这大雪天，进来坐坐吧。"

叶萧跟着杨大走进店铺。店铺宽敞豪华，架子上摆放着各种药材，叶萧立刻闻到了一股久违的山野味道。

"小兄弟，把你背后的东西拿出来吧。"

叶萧一惊，他的手立刻探向背后，悄悄地抓住了剑柄，正当他准备先发制人时，却听到杨大说："小兄弟，我看到你后面的草药了，是不是三仙草？"

原来是背囊里的三仙草露了出来。几天前叶萧路过一座大山时，采了几把这种名贵的草药。他松开握着剑柄的手，将背囊里草药拿了出来。

"小兄弟，我就知道你是来卖草药的，把这些三仙草卖给我如何？"

叶萧心想自己留着也没用，随口说："好的，三十文钱怎么样？"

杨大没想到这少年开价居然如此低，显然不识货。在杨大的店铺里，这样的三仙草至少能卖五十两银子。杨大觉得今天很走运，却板着脸说："小兄弟，你开的价钱高了些，不过，算我们交个朋友，就三十文，我要了。"

杨大仔细数了三十个铜板，串好了交给叶萧，叶萧没有点就塞进了怀里。

杨大问他："小兄弟，你不是本地人吧？"

叶萧点了点头。

"小兄弟来南明干什么呢？"

"我来找王七。"

"王七？"这个名字很耳熟，杨大想了想，又问，"你找他干什么？"

"和他比剑。"

"不，你是不可能和他比剑的。"

"为什么？"

"因为王七已经死了。"

六

清晨时分，雪终于停了。

铁案迈着缓慢而沉重的步子走进天香药铺，他掀开帘子，在柜台后面看到了杨大的尸体。

杨大坐在椅子上，上半身倒在桌子上，脸朝右，左耳贴着桌面，右侧有一个算盘，右手甚至还搭在几枚算珠上，头的前方摊着账本，毛笔落在一旁。铁案仔细地看了看毛笔尖上的墨汁，已经完全干了。凶案应该发生于子时，铁案知道杨大一直都有半夜里算账的习惯，因为杨大的贪财是出了名的。他看着杨大的脸，那张脸什么表情都没有，眼睛还睁着，大而无光的眼睛就像鱼翻起的白肚皮。杨大的伤口在咽喉，一道细细的口子，长两寸一分，深一寸二分，与两天前丁六身上的伤口一模一样。还是准确地割断了气管，丝毫没有触及动脉，所以血流得很少。铁案明白两起凶案必然出自同一人之手，而且凶手故意要使死者在临死前忍受无法呼吸的痛苦。想着想着，铁案的心忽然一沉。

铁案拉开了杨大身边的抽屉，里面放着银票和银元宝。他又看了看桌上的账本，账本里的金额与抽屉里的实际钱款相符，一文不少，显然凶手不是为了劫财。不过，看完账本后，铁案对杨大更加鄙夷了，因为从账本上可以看出，杨大几乎每做一笔生意，都会缺斤短两地欺诈他人的银子，甚至还能从账本上看出他贩卖假药。

最后，铁案在杨大的抽屉里发现了一把草药，他把这些草药放到眼前仔细地看了看，忽然想起几年前南明王府里一位王妃急病，正是他跑到杨大的店铺里买到这种名贵的草药才救活了王妃的性命，铁案至今还记得这种草药的名字——三仙草。

七

破庙里，篝火依旧燃烧着。

"你找到王七了吗？"小乞丐阿青轻声问叶萧。

叶萧摇摇头："他们说王七已经死了。"

"也许他们说的王七，并不是你要找的那个王七。"

"我不知道。"叶萧茫然地说。他转过头看着阿青，跳跃的火光使他的脸忽明忽暗。

"那你还会找下去吗？"

"是的。"

"如果王七真的已经死了呢？"

"不，王七不会死的，永远都不会。"叶萧冷冷地说。

忽然，一阵冷风把庙门吹开，篝火被吹灭了。狭小的破庙陷入黑暗中，阿青早就习惯这种环境了，但她还是有些害怕。

"你在发抖？"叶萧问她。

"我在这破庙里住了十几年了，从来不会发抖。"

"不，你在发抖。"

叶萧忽然伸出手抓住了阿青的肩膀，阿青真的发抖了。黑暗中她听到了叶萧的声音："现在没有火了，你一定很冷，来，靠在我身上，我们两个互相以身体取暖。"

阿青有些犹豫，她明白，叶萧并不知道她其实是女儿身，在叶萧眼里，阿青不过是个要饭的穷小子。阿青最后还是顺势靠在了叶萧身上，叶萧的双手抓住她的肩膀。她非常瘦，叶萧轻声地说："你的肩膀怎么那么单薄，薄得就像一只小猫的骨头，我怕我轻轻一捻，就会把你捻碎。"

"那你把我捻碎啊。"阿青调皮地笑了笑说。

叶萧终于也笑了一声。他把阿青揽得更紧了，他的两条胳膊像铁箍一样紧紧地箍住了阿青，两个人的身体贴在一起，体温互相传递着。

"阿青，你多大了？我看不出你的年纪。"

"大概是十六吧，也可能十七、十八，我自己也搞不清楚。"

"可你看上去好像没这么大。"

"那你呢？"

"我十九岁了，我不知道自己出生在哪里，我只知道我要找一个人，这个人在南明城，他的名字叫王七，我要与他比剑，打败他。"

八

世袭南明郡王朱由林端坐在王府的中厅，他穿着一身裘袍，没有戴金冠，只是简单地束着头发。他静静地看着在台阶下站着的南明城总捕头铁案，铁案显得有些疲惫，仍然穿着那件破旧的公人衣裳。

朱由林屏退左右，命铁案上来。铁案的身材魁伟，唇上蓄着黑黑的胡须，鼻梁很高，配上那双深邃的眼睛，像一只深山里的鹰。也许是在雪地里站得太久了，他的脸红彤彤的，嘴巴里呼出大团的热气，在装饰雅致的王府中显得不太协调。

"铁捕头，我听说最近城里发生了两起凶案。"

"禀王爷，确实如此。死者是经营猪肉生意的商人丁六和天香药铺的老板杨大。"

"丁六？我好像见过……是不是那个为富不仁、卖注水猪肉，并以打老婆著称的胖子？"朱由林露出了轻蔑的神色。

"正是，此人素来品行不端，是个标准的酒色之徒。王爷，还有杨大，几年前惠妃急病，属下正是跑到杨大的店铺里，买来了一种昂贵的草药三仙草才救活了她。不过杨大也是南明城中公认的贪财小人，据说还经常贩卖假药，害死过不少人。"

朱由林点了点头，问道："查出结果了吗？"

"毫无头绪。两起凶案当属同一凶犯所为，作案动机尚不得而知。凶犯具有极为高超的剑术，可以准确地割断人的气管，却不伤及动脉。"

朱由林吃了一惊，他想起这些天常做的那个梦。他的眼睛里弥漫起一层雾气，怔怔地看着铁案，这让铁案有些迷惑。十几年来，他总猜不透这位藩王心里到底在想什么。

"铁案，我从来不把你当外人。也许你不信，但我有些担心，那个凶犯最后的目标就是我。"

铁案确实吃了一惊，他看着这个不可捉摸的藩王，不知怎样回答才好。

朱由林继续说："是的，我可以确信，他会来杀我的。"

王府的中厅一片死寂。

忽然，朱由林抬起手，用手指在自己脖子上轻轻划了一下。

九

漆黑的夜里，几只夜宿的野鸟被惊起，看守城门的小卒黑子抬头向夜空仰望。忽然，他看到一道寒光掠过，一眨眼，发现自己的嘴唇已经吻着地面，整个世界都颠倒了。黑子看到一丈开外的自己浑身是血，不停地舞动双手，而肩膀上则少了一样东西——自己的头颅。

段刀骑在他的大黑马上，轻蔑地看着地上这颗还冒着热气的人头，然后他大喝一声，向南明城最大的钱庄冲去。段刀已经三个月没下山了，他的大黑马已变得懒惰，他的长刀也快生锈了。黄昏时分，断了一天粮的段刀终于打定主意，他要去南明城里的钱庄"借"点银子，还要用几颗可怜的人头祭祭他好久没有舐血的长刀，顺便再带走某个能令他满意的女人。

大黑马的马蹄践踏着南明城最宽阔的街道，沉重而急促的马蹄声在寂静的黑夜里传得很远。泥和雪随马蹄踏过而飞溅，落在街边小店的门板上。这一晚，整个南明城都能听到这恐怖的声音。从大黑马经过的临街窗户里，传出孩子们的哭声，但没人敢点灯，所有的窗户都和这茫茫无边的黑夜一样。在被窝里颤抖的人们，又回忆起段刀和他的马蹄声带给南明城的恐怖过往——每隔三个月，居住在大山深处神出鬼没的南七省头号强盗段刀，就会骑着他的大黑马，佩着那把夺去无数英雄和小人性命的长刀闯入南明城。谁都无法阻挡他，就连总捕头铁案也不是他的对手。最富有的钱庄将被洗劫一空；最漂亮的少妇将被他掳走，永不复还；最华丽的宅邸将被他付之一炬。

南明人三个月一次的噩梦，终于又在今晚降临了。

"停！"一个少年的声音响起，在南明城的黑夜中显得异常尖锐。

段刀本来不想管他，径直放马冲过去把拦路者踩倒了事，可他已经有很久没遇到过敢阻拦他的人了，他忽然对那少年产生了兴趣。段刀勒住了缰绳，大黑马极不情愿地停了下来，使劲地用马蹄敲打了几下地面。

段刀慵懒地坐在马鞍上，眯起细长的眼睛看着前方。他看到了一个并不高大的人影。月光忽然从云朵中闪出，这杀气腾腾的夜晚骤然变得柔和了起来，皎洁的月光使他看清了少年的脸。

"小朋友，让开。"

"不。"

"再说一遍，让开。"

段刀提起了长刀，刀尖上，黑子的血还没有干，缓缓地滴落到地上。月光下，他的刀锋隐隐地闪着青光，令人心惊胆战。

"不。"少年依旧平静地回答。

起风了。

　　段刀摇了摇头，他的目光里流露出一丝惋惜，他甚至还对少年的勇气有几分钦佩。可惜，此刻在段刀的眼中，少年已经是个死人了。

　　段刀用脚后跟踢了踢马腹，大黑马的肚子被马刺弄疼了，它喘着粗气，撒开四蹄向前冲去。段刀的手中，缓缓地划过一道弧形的白色寒光。

　　马蹄声碎。

　　南明城的人都躲在窗边倾听。

　　月光竟如此皎洁。少年冷峻的脸在段刀的眼中越来越清晰。

　　长刀的寒光挟着一股冷风，对准了少年的脖子。段刀确信，没人能逃过这一击。

　　最后一瞬，段刀终于看到少年从背囊里拔出了剑。可惜，段刀最终没能看清楚那把藏在少年背囊里的剑究竟是什么样子，他看到的只是一道流星的轨迹。

　　流星划过他头顶的夜空，这是段刀一生中所见到的最美的流星，他不禁为之轻声赞叹。

　　他知道流星就是少年手中的剑。

　　流星只能存在一瞬。当流星消逝的时候，段刀忽然感到喉咙口有些凉，一股寒风钻进了自己的脖子。少年依旧站在他面前，面无表情，剑已经回到了他的背囊之中。

　　大黑马停了下来。

　　段刀脑子里闪过许多个念头，他忽然想起了自己的少年时光。于是他抬起头，看到了那轮美丽无比的月亮。

　　然后，段刀什么也看不见了。他从马背上栽了下去，一只脚还挂在马镫上，壮硕的身体就这么倒吊着。

长刀依然紧紧地握在段刀手中。

大黑马终于明白发生了什么，它仰天悲鸣了一声，这长嘶让整个南明城为之一颤，然后它掉头向城门狂奔而去。段刀的尸体依旧被吊在马镫上，他的眼睛还睁着，大黑马拖着段刀一起远去。其实段刀并没有流多少血，动脉也没有被伤到，只是气管被剑割断了。很快，大黑马连同段刀的尸体一起消失了，从此没人再见过段刀。

总捕头铁案正藏在几十尺开外的屋顶上，他看到了刚才发生的一切。

没错，那个少年正是叶萧。

十

叶萧穿过几道复杂如迷宫般的回廊，来到了南明王府的中厅，按照一个老宦官的关照，他跪在王府宫殿的台阶前。玉阶上的积雪还没扫净，雪水透过叶萧的裤子渗入膝盖。他依然跪着，双目直视前方，开阔的中厅金碧辉煌，但空无一人。

王府里许多地方都有刻漏，这些刻漏时而结冰，时而滴水，现在，他听到了滴水声。叶萧看不懂刻漏所标示的时间，他只知道自己已跪了许久。但他还是这样跪着，像尊雕塑，直到南明郡王朱由林出现在中厅里。

叶萧看到朱由林缓缓坐到宝座上，挥了挥手。老宦官轻声对叶萧说："王爷召你进去呢。"

他站起来，刚要往里走，耳边响起老宦官尖厉的声音："把身上的家伙拿下来。"

　　叶萧一怔，注视着老宦官那张皮肤松弛的脸，片刻之后，他屈服了，缓缓从背后抽出了剑，连同剑鞘。叶萧端着这把看上去普通无比的剑，轻轻地交到老宦官手中，然后走进中厅的宫殿。

　　他走到距朱由林一丈开外的地方，刚要下跪行礼，朱由林轻声道："免了。"

　　"谢王爷。"

　　"铁案已经把你的事说给我听了。悍匪段刀横行南七省十余年，作恶无数，杀人如麻，官府屡次抓捕均未成功，没想到在昨晚，你只用了一剑就把段刀绳之以法，真是自古英雄出少年。你叫叶萧是不是？"

　　"是。"

　　"我能不能看一看你杀死段刀的那把剑？"

　　"当然。"

　　朱由林点点头，站起身来，向老宦官做了个手势。老宦官立刻端着叶萧的剑走了进来，把剑交到主人手中。朱由林仔细地看着这把剑，这是他所见过的最普通的剑，王府里藏着上百把各种各样的剑，最差劲的那把也要比叶萧的剑昂贵数百倍。朱由林握住了剑柄，这剑柄不过是用一些破布条缠绕着而已，但剑鞘似乎比一般的剑更紧一些。朱由林深吸了一口气，拔出了剑。

　　"难以置信，这样一把平常的剑居然能取了段刀的性命。"朱由林自言自语。

　　忽然，他握剑的手腕轻轻一翻，随手挽了个剑花，虽然是随手一舞，但叶萧仍能感到朱由林手中的剑气势逼人。但叶萧没有想到，朱由林的手腕往前那么轻轻一送，剑锋已经对准了他的咽喉。

剑尖闪过一道青光。叶萧的眼里也有一丝剑光闪耀。

偌大的宫殿里鸦雀无声。

两个人沉默了许久。忽然，朱由林的嘴角微微一撇，露出一丝笑意。

"不倚剑，不畏剑，你果然是天生就善于使剑的人。"

"王爷过奖了，原来王爷也是剑道中人。"

"叶萧，从今天起，你就是南明王府一等带剑侍卫。"

朱由林说完，还剑入鞘，把剑交还到叶萧手中。

"遵命。"

忽然，朱由林转过身去看着刻漏，淡淡地说："刻漏里的水又结冰了。"

十一

王府里的老宦官说，南明城最高的地方是报恩寺的舍利塔。

现在，叶萧正站在报恩寺的山门外，仰望这座高高在上的七层宝塔，冬日的阳光洒在宝塔金色的葫芦顶上。他随着进香的人流走进报恩寺，避开人多的地方，走进一扇小门。四周一片寂静，院墙几乎快塌了，小鸟在园中的残雪间觅食。叶萧抬起头，那座高塔就在眼前。

走进宝塔，阴冷的气息扑面而来，塔里一片黑暗，看不清底层的佛龛里供奉着什么。叶萧走上木梯，脚下的木板立刻吱吱呀呀地响了起来。他的右手接近了背囊里藏着的剑，但终究还是没有出手，隐藏在黑暗中的不过是些夜出昼伏的蝙蝠。塔是八面的，每一面都开着门，外面有栏杆，飞檐下挂着铃铛，在寒风中发出清脆的金属声，他忽然觉得这铃声有些像阿青说话的声音。他向上走去，一直走到最高的第七层。

　　这里非常狭窄，就连门窗也缩小了，寒风透过小窗户吹进来。叶萧走到木栏边眺望，从这里可以看到整个南明城，这也是他为什么要询问哪里是南明城制高点的原因。

　　可是，叶萧怎么也看不清南明城。

　　他看不清并不是因为距离太过遥远，也不是他视力不济。相反，他可以从七层宝塔的顶上看到阿青住的那间古庙残破的瓦片；可以看到南明王府门口的石狮子；可以看到十几条街外一个怀春的少女在等她的情人幽会。可是，他就是看不清整个南明城，无论面向哪一个方向，他所看到的终究只是南明城的一部分而已。

　　站在这么高的地方向下望，叶萧忽然有些目眩，仿佛他高高地飘了起来，在空中舞着剑。

　　"欢迎你来到舍利塔。"忽然，一个浑厚有力的声音在叶萧的背后响起。

　　叶萧的右手立刻伸到了背后，他迅速地转过身来，但没有出剑，他看到的只是一个身穿黄色僧衣的和尚。

　　"你是谁？"

　　"贫僧法号三空。"

　　"请问三空法师，你可曾听说过土七？"

　　"王七？似乎有这么一个人，你问他干什么？"

　　"王七现在何处？"

　　"听说他已经去了遥远的西洋，一个叫佛朗机国的地方。"

　　"有人说王七已经死了。"

　　"不，王七绝对没有死。"

"他还活着？"

"出家人不打诳语，怎会骗你？"

叶萧点了点头，他把目光从眼前这个中年僧人的脸上移开，又投向了脚下的南明城，他缓缓地问道："法师，我为何总也看不清这座城池？"

三空平静地说："你看，你脚下这座城市，其实就是一个巨大的迷宫，谁也无法窥尽其全貌，正如谁也不能洞悉三千大千世界。"

"谢谢法师，我明白了。"

叶萧继续看着眼前永远都无法看清的城池，一阵风掠过他的额头。

"呵呵，又下雪了。"三空轻轻地说了一声。

果然，天空中开始飘起细小的雪花。

十二

破庙外，风雪又开始肆虐了，这是阿青十几年来经历过的最冷的冬天，也许今晚又要有流浪汉和乞丐冻死了。她一个人坐在篝火边，火光下孤独的影子摇晃着。阿青只能依靠自己取暖，她双手交错抱着肩膀，两腿屈在胸前，全身蜷缩着。阿青想，叶萧现在一定穿上了新衣服，住在有火盆的房间里，有一张大床和柔软的棉被。可她感到自己的后背还残留着叶萧胸膛的体温，她还能感受到他那双手的力度。

一阵风呼啸着吹进来，篝火熄灭了。阿青想把火重新点起来，可怎么也做不到。她只能站起来不断地跳动，想让自己的身体热起来。

就算冻死在外面也比死在庙里强。她裹上了所有能够裹上的东西，还披了一张大帏幔，走出了破庙。黑夜里的雪打在脸上，她一个脚指头露在草鞋外，冻得硬邦邦的。

她走进一条小巷，忽然看到前方有一团昏黄的光亮，像是鬼火。

那是一个灯笼，一个人正提着灯笼向这边走来。

忽然，她听到了一种奇怪的声音，就像是某个将要死去的人，在用力地吞咽卡在自己喉咙口的浓痰。

阿青的眼睛变得格外明亮。

一个影子掠过阿青的眼前，拦住了那个提着灯笼的人。

寒光掠过雪夜。

提着灯笼的人定住了，然后，缓缓地倒在了雪地里。

漫天风雪中，阿青看到那个黑色的影子忽然转过脸来，落在地上的灯笼发出柔和的光，照亮了那张脸。

她睁大眼睛，终于看清楚了。

十三

一阵尖厉的叫声划破南明城的夜空。

铁案循着声音飞奔而去，雪地里响起了脚步声，还有泥和雪飞溅的声音，他明白自己不再年轻了，不再是二十年前那个令所有蟊贼和大盗胆寒的铁捕头。他紧紧抓住腰间的刀柄，渴望进行一场雪夜中的格斗，尽管他明白自己也许并不是那个人的对手。

转进小巷，铁案隐隐看到前头有一点昏黄的亮光，他咬了咬牙向那点亮光冲去，他的刀已经缓缓出鞘了。他几乎已经看见那个影子，模模糊糊，在亮光里摇晃。铁案很想大喝一声，就像年轻时那样报出自己的名号，吓破那些江洋大盗的贼胆。可他终究还是没有喊出来，他想，应该用自己手中的刀来说话。

忽然，他撞到了一个软软的东西，一股热气喷涌到他脸上。他挥起刀，却忽然产生了一种奇怪的感觉，于是他收住刀锋，伸手握住那人的手臂。

在黑暗里，一双明亮的眼睛在铁案的眼前闪烁着，这是阿青的眼睛。

看到这双眼睛，铁案就知道肯定不是这个人。目光往前一扫，小巷里已不见其他人影了，他不愿再去追赶，在漆黑的夜里，反而会徒送自己的性命。铁案把阿青向前推了几步，直到微光照亮她的脸。

那张脸又小又脏，小巧的鼻子冻得通红，嘴里的热气全呵到了他脸上。她那双眼睛大得让人吃惊，铁案发现一些奇怪的东西在那双瞳仁里跳动着。

他忽然有些发愣，那双眼睛包含的东西，竟是他曾经无比熟悉的。铁案抓着她的手渐渐松了。她那只躲在破棉袄里的手臂刚要抽出来，又立刻被抓紧了，力道几乎渗进她的骨头。

她又尖叫了一声。

铁案用浑厚的嗓音问："你看见了，是吗？你看见那个人了。"

阿青不回答，眼神惊恐万分，她的目光移到了地上。

铁案看到了地上的死人。

他借着微弱的光线查看了死者的伤口，没错，还是一道细细的剑伤，在咽喉处，长两寸一分，深一寸二分，准确地割断了气管。死者身上还是热的，刚刚断气。

雪花渐渐覆盖了死者的脸，铁案再也看不清楚了。

奇怪的是，死者居然没有头发。

他抬起头，重新看着阿青。铁案明白，阿青什么都看到了。

忽然，一些雪花模糊了他的视线。

十四

一层薄冰覆盖着花园里的池塘，细小的雪花在如一面铜镜般的冰面上飘舞着。

"看，梅花开了。"南明郡王朱由林坐在一张石椅上，对护卫在身边的叶萧说。

一树梅花孤独地开放在池塘边的假山旁，红色的花骨朵点缀着白雪笼罩的背景，淡淡的花香自花蕊里飘散出来，缓缓飘到亭子里的石桌上，飘到桌上的一小杯酒中。酒刚刚温好，朱由林端起酒杯送到唇边，他又嗅到了那股淡淡的梅花的香味。然后，一口温热的酒，连同梅花香，顺着咽喉进入了体内。

酒慰藉着朱由林的愁肠，他缓缓吐出的一口气消逝在风雪中。

"昨晚，报恩寺的三空和尚死了。"

"三空？"叶萧的眼前忽然浮现出那座高高的舍利塔，塔顶一个僧人正静静地看着他。

叶萧并不知道，三空曾经是南明城最富有的人。出家前他的名字叫马四，世代从事钱庄业，八家分店遍布全城，城里所有的银票都要到他的钱庄里兑换，只此一家，别无分店。许多商家和百姓缺钱时只能向马四借钱，而他放出去的全都是利滚利的高利贷，许多人因为还不上利息，只能卖房子、卖老婆还债，甚至因此家破人亡。几年前马四不知为何出家为僧了，每天晚上提着灯笼在城里转悠，据说是给死在外面的孤魂野鬼们超度。

朱由林以平静的语气对叶萧说："这桩凶案的作案手法与前几次一样，也许，那个人比段刀更加可怕。不过，昨晚有人在现场目睹了凶案的发生，而且还看清了凶犯的真面目。叶萧，你猜那个人会是谁？"

叶萧茫然地摇摇头。

朱由林看着叶萧的眼睛，那眼睛里似乎漂浮着一层薄雾。叶萧忽然说话了："王爷，依您看，那个人的下一个目标会是谁？"

朱由林停顿了片刻，他的目光又落在了孤独的梅树上，慢慢地吐出了一个字："我。"

"王爷您说是谁？"

"叶萧，你没有听错，我猜，那个人的下一个目标就是我。"

"在下将尽全力保护王爷。"

朱由林淡淡一笑，他又给自己倒了一杯酒，缓缓端起荡漾着微波的酒杯。许久，他才把这杯酒喝下。

酒已经冷了。朱由林摇了摇头问："叶萧，如果你碰到了那个要杀我的人，你们都用剑，你说究竟是谁胜谁负？"

"心外无剑。"

"什么？"

"王爷，在下说心外无剑，与其说是比剑，不如说是比心。"

朱由林微微点了点头说："你说得好，世上本没有什么剑客，有的只是剑客之心。"

忽然，朱由林把右手的中指和食指并拢，另外三指蜷在一起，直指正前方的那树梅花，就像拿着一把剑。然后他缓缓地说："大丈夫何患无剑。"

　　话音刚落，一丈开外的那树梅花，所有的花瓣竟都飘飘洒洒地落了下来，那些红色小花瓣随着白色雪花一同坠落，撒在池塘的冰面上，乍看上去，仿佛是几摊殷红的血迹。

　　雪花飘飘，朱由林会意地笑了笑，然后又给自己倒了杯酒。

十五

　　阿青做了一个奇怪的梦。

　　当她从梦里解脱出来时，发现自己正躺在一张柔软的大床上。这是阿青十几年来头一回睡在真正的床上。身上盖的也不是那件破棉袄了，而是丝绸被子和波斯进贡的毛毯。她看到自己正睡在暖帐中，身上穿的丝绸亵衣和蝉翼纱袍柔软舒适，贴在她的皮肤上。她又摸了摸了头发，也不再蓬松杂乱了，而是柔顺地披散在肩头。她有些不敢相信，似乎手里抚摩着的是别人的头发。

　　阿青终于成为一个女孩了。她抱着双肩，轻声问自己是不是还在做梦。

　　不是梦。

　　她撩开了轻纱暖帐，一阵暖意涌来，原来床下还放着火盆，炭火正燃烧着，使这房间仿佛到了春天。床的正面有一扇折叠屏风，绣着梅花的图案。房间里还有许多家具，墙上挂着一些她看不懂的字画。

　　忽然，屏风后面出现了一个人影，阿青紧张地抓着紫檀木的床沿，胸中小鹿乱撞。

　　那个人出现在屏风前面，束着金色的头巾，身穿飘逸的紫色长袍，腰间系着玉带，足蹬一双软靴。他看到阿青正坐在床上，微微一惊，然后又淡淡地笑了笑。

"你终于醒了。"世袭南明郡王朱由林以他那柔和的声音对阿青说。

阿青茫然地看着他问："你是谁？"

"我是你的主人。"

"主人？"阿青摇着头，"这里是什么地方？"

"这里是天堂。"

忽然，阿青又低下头看了看自己身上的衣服，柔软的丝绸衬托出了几乎被她遗忘的女儿身形。她问道："你怎么知道我是个女孩？所有的人都把我当作男孩的。"

朱由林坐到她身边说："我是从你的眼睛里看出来的，我相信自己的眼力。你在杀人现场被铁案抓住以后，他把你带回衙门审问，可你却一个字都说不出，为什么？"

阿青忽然闻到身边有一股奇特的熏香味，她贪婪地吸了一口，说道："我忘了，当时我被吓坏了，我只记得那条黑暗中的小巷，却忘记了那个人的脸，我也不记得有人审问过我。总之，和这件事有关的内容我全都不记得了。"

"我明白了，你是惊吓过度，暂时失去了一段记忆。听我说，今天早上我也去了衙门，我一看到你的眼睛，就知道你是个女孩。对，这是女孩才有的眼睛。于是，我把你从铁案手中要了出来，将你带到王府里，让丫鬟给你换掉所有的衣服，还给你洗了澡、梳妆打扮，让你重新变回了一个女孩。你高兴吗？"

"我，我不知道。"

朱由林淡淡地吐了口气，问道："你叫什么名字？"

"我叫阿青。"

"姓什么？"

"我不知道，我不知道我的爸爸妈妈是谁，我很小的时候就被扔在破庙门口，被一个老乞丐收养了。"

忽然，阿青的嘴唇有些颤抖，她的眼睛里漂起一层薄雾，那段可怕的记忆又模模糊糊地浮现——"不，我还记得一些，爸爸用一把刀砍到了妈妈身上，她的头被砍下来，滚到我身边。我躺在床上哭着，满眼全是她的血，她的血……"

"别害怕。"朱由林搂住了她的肩膀。

阿青的眼睛里充满恐惧，她盯着朱由林说："这就是我第一次记事儿。"

朱由林沉默了，他叹了口气，将手从阿青的肩膀移到了脸上，轻轻地抚摩着；然后又向下滑去，经过阿青细嫩的脖子，手指在她脖子上停顿了很久；再往下，朱由林摸到了一块玉佩，带着阿青体温的玉有着与他的手指相同的温度。他没有用眼睛看，但能摸出玉上刻着两个字——小枝。

"玉上刻着'小枝'。"朱由林在阿青的耳边说。

"原来那两字念'小枝'。虽然从小就戴着它，但我到现在还不认识那两个字。老乞丐说，他在破庙门口捡到我的那天，我身上就戴着这块玉佩，这大概是我从娘胎里带出来的，如果离开它，我就会没命了。"

朱由林不再说话，他轻轻地抚摩着那块玉佩，眼眶忽然有些湿润。

他点了点头，缓缓地走出了这个房间。

细雪依旧无休无止地飘落，一滴泪水落在他脚下的雪中。

十六

小雪初晴。

雪终于停了,阳光照射在雪地上,让人觉得有股暖意。池塘上的薄冰有一半融化了,露出的池水微微荡漾,与残存的薄冰互相交错。那棵梅树仍独自立在池边,顾影自怜,几片花瓣在树下的泥土中缓缓腐烂。

叶萧独自一人走过池塘边,似乎又见到了南明郡王朱由林喝酒的样子,还有朱由林那两根似乎有魔力的手指。他已在王府当差好几天了,但仍然不知道王府究竟有多大,他所走过的地方,永远都只是王府中的一个小角落。叶萧终于明白了,踏入这座王府,不过是走进南明城这座巨大迷宫里的又一座迷宫而已。

踏着一地残雪,绕过池塘,叶萧走进一道长廊。转过好几进院落,周围寂静无声,仿佛所有人都睡着了,只有那香味带着他前行。最后,他看到一道虚掩的小月门,轻轻推开,那股香味又扑面而来,他知道这里就是诱惑的源头。

走进房间,一扇绣着梅花的折叠屏风拦在他面前。绕过屏风,叶萧看见了一个女孩。

她看上去大概十七岁,梳着简单的发型,穿着一件红色的丝绸小袄,外面还披着一件裘皮袍子。她的皮肤白皙而干净,脸庞小小的,五官也很小巧,只是眼睛睁得很大。她看着叶萧,一副惊讶的样子。

"对不起。"叶萧低下头说。他迅速退出了这个房间,跑出小院

180

的月门，重新把门关好，然后又钻进了迷宫般的回廊中。

他忽然觉得那个女孩有些面熟。

十七

"小兄弟，恭喜你啊！你现在是王爷身边的红人了。"

"谢铁捕头，叶萧能有今天的一切，都是因为铁捕头的举荐。"

"你只用一剑就杀死了段刀，这功夫我也比不上。我老了，不比当年，你还年轻，前途无量。小兄弟，我们没有找到段刀的尸体，无从验看他的尸首，不过我估计你那一剑，一定正好割断了段刀的气管，使其断气而死。"

"铁捕头是如何知道的？"

铁案看着叶萧，笑而不答，他觉得眼前这个少年不过是一个插曲而已，少年那眼神和话语都证实了他的判断。

叶萧缓缓地问："铁捕头，那桩连环凶杀案还没有头绪吗？"

"查到过一个目击证人，可是那证人却被王爷要走了。"

"哦，王爷说那个凶手最后的目标就是他，所以要我在他身边保卫他"。

"王爷需要别人保卫吗？"铁案忽然大声地笑了起来。虽然现在已不及当年勇猛，但他的中气依然很足，厅堂里到处都有回音缭绕。

铁案不想再在这些无聊的问题上纠缠，他反问叶萧："请问小兄弟为什么到南明城来？"

"来找一个人。"

"谁？"

"王七。"

沉默，长久的沉默。听到这个名字以后，铁案便一言不发，神情也忽然恍惚起来，他的视线越过叶萧的眼睛，落在了一个虚无缥缈的地方。

过了许久，铁案才回过神来，他淡淡地说了一句："送客。"

叶萧不懂铁案究竟在想些什么，但还是老老实实地离开了这里。

夜幕降临，所有人都走了，只剩下铁案一个人形单影只地坐在厅堂中。红色的烛光照着他的脸，把他额头的皱纹都显露了出来，他的影子在身后越拉越长。他喃喃地念着一个名字——王七。

铁案又想起了十多年前那个大雪之夜，他踏着雪从京城回到了南明。为将一个杀人如麻的逃犯捉拿归案，铁案已经在外追捕了五年，五年里他一次都没回过南明城。他走遍天南地北，从江洋湖海到深山老林，好几次都险些葬送了性命，终于在京城抓住了逃犯，将其交于刑部衙门法办。他欢天喜地地回到了南明城，那夜的大雪他永远都记得清清楚楚，好像就是专门为他准备的。铁案没有回衙门，直接回家去了，因为他知道自己的妻子已经独守空房等了他五年。回到家里，他又见到了久别的妻子，他的妻子很美，大大的眼睛里总是荡漾着忧郁。但妻子并非他想象中那样欢天喜地，说话显得吞吞吐吐。铁案非常奇怪，他是那么爱他的妻子，他不愿相信某些事情会在他的家发生。他冲进卧室，发现了一个大约三岁的小女孩，胸口挂着一个刻着"小枝"字样的玉佩。可铁案出门已经有五年了，中间从未回过家，这三四岁的孩子绝不可能是他的骨肉。他愤怒了，他不敢想象，自己深爱着的妻子会趁着丈夫在外头为了公事出生入死常年不归，做出这样肮脏的事情来。他抱起这孩子，孩子的哭声刺激着他的神经，他问妻子，这是谁的孩子？妻子哭了，泪水像珍珠一样挂在美丽的脸颊上，她没有撒谎，老老实实地说这是她生的孩子。铁案似乎被重击了一下，他几乎崩溃了，狂怒地问她，那个野男人是谁？妻子起初不敢说，但最后还是说出了一个名字——王七。铁案没听说过王七这个人，但他确信，这个叫王七的人，在他外出的五年里和他的妻子做了最肮脏的事情，而这个小女孩就是肮脏的结果。铁案看着妻子，脑海里似乎浮现出那些场景，他不愿意再想下去了，作为男人这是奇耻大辱。狂怒的铁案抽出了刀，妻子闭起眼睛说："我对不起你，你杀了我吧，只是别伤害我的女儿。"铁案点了点头，然后挥刀砍下了妻子的头。鲜血飞溅在他脸上，热热的，就像他第一次遇到她时的感觉。小女孩一直在哭，铁案遵守了对妻子的承诺，他抱走了这孩子，送到乞丐寄居的一个破庙门口，那块玉佩依旧挂在小女孩的胸前。放下这孩子后，铁案跑到衙门里向官府报案，称一个叫王七的男人杀死了他的妻子。于是，王七作为杀人犯被全国通缉，直到现在。

铁案永远记得那个大雪之夜。

他终于站了起来，走到厅堂之外。雪又落下来了。

十八

刻漏里的水依然不断滴落，滴答、滴答，余音缭绕，连绵不绝。

叶萧推开房门，雪花落在他的脸上，头发被风吹起又落下。他走进一条长廊，眼神空洞，脚下步履沉重。他穿梭在南明王府的深处，穿过一道又一道月门与长廊，绕过一个又一个花园和池塘，走过一栋又一栋楼阁和水榭。他拐了无数个弯，绕了无数个圈，眼前同时有许

夜宴图

多扇门出现，但他只能从其中的一扇门走过。

雪花飘舞，沉沉夜色里，叶萧踏着雪，悄无声息地迈过一道高高的门槛。那是一座巨大的宫殿，与室外寒冷的雪夜相比，显得温暖而干燥，而且，还弥漫着一股特殊的香味。叶萧被那香味俘虏了，他循着香味一直向前走去，绕过几个复杂的隔间，最后见到了一张巨大的龙床。

他拔出了身后的剑，冰冷的剑锋直指床上安睡的人的咽喉。

只需要轻轻地那么一下，不需要太大的力量，恰到好处。

但剑锋似乎凝固了，停留在距离咽喉两寸远的地方，纹丝不动，仿佛是与叶萧的手连在一起，用铜液浇铸了起来。

"我在哪儿？"叶萧忽然在心里问自己。

他的视线一下子清晰起来，虽然房间里一片黑暗，但他可以看清睡在床上的人，那个人的咽喉距离他的剑尖只有两寸，那个人就是这座巨大王府的主人——世袭南明郡王朱由林。

"我这是在干什么？"叶萧怔住了，他想起来，刚才他在床上睡着了，做了一个梦，梦到自己在迷宫般的王府里不停地穿梭，直到进入这座宫殿，站在朱由林的床前，用剑指着他的咽喉。不，这不是一个梦，他发现自己真的站在朱由林的床前，手里的剑真的指着朱由林的咽喉。叶萧终于苏醒了过来——自己刚才在梦游。

他一阵颤抖，剑锋从朱由林的咽喉上方收了回来，他把剑送回了背囊里。心跳不断加剧，几乎要从嗓子眼里蹦出来，叶萧的眼前浮现出了药铺老板杨大的脸，僧人三空的脸，最后，是总捕头铁案的脸。

叶萧不敢多想了，他越想越怕，就像掉进了冰冻的池塘里，被那些隐居的小鱼啃啮。

他悄然退出寝宫。

寝宫里依旧弥漫着那股香味，刻漏里的水又结冰了。

朱由林睁开眼睛，目光锐利地扫视着床前。

他迅速地从床上起来，只穿着一身单衣来到寝宫门口。茫茫雪夜中，他再也见不到叶萧的影子了。

朱由林缓缓叹了口气，目光投向了王府上方的夜空。

十九

仵作的验尸房里总是弥漫着一股说不出的味道，但又不像是通常所能闻到的那种尸臭，而是另一种味道，纯粹只属于死亡的味道。现在，铁案就被这种味道所包围。

夜已经很深了，外面下着雪，仵作早就收工回家了，房间里只剩下一个活人与三个死人。

一个活人，自然就是铁案，而那三个死人则一字排开，躺在地上。

第一个有着一具肥胖的身躯，那是连锁肉铺老板丁六。他已经死了十多天，现在天寒地冻，尸体完好无损，如果是夏天，这具充满脂肪的尸体早就成为蛆虫的美餐了。

第二个则浑身散发着一股特殊的药材味，那是天香药铺的老板杨大，那只僵硬的手好像还在打着算盘。

第三个是一个没有头发的人，他是僧人三空。三空的身体显得空空荡荡的，似乎那宽大的僧袍里包裹着的只是一团棉花，就如同外面漫天的飞雪。

他们都死了。

虽然他们每一个人，铁案都十分讨厌，可是现在，他却有些害怕。他害怕的不是与尸体面对面，铁案一生处理过的死人成百上千，死于他刀下的盗贼也不下百人。但此刻他的害怕是无法用语言来形容的。

铁案又一次俯下身子，重新查看了一遍尸体，尽管他已经看过许多遍了。那些位于咽喉的剑伤就和这雪夜中的南明城一样，是个难解的谜。铁案想起自己年轻时，他的师父对他说过的话："捕快就是解谜的人。"

铁案的脑内不断闪回这些天来发生的一切，一幅幅画面交替出现，从模糊到清晰，又从清晰回到模糊，犬牙交错，重重叠叠，就像大雪里无数混乱的脚印，再也无法分辨清楚。

忽然，一点光在他脑海深处亮了起来。他循着那光而去，发现了一道大门，他小心翼翼地走进去，发现自己走进了一个道路不断分岔的迷宫，他在迷宫里不断地走着，直到发现那个最终的秘密。

他看到了。

铁案忽然感到一股彻骨的恐惧。于是，他伸出自己的手，摸向自己的咽喉。

二十

叶萧掸了掸身上的雪，走进仵作的验尸房。原因很简单，清晨仵作来当班的时候，发现验尸房里多了一具尸体——铁案。

叶萧依次看了看所有的尸体，丁六、杨大、三空，最后是铁案。

铁案静静地躺在地下，还是穿着一身公人的衣服，腰上挂着佩刀。死去的铁案睁着眼睛，嘴唇微微张开，好像有什么话要说。咽喉处有一道细细的剑伤，长两寸一分，深一寸二分，刚好割断气管。

"原来他也有这一天。"叶萧自言自语道。

忽然，叶萧的鼻子似乎受到了某种刺激，他猛吸了几口气，那股奇特的气味通过鼻腔进入体内。似乎整个验尸房里都有这种气味。叶萧低下头，把脸凑到铁案身边。他确定，这味道就出自铁案身上，那是什么味道？

不，不可能。

可是，这味道却分明把叶萧引向了那个巨大的迷宫，在那富丽堂皇的迷宫里，总是弥漫着这种诱人的熏香味。在南明王府的日日夜夜，叶萧都沉醉在这种味道里。身上总是带着这种奇特的熏香味，而且还能用这样绝妙的剑法杀死铁案的，在南明城里，只能有一个人——一个有着高贵血统的人。

叶萧的额头沁出了一些汗珠，忽然又有了一种如释重负的感觉。

他推开门，看到雪越来越大了。

二十一

"雪，何时再停呢？"在王府当差了五十年的老宦官仰望天空，自言自语道。忽然，他看到那个叫叶萧的少年走进大门，跨入迷宫般的回廊和走道。

叶萧的剑贴在后背，他能感到一丝淡淡的凉意透过剑鞘和衣服渗入体内。这把剑是有生命的，它知道下一个对手在哪里，它渴望舔舐对方咽喉里的血。现在，剑已经抑制不住了。

他能找到这座王府的主人，依靠他的鼻子。

是的，叶萧又闻到了那股熏香味，在迷离的熏香味的指引下，他终于找到了一座隐匿在大殿后的暖阁中。

但王府的主人并不在。

暖阁中央有一个香炉，丝丝缕缕的轻烟悠悠地飘了出来，弥漫在房间里的每一个角落。

然而，叶萧还是感觉到朱由林的存在——他存在于这诱人的熏香味中？

叶萧猛地吸了一口气，一缕香烟通过咽喉缓缓地进入心脾，充满他的血管和大脑。忽然，他感到自己有些不对劲了，仿佛有一只蚂蚁正在他的血管里缓缓地爬着，这感觉就像是喝醉了酒似的，飘飘欲仙。他不由自主地走到了香炉跟前，把鼻子凑上去，贪婪地嗅了好一会儿。

突然，叶萧抬起头来，两眼充满恐惧。

他终于想起了那个关于熏香的传说。

叶萧感到一阵彻骨的恐惧——香炉里有东西。

他把手伸到了香炉里面。

二十二

南明郡王朱由林要去的地方，是报恩寺后面的乱葬岗。

南明郡王朱由林要去看的人，是埋在乱葬岗里的一个女人。

现在，他站在一座孤独的坟墓前。这座坟墓没有墓碑，墓边只有一棵枯树，向天空伸展着光秃秃的枝丫。

雪渐渐覆盖了他的头发。

这座坟墓已经在这里寂寞地待了十七年，躺在坟墓里的是一个曾经美丽动人的女子。

可惜，他认识她的时候，她已经是有夫之妇了。

她的丈夫就是南明城总捕头，大名鼎鼎的江南名捕铁案。

那是十九年前的上元节灯会，"月上柳梢头，人约黄昏后"，她终于忍受不住寂寞跑了出来，她的丈夫铁案在外面追捕一个逃犯很久了，已经整整一年没有回家了，她甚至不知道丈夫是死是活。

在那个花市灯如昼的夜晚，少妇蓦然回首，一个气质不凡、风度翩翩的年轻男子，正在灯火阑珊处看着她。

他就是年轻的南明郡王朱由林。

刚刚来到南明城就藩的年轻王爷穿着一身便服，看起来像是京城来的富家公子。他早已厌倦了宫廷中的贵妇与小姐，当他第一次见到市井中如此美丽的少妇时，心底立刻荡漾起了柔波。他微笑着走到她面前，而她则羞涩地低下了头。

此后的几个月，朱由林每晚都会悄悄溜出王府，来到寂寞的少妇家中，度过了一段快乐时光。他甚至把随身佩戴的玉佩送给了她，那块玉佩上刻着"小枝"两个字。她问他叫什么名字，年轻的王爷很清楚绝不能透露自己的身份，他想起自己排行第七，小时候总被人们叫作七王子，所以他随口编了个名字——王七。

一年以后，她为他生下了一个女儿，就按照玉佩上的字取名为"小枝"。

然而，朱由林永远都不能承认这个小郡主，就像他永远都不敢向她透露自己的身份。

几年以后，她的丈夫铁案回到了南明城。

她死了。

据总捕头铁案说，他的妻子是被一个叫王七的江洋大盗所杀，他还往全国各地发了通缉令。

至于那个叫小枝的女孩，再也找不到了。

朱由林始终都没能从这痛苦中解脱出来，十几年过去了，他以为自己的生命就要孤寂地消逝在这迷宫般的王府中。

然而，几年前，西洋国小酋长向他进贡了一个妖媚的女子，他立刻就被这女子吸引住了，因为她身上散发着一股特别的香味。于是，朱由林将她封为惠妃。

惠妃将一种西洋国的花种放在香炉里熏烤，就会连绵不断地发出诱人的异香。因为这摄人心魄的香味，使朱由林陷入对惠妃的痴迷之中。然而，他渐渐感受到这熏香的可怕，他时常在香气弥漫的宫殿中陷入幻觉，感觉似乎有某个人要夺去他的性命。他常常在深夜醒来，却发现自己并不是躺在龙床上，而是一身劲装站在王府外的街道上，手中握着一把宝剑。

一年前的某个夜晚，当朱由林从地上醒来时，却发现自己深爱的惠妃已经变成了一具尸体，她的喉咙上多了一道伤口。那道伤口来自一把锋利的宝剑，而这把宝剑正握在他自己手中。朱由林不敢相信自己的眼睛，他恐惧万分，痛不欲生。这一切都是惠妃带来的熏香造成的，是这可怕的香味使他在黑夜里变得疯狂，嗜血成性，竟然杀死了自己深爱的女子。

在埋葬了惠妃以后，朱由林才知道这种熏香的名字——断魂草香。

虽然他明知这种熏香的可怕，却已染上了瘾，再也离不开断魂草香了。一年来，每夜他都会把那些小小的种子投入香炉，贪婪地呼吸着，任由这令人疯狂的香味充满他的肺叶和血管……

不——朱由林深深地吸了一口气，从回忆的噩梦中醒了过来，额头已经布满冷汗。

他又重新看了坟墓一眼，对埋在墓里的女人说："现在，我们的孩子已经找到了，她活得好好的，长得很像你。"

他摇了摇头，在坟前点了一炷香，在乱葬岗的风雪中，香很快就燃到了尽头。

二十三

雪夜。

夜色朦胧，叶萧眼中那些回廊、月门、亭台楼阁，忽然都变得像盆景一样，似乎只要一伸手，就能全部抓住。

他已经等待了整整一天，直到一个老宦官颤颤巍巍地走过来，告诉他王爷已经回来了。

叶萧深吸了一口气。在转过无数个走道之后，他走进了那个小花园，花园中心的池塘上结了一层薄冰，那树梅花还孤独地立在池边。

池边的小亭子里，朱由林正在独自品酒。

叶萧缓缓地向他靠近，雪地上留下两行长长的脚印。

"你来了，叶萧。"

"是的。"

"过来，喝一杯酒。"

"谢王爷。"

叶萧走到朱由林的身边，他又闻到了朱由林身上那股熏香味。

在亭子里的石桌上，放着一尊小小的香炉，一缕轻烟正从炉里飘然而出。

他刚要拿起酒壶，却听到朱由林的声音："不，我给你倒。"

朱由林拿起酒壶，给他斟了一杯酒。

叶萧端起酒杯，忽然感到自己的手微微发抖。酒刚刚被温过，还冒着一股热气，酒杯里荡起了一些微波。他用眼角的余光注意到朱由林正在看着自己。

雪下大了。

朱由林微微一笑，说道："叶萧，原来你不胜酒力，那就算了。"

一粒雪籽落到了酒杯里，又缓缓地融化。

叶萧终于把这杯酒喝了下去，一股香醇温热的液体流进了他的喉咙，很快，他的胃里热了起来。

"好酒！谢王爷恩典。"

"不错，这酒是王府里特酿的。叶萧，在这大雪之夜，如果能够饮酒赏雪，再吟上几句诗，实在是人生一大美事。"

叶萧看了看亭外被雪所覆盖的假山和池塘，它们都呈现出奇异的形状。他轻声地说："王爷，昨天晚上，铁捕头死了。"

"铁案的气管被剑割断了吧？"

"是的，我在铁案的身上，还闻到了一种香味。"

朱由林眉头一扬，却没有回答。

叶萧继续说："这种香味只有在王府中才能闻到，特别是王爷您的身上。"

"你怀疑我？"

叶萧从怀中掏出了一些植物种子，说道："王爷，今天我在大殿的香炉里发现了这些东西，我曾听说这种西洋国的断魂草香能使人上瘾，让人变得疯狂而嗜血。"

朱由林的嘴角微微颤抖，说道："很好，叶萧，我知道你总有一天会发现我的秘密。是的，在这个世界上，我唯一能够依赖的，就是这断魂草香。在深夜闻到这熏香味后，我就变成了另一个人——一个名叫王七的剑客。是的，在夜里我就是王七，天下第一剑客，所有闻名的剑客都将败在我的剑下，所有无耻的小人也将死在我的剑下。"

叶萧冷冷地盯着朱由林说："半年前，江湖上出现了一个名叫王七的剑客，传说他来自南明城，他与十七位最负盛名的剑客比剑，并一一打败了他们，所有的失败者无一例外，都是被剑割断气管而死，就和丁六、杨大、三空、铁案的死法一样。"

"没错，王七就是我，大明朝的七王子，南明郡王。"朱由林微笑着说。

"你杀了那些剑客，那是你们比剑的结果，唯有如此才能证明你是天下第一剑客。那你又为何要杀了丁六、杨大、三空、铁案呢？"

亭子里烟雾缭绕，朱由林贪婪地深吸了一口，说道："这诱人的熏香告诉我，王七的使命就是杀人，让鲜血洗净我的宝剑。没人能抗拒这熏香。可是，王七是天下第一剑客，是顶天立地的英雄，绝不是滥杀无辜的凶徒。王七已经犯下一次大错，误杀了深爱的惠妃，绝不能再犯第二次。王七要杀的人，是那些恶贯满盈、死有余辜的恶人，苍天有眼，绝不会让这些人多活一天，王七只不过是代替苍天提前惩罚了他们。我已经列出了一张死亡名单，南明城中所有作恶多端之人都将死于王七的剑下，卖灌水猪肉欺男霸女的丁六、卖假药害人性命的杨大、放高利贷逼得人家破人亡的三空，还有杀害了我生命中最爱的女子的铁案……你不觉得这些人早就该死了吗？而他们仅仅是开始，后面还将有更多的恶人得到报应。"

听到这里，叶萧已经全都明白了，他的手本已悄悄伸向了背囊里的剑，但现在又停了下来，手心里全是冷汗。听着气度非凡的朱由林滔滔不绝说出的一长串话，叶萧突然有些疑惑了，眼前这位为南明城惩奸除恶的王爷究竟是人还是魔？

朱由林冷冷地看着他，终于说话了："叶萧，我知道你为什么来南明。"

"为什么？"

"你来找王七，和他比剑，打败他。"

叶萧的手紧握着剑柄。

沉默，大约半炷香的工夫。

石桌上的小香炉继续飘出轻烟，无孔不入的熏香味涌入叶萧的鼻孔。他拼命地屏住呼吸，但却无能为力，这诱人的气体已经充满了他的肺叶和血管。

叶萧的耳根渐渐红了，眼睛里布满血丝，他看了一眼朱由林，发现南明郡王的脸色也变得血红，仿佛变成了另一个人。

王七就在眼前。

突然，朱由林说话了："你知道吗？我从你的眼睛里可以看出，熏香已经完全渗入你的血液了，你已别无选择。今夜，我们两个人的剑，必然会有一把染上对方的血。"

叶萧的嘴唇微微颤抖，他已经感受到了，杀气正逼近自己的咽喉。

沉默，依然。

朱由林在等待叶萧的回答，直到叶萧缓缓抽出了背囊里的剑。

黑夜里，那把普通的铁剑发出冷冷的寒光。

朱由林点了点头，对叶萧微笑了一下。忽然，朱由林的手里也多了一把剑。

两个人用剑指着对方。

停顿。

一粒雪籽缓缓地飘落在叶萧的剑尖。他在等待，他在等待什么？

朱由林终于出剑了，一道闪电划过黑夜里的亭子。没有雷鸣，只有飞雪。

叶萧的手有些僵硬，他的剑一挥，格开了朱由林的剑，一点金属碰撞的火花在他的眼前飞溅而起。

香味弥漫。

又是一剑，贴着叶萧的剑身过来，这一剑直指他的咽喉。

目标是气管。

"不！"叶萧暗吼了一声，身体猛地后仰，那一剑在距他咽喉两寸开外划过，他的脖子能清楚地感到一股逼人的剑风。汗珠从叶萧的额头渗出来，他立刻反攻了一剑。朱由林极其轻巧地躲过了这一击，然后手腕一转，手中的剑无声无息地划破了叶萧的左肩。血从叶萧肩头的衣服上渗出。

又一剑接踵而至，目标是叶萧的眉心。

叶萧躲不过了，他几乎闭上了眼睛，等待着死亡的那一刻。

忽然，一阵奇异的风卷着雪掠过，一下子吹倒了石桌上的小香炉，香炉里的火星和香灰全都洒了出来，它们在风雪的挟持下，像发疯似的吹向朱由林的脸。一瞬间，那些香灰模糊了他的双眼，朱由林几乎什么都看不到了，于是，这一剑刺空了。

而叶萧的脸正好背对风向，当他睁开眼睛时，发现自己还活着。

风雪救了他。

今夜，胜利注定不属于朱由林。

叶萧重新举起了剑，而朱由林的眼睛里全是香灰，火辣辣的，刺激得他睁不开眼。

熏香，又是熏香……

叶萧的剑指着南明郡王朱由林的咽喉，突然如雕塑般定住了——

他该不该死？是杀，还是不杀？

香灰渐渐散到了空中，几点从香炉里洒出的火星飘舞起来，又迅速地消逝于雪中。

朱由林还是睁不开眼睛，只能仰天长叹一声。天意，天意如此。

叶萧的剑尖有些颤抖。

朱由林冷冷地催促道："你还等什么呢？酒都快凉了！"

"酒都快凉了？"叶萧终于点了点头，手中的利剑瞬间划破了朱由林的咽喉。

朱由林的气管被割断了。

叶萧将自己的剑放回背囊之中。

熏香味渐渐散去了，朱由林终于睁开了眼睛，似乎要向他说什么话。片刻之后，朱由林从小亭的栏杆边摔了下去，倒在池塘的冰面上。冰面无法承受他的体重，裂了开来，朱由林缓缓地沉到了水底。

世袭南明郡王朱由林死了。

叶萧明白，并不是自己的剑杀死了对手，而是风雪和熏香杀死了他。

不管是贱民还是藩王，在大雪面前，都是平等的。

池塘上的冰面，又开始缓缓合拢了。

叶萧转过身，把酒壶打开，尝了一口，酒还没有凉。于是，他仰起头把这壶温酒全都喝光了。

好酒，果然是好酒。

尾 声

不知过了多少年，又是一个南明城的雪夜。

阿青蜷缩在破庙里，裹着一件破烂不堪的棉袄，披散着肮脏的头发，浑身散发着臭味。今夜实在是太冷了，她担心自己会不会冻死在这破庙里。外面的风雪呼呼地席卷而过，她忽然想起了什么，从怀中掏出一块玉佩。她摸着玉佩上的字，曾经有一个人告诉她，这两个字念"小枝"。只是，她还不知道这两个字本来也是她的名字。

于是，她又想起了那个人，束着金色的头巾，身穿飘逸的紫色长袍，腰间系着玉带，足蹬一双软靴，双眼盯着她，就好像发现了一块美玉。

瞬间，阿青全都想起来了，多年前那个风雪之夜，一个叫叶萧的带剑少年，徐徐向她走来，他们蜷缩在这座破庙里，在熄灭的篝火边互相以身体取暖。不知发生了什么，她一夜之间从街头的小乞丐变成了宫廷里的小郡主，在梦境一般的宫殿里，南明郡王像父亲般慈祥地看着她。最后是那场惊心动魄的决斗，她悄悄地躲在假山后面偷看，看着叶萧割断了王爷的气管。在那个瞬间，她也不知道自己为什么会潸然泪下。

那天决斗结束以后，她留下来给王爷收了尸，而叶萧像幽灵一样离开了南明城，谁也不知道他去了哪里。

南明郡王朱由林的死惊动了当朝天子，人们传说一个叫王七的剑客杀死了王爷，但始终都没有查出这个王七的下落。

王爷死后，宦官们认定阿青是被王爷买来的青楼女子，于是他们把她送到了青楼，她拼命逃了出来，宁愿回到破庙做一个乞丐。或许在王府中的日日夜夜，不过是一场美丽的梦而已。

很多年过去了，阿青哪儿都没有去，就这样一直待在破庙里，等啊等啊，她等待某一个夜晚，在那茫茫的雪夜里，一个叫叶萧的少年，英姿勃发地背着剑来到她面前。

"你从哪里来？"

"我也不知道。"

"你为什么来南明？"

"我来找一个人。"

"谁？"

"王七。"

"王七是什么人？"

"我不知道。"

"你找王七干什么？"

"与他比剑，打败他。"

杞人忧天

我就是你们称作杞人的那个疯子。

其实，杞人并非我的名字，别人这样称呼我，只因我是个杞国人。众所周知，我之所以名垂青史，是因为我的一个愚蠢举动。于是从那之后我成了白痴的代名词。

但这不对，其实，我是个天才。

看到这里，你们一定不会觉得奇怪，以上的话正是一个疯子的标准言论。根据科学研究，所有的疯子都认为自己不是疯子，反而认为自己是个天才。越是这样，就越说明他的病情已到了不可救药的地步，应该在精神病院里关一辈子。事实的确如此，我的大半辈子是在杞国的精神病院度过的。

杞国精神病院坐落于都城南门外幽静的山谷中，占地达方圆十里，有着高大坚固如城墙般的围墙，有许多身披盔甲的武士日夜守卫。精神病院的名誉院长就是我国的国君，正式院长为前装甲部队总司令，也就是专门指挥马拉战车部队的人。我院设施齐全，环境优美，医资力量雄厚，充分体现了我们伟大英明的国君所具有的崇高精神。更为难能可贵的是我院专门征召并培训了一批年轻漂亮的女护士，堪称全球护士的楷模，有她们的悉心呵护，我情愿被关在这里一辈子。

和所有的精神病院一样，病人在这里过的是铁窗生活，白天可以在鸟语花香的大花园里放风，晚上则有十八把大锁锁住我们的房门。但我并不怨恨，因为这完全是为了百姓的生命财产安全免遭我们这群暴徒的侵害。

毫无疑问，我们这里关的都是精神有问题的人，我是因为告诉别人"我们生活的地球是圆的"而被医生诊断为严重的精神分裂症，这种病症对社会有极强的破坏性。为了治疗我的病症，他们把我送到了这里。于是我白天在花园中寻找灵感，晚上就写下许多歌颂我们伟大的国君的诗篇，这些诗大多流入了宫中，并被歌女们演唱给国君听。据说其中的几篇精华，作为"风、雅、颂"中"颂"的部分被孔夫子编入《诗经》，流芳百世了。

但令人烦恼的是，我的病症依然没好，我在潜意识中依然坚持"地球是圆的"这样的理论。虽然许多著名的大夫对我进行了全方位的治疗，可我还是时常在梦中研究圆周率，3.1415926……也许我到死也得不出最终的结果。还有，我居然连像"地球绕太阳转动"这样听起来很愚蠢的观点都敢提出来，难怪医生说我不但脑子有病，眼睛也有病，连日出东方、日落西方也看不出。于是他建议关我一辈子，以防我的思想毒害下一代。

突然有一年，我国与邻国发生了战争，战争完全是邻国挑起的，我们的国君最心爱的一条狗，也就是被封为外交部部长、世袭千顷良田的那一条突然失踪了。后来才发现，那条聪明可爱的小狗被邻国的猎人吃了。

这还得了，虽说只是一条小狗，可也是一条生命啊！我们的国君一贯身体力行地提倡保护动物，就像卫国有位著名的国君把鹤封为大夫一样。再说它是我们的国君亲自册封的外交部部长，理应享有外交豁免权，邻国的行为实属挑衅。

所以，我国为此全国总动员，所有十八岁以上、八十岁以下的男子都要出征，要让邻国知道，杞国虽小，比不得晋、楚、齐、秦等千乘之国，可杞国人民不可辱。在国君的亲自统率下，我国与邻国血战十年，一半的男子壮烈捐躯，人民永远怀念他们。最终，我国获得了重大胜利，终于把吃了那条狗的猎人生擒活捉，把他千刀万剐以悼念我国最可爱的那条狗，然后大军凯旋。"将军百战死，壮士十年归"，大军回到都城之际，万人空巷，大家都争相一睹英雄们的风采。

在战争期间，国家对我们精神病院的投入肯定就少了点，我们的院长也官复原职去指挥他的战车大军了。但我们毫无怨言，一切为了前线嘛。这不，许多人把自己的最后一条裤子都捐给了国家，一片爱国之心，感天动地啊！我干脆把我的天花板和屋顶给捐了，虽然这样一来，我冬天就得多加几条被子，雨天在屋子里得撑着伞。但一想到前线的将士们英勇杀敌，没有他们的牺牲哪来我们后方的安定？我也就觉得这样做是理所当然的。

自从我掀开了屋顶，烦恼也就缠上身了，也就是所谓的——忧天。

我每晚都辗转反侧，仰天长叹，我的忧伤只有自己知道，其他人是不会理解的，因为我是个精神病人。于是我就这样茶不思、饭不想，日渐消瘦，我的忧伤也日益增加。当我每日在花园里放风，一声不响地从病友们身边走过时，我发现他们都开始用一种奇怪的目光注视着我，好像在看一个外星人。

我希望他们能发现我的忧伤，但我的忧伤只有自己知道。

国君率领大军凯旋的那天，都城成了欢乐的海洋，精神病院里的所有病人们第一次聚集在了一起。我在一个进来十年一句话也没说过的人身边坐下，别看他曾经是我国著名的大学讲师，可他的病比我还要严重。

"你很忧伤？"他问我。

我吓了一跳，这还是我第一次听他开口说话，我惶恐地点了点头。

"我也是。"他把嘴对准了我的耳朵，我害怕他会旧病复发，把我的耳朵给生吃了。

我赶快逃到了另一边，一个老头向我笑着，笑得非常奇怪，使我不得不靠近了他。他从怀中取出一把黄色的粉末倒在了我的手心，声称这是他花了毕生的精力配制的一种药。这种药不是用来救人的，而是用来杀人的，叫火药，一旦研制成功全世界的面貌将会被他改变。他紧紧地抓住我的手，告诉我这药千万不能碰火，否则能把我崩到天上去。我立刻把这把药粉还给了他，这老头显然已是病入膏肓，在胡言乱语。

刚要走，一个家伙把我的腿拽住了，他说他一辈子都趴在地上，研究怎样把地下的宝贝给挖出来，比如挖到那种不需要马拉就能让车自己跑起来的油。

一双血淋淋的手突然出现在我眼前，我吓得大叫起来，那手臂上尽是一道道伤疤，刻的竟全是数学公式。原来这位用刀子在自己手臂上打草稿的老学究，终其一生都在致力于发明一种足以毁灭地球的武器。

我仰望苍天，问苍天为什么今天精神病人都发病了？苍天不回答，只有一只孤独的风筝在高处飘着。放风筝的就是大名鼎鼎的守株待兔的那位农民哲学家兼科学家，从宋国慕名来到这里治疗精神病。他对我说，他有一个登月计划，要乘着风筝去抓月兔吃。

这时，本院病情最重的一个不可理喻的大疯子站到花园的最高处，向大家喊话："女士们，先生们，大家早上好！现在，我宣布一个好消息，经过本院 99.36% 的病人集体讨论，确认我们的国君已经得了严重的精神病啦！这所他亲自下令修建的精神病院应该只有一个病人，那就是他自己。我们现在的职责就是把国君抓回来，把他关在这里一辈子。"

出乎意料的是，这些疯子竟都高声欢呼了起来。若不是他们有精神病，早应该拉去五马分尸了。保卫国君是每一个百姓应尽的职责，就算是精神病人也责无旁贷，我必须制止他们。"你们全都发病了，都应该注射一针镇静剂。喝水不忘挖井人，没有伟大仁慈的国君，哪有我们的幸福生活？攻击国君，你们知道自己犯的是什么罪吗？"

我感到自己一瞬间变得非常高大，一个人面对一大群发了疯的暴徒，毫不畏惧，捍卫我们的国君。

但没想到，那群疯子在对着我大笑，他们笑得前仰后合，有的人眼泪都笑出来了，原来他们把我当成一个小丑。我愤怒了，我真的愤怒了，我无法控制住自己，必须要把我的忧愁说出口。

"你们不要徒劳了，因为再过三天，天就要塌了！天崩地裂，地球毁灭，万物灭绝。"

我终于把这个天大的秘密说出口了，心里突然感到一阵难以言说的轻松。我闭上眼睛，准备倾听他们绝望的惊叫。

但是没有反应，原来这群暴徒都已经走出了无人把守的精神病院的大门。我孤零零地站在空无一人的精神病院中，像只被抛弃的无主的狗。

可怜的人类啊，你们将为你们的无知付出代价！

我终于离开了我生活了十几年的精神病院，来到杞国的山野田园中。远征回国的将士们仍在都城中庆祝凯旋，所以村庄里全是女人和老幼，他们像乞丐一样，几乎都没穿衣服，向我伸出双手。他们实在是有碍我国的形象，世界末日对他们来说也许是一件好事呢。于是，我把这个喜讯告诉了他们。他们对此居然无动于衷，要么就是对我傻笑，实在是无知到了极点。看来我国的教育工作还有待加强，可还有多少做教育工作的时间呢？我心里一酸，就哭了出来。那群女人一见我哭了，就拿出了一块比铁还硬的大饼给我吃，虽然这块大饼几乎硌断我两颗门牙，但我还是向他们致以谢意，因为这是他们一天的口粮。

我在杞国的原野上游荡着，像一个无主的幽灵，对上天与人类的担忧一直困扰着我。现在是七月，大地一片绿色，虽然坟墓多了些，但万物生机勃勃，地球已经过了多少万年的进化啊！

我现在走过一条河边，河水滚滚地向东流去，我想起了孔夫子，他也是在一条河边上，感叹事物与光阴的流逝。我看着河水，是的，我也有相同的感叹，只是我们的光阴，究竟还有多少呢？

在河边，我看见了一个美丽的姑娘，她很美，却不知道自己的美丽即将化为尘土。我惋惜地对她说："姑娘，你嫁人了吗？如果没有，现在嫁人还来得及。"

　　姑娘一听，非但没有感谢我，还请我吃了一个响亮的耳光。她以为我是要吃她豆腐。我急忙为自己的清白辩解："姑娘，你误解了，我是说天很快就要塌了，我怕你还没有享受生命就匆匆地离去了。"

　　姑娘笑了起来，轻浮地说："你要我是不是？那就直说，别拐弯抹角的。费用也不贵，半个时辰只要十斤大米，如果你心诚，给你九折优惠也行。"

　　我惊恐地逃走了。

　　我又来到了渡口上了渡船，一个商人与我同舟，他一脸的富贵相，看起来家财万贯。可是用不了多久，他不也将和我这穷光蛋一样赤条条地离去吗？于是我笑了起来。他很奇怪，问我为什么笑，我索性把我心中所想的全都告诉了他。

　　"好家伙，你真是个天才！先放出风来，说天就要塌了，如果人们相信，就会争相抢购货物，抓紧时间在死前享乐，这样一来我们这些商人就能发大财了。谢谢你告诉我这个主意，怎么样，我们合作吧？你来散播谣言，我来卖东西，咱们三七开，你三我七。"

　　我无奈地摇了摇头。

　　"别这样啊！那好，四六开，你四我六，要是还不行，那咱二一添作五，算我豁出去了。"

　　船靠岸了，我一溜烟跑了。

　　我停下脚步在河岸歇着，一个身着白色长袍、头戴高帽、蓄着长长胡须的中年人走了过来，他神采奕奕，气宇不凡。他见到我，仿佛发现了什么宝贝，问道："这位仁兄为何在此失魂落魄，莫非有什么忧愁解不开？让我来为你消除吧。"

　　"我的忧愁也就是你的忧愁，我的忧愁是无法解开的，正如你无法解开的正是你自己的忧愁。"

"失敬，失敬，原来仁兄是位哲学家。小可姓庄，单名一个周。"

"原来是庄子，普天之下只有你能理解我的忧愁。告诉你，天就要塌了，世界末日就要来临，我们都会死的。"

庄子眼睛一亮，笑着说："你的想象力要超过我，真是天外有天啊。其实，纵然有什么世界末日，也未尝不是件好事，也许我们现在活着，其实就是具死尸，等我们死了，其实也就是活了回来。我曾梦见自己变成蝴蝶，一梦醒来，却不知，究竟是我在梦中变成了蝴蝶，还是蝴蝶做了一个梦变成了我。我究竟是蝴蝶梦中的庄周，还是庄周梦中的蝴蝶，到现在我都没有搞清，又何必去畏惧必然要到来的死亡呢？既然死亡总是要到来的，那早一些或晚一些又有什么区别呢？早一些解脱，不是更妙吗？"

这家伙还邀请我与他一同云游四方，我没有理睬他，一口气跑回了村子。与此同时，我听说那群无知的暴徒已经开始向都城进攻了，可怜他们百十号人要与我们国君的数万大军较量。在人类行将毁灭之际，这样的举动是多么可笑。

终于，我在村边的墓地里住下了，这里有一半是新坟，埋的都是这几年饿死的人。现在是夏天，总是有鬼火出没，也许用不了多久，我也会变成一团绿色的鬼火。我给自己挖了一个墓穴，躺在了里面。

终于，最后的一夜降临了，我躺在墓穴中，像一具真正的死尸。

今夜星空灿烂。

天哪，这天晚上的星空是我一生中见过的最美的。如同我每夜梦到的那样，天空仿佛被涂上了一层宝蓝色的涂料，星星就像是一双双明亮的眸子，绝美少女的眸子。为什么偏偏是今夜，我们人类的最后一夜，星空展示着这样最高傲的美？因为宇宙在怜悯我们，宇宙为我们绝唱。

我仰望着星空，我说过我是个天才，自从我在精神病院里捐出了屋顶，我就夜夜观察天空。我发现有一颗彗星每晚都从天空掠过。经过我对其运行轨道的长期测量和精心计算，我发现这颗已被我命名为杞人彗星的不速之客，将于今天晚上进入地球的运行轨道。也就是说，今晚，彗星将撞击地球。

它绝不会像陨石撞地球一样在大气层就被烧掉了，大气层奈何不了杞人彗星。由于这颗彗星的质量巨大，它的重力加速度将使它几乎完好无损地穿过大气层，直接撞击地球表面。而且据我的测算，如果它撞击到陆地，至少将撞出一个青藏高原大小的大坑，深度至少要超过二十公里。如果撞击到大海，则地球将完全成为一个水球。它的冲击波将使上亿吨的尘土遍布地球表面，完全遮掩太阳，地球将处于黑暗与寒冷中数百年，在这期间，地球上所有的生物将灭绝殆尽，脆弱的人类将是第一个灭亡的物种。而后的数百年，当尘埃落定，地球将退步到刚刚诞生时的状态，生命将再度起源，重新进行伟大的进化历程。再过几十亿年，人类文明再次出现时，他们也许会把我们已成为化石的残骸再挖出来进行研究，也许他们还会把我的名字写进历史，归入人类最伟大的科学家的行列。

天空出现了一丝变化，从最远的天穹里，渐渐显出了一块淡淡的白色，这白色像一滴眼泪，从宇宙的深处滑落下来。随后，这白色变成了一把小小的匕首的形状，向我们直扎过来。图穷匕见，这个成语是在我死后才有的，但我现在必须要使用它。夜空就是这张地图，当地图的美丽与神秘展现无余时，这把致命的匕首就指向了人类的咽喉。这白色越来越大，我甚至可以隐隐约约地窥见彗星的彗尾，长长的像一把扫帚。彗星终于君临天下了，它像视察它的帝国一样掠过地球上空。它在看着我，怒目圆睁，不可一世，举手之间就可叫我们血流千里。它俨然是地球命运的主宰，我们都是它的臣民，我们向它俯首称臣，但仍难逃一死。

虽然我浑身颤抖，但不是因为害怕，而是因为兴奋，一种前所未有的兴奋。我是在为这美丽的彗星而兴奋，它和这星空是这样令人陶醉，尽管它足以毁灭人类，也许就在一瞬之后。而今夜的世俗世界里，他们都睡着了，他们将在梦中死去，美梦都会变为噩梦吧，这是人类无知的报应。而冥冥之中命运的安排，让我有幸成为唯一目睹人类灭绝的见证人，这是一项神圣的使命。

突然，在夜空的顶端，在彗星疾速掠过的轨迹中，绽开了一朵火红的花，我明白那是彗星穿过大气层产生的强烈巨大的火花。

我开始想象彗星像一只巨大的拳头猛砸在地面上，这只拳头大得惊人，一根手指头就是一个杞国。所有的人在这只拳头下化为微粒，再在冲击波里随无数沙尘飞上天空，整个天空都充满这种人体的细末，我们甚至来不及喊一声救命。

这是一场审判！

我们的末日到了。

祈祷吧。

以后的事大家都知道，地球没有毁灭，人类继续繁衍，又生存了两千多年。

我在事后才发觉，我的计算有一处微小的偏差，只有几个小数点的偏差，可彗星的轨道偏偏就与地球的轨道有那么极其细微的偏差，几公里吧，在浩瀚的宇宙中，这简直就等于是擦着你鼻子上的汗毛飞过去。就这么几个小数点，地球逃过了灭顶之灾。

地球啊，你真幸运。

所有的人都不知道，在这一夜，灾难曾离他们如此之近，又奇迹般地擦肩而过。他们又做了一个好梦，除了我。可谁会相信我？我的痛苦依然。

我缓缓地从墓穴里爬出来，此刻已经红日东升了，我怅然若失地离开了这里，从哪里来，回哪里去吧。我回到了精神病院。

精神病院里什么都没变，只是再也没有人了，我走过一间又一间屋子，直到最后一间，从那里发出了一种奇怪的声音。这间屋子的大门紧锁着，我从门上的洞口向里望去，看见里面关着一个人，我不敢相信这个人竟然就是——国君。

我们的国君被关进了他下令修建的精神病院，我真的不敢相信，我向里面大声地问："陛下，是您吗？"

"我是国君，我得了精神病。昨天晚上，他们冲进宫里，说我得了精神病，他们说精神病人不能当国君，他们说他们的精神病都好了，他们说由他们来当国君。我是个精神病人，我要在这里治疗。"他面无表情地对我说出了这一长串让我震惊的话。

"他们那群精神病人不可能打进王宫的。"

"没有一个人来保卫我，我的士兵、我的士大夫和贵族们，没有一个人来，他们每一个人都说我有精神病，包括我的王妃和王子。他们眼睁睁看着我被赶下王位，被押到这里。我有精神病，我需要在这里治疗。"

我打消了救他出来的念头，已经没有这个必要了，我们的国君的确是个精神病人。那我呢？

"我不是，我不是精神病人！"我向这个世界大声地喊。

没人听到我的喊声，只有许多人在城市，在乡村，在春秋各国交头接耳地传说：有一个杞国的精神病人说天就要塌了，世界就要毁灭了，真他妈可笑，这个白痴真他妈可怜，彻底地无可救药了。于是，就产生了"杞人忧天"这个成语。这个成语流传了两千多年，伴随着死里逃生的人类。

是的，那一夜天没有塌。但杞国的天，确实是塌了。

地球是脆弱的，也许它还会再次接受与两千多年前相同的考验，也许彗星还会与我们擦肩而过。人类也是脆弱的，但相比浩瀚的宇宙，更容易毁灭的是人类自身。

以上的话是我说的，我是杞人，我不是精神病人。

十个月亮

在后羿射日之前，天上有十个太阳，也有十个月亮。后羿射日之后，白天只有一个太阳，而晚上仍旧有十个月亮。当时的月亮并无后来阴晴圆缺的变化，一年到头，不论初一还是十五都是一样的银盘大脸，圆圆满满的样子。如果我们可以想象十个圆月挂在头顶，一起散发撩人的清辉的美景，恐怕就要无比羡慕我们的祖先了。

一个三十岁的女人，正在美丽的月光下顾影自怜，她还没有生育过，所以还保持着少女的完美体形。据古书上记载，这个女人美得出奇，今天再也找不到像她这样美的女人了，事实的确如此。这时一个四十岁的肥胖女人走过她的跟前，向她微笑着打招呼，这令她大吃一惊，因为她记起来了，胖女人在十年前还是一个苗条的人间尤物，而现在，却像是一块被用皱了的抹布。她向那女人表示了同情，悄悄地流下了眼泪。古书上说，她流泪的样子也是美的。

她叫嫦娥，是后羿的妻子。

十几年前，当她还是个少女的时候，她几乎从未接触过阳光。那年月不是今人可以想象的，人们都是昼伏夜出，与动物的生活习性相同。白天的十个太阳是任何人都难以忍受的，人们只能躲在山洞里睡觉。而到了晚上，天上十个月亮光辉灿烂，把黑夜照得很亮，又不失月色的缠绵。各色人等就在这月光下打猎捕鱼、采桑织布，乃至婚丧嫁娶。

后来，从东方的夷人部落来了一个年轻人，他的身上背着一张巨大的弓和用燧石做成箭头的箭。当人们都在山洞中做着白日梦时，他抬头仰望十个太阳，炽热的阳光让他头晕目眩，皮肤开裂。年轻人弯弓向日，射出了九支箭，一箭一个，把九个太阳全给射落了，只剩下最后一个太阳在天上害怕地发抖。

这个年轻人就是羿。

后来羿又奉了尧的命令，断修蛇于洞庭，擒封豕于桑林，成了一个大英雄。再后来他娶了一个美丽的女子，这个女子，就是嫦娥。

人类的幸福生活都应归功于大英雄羿，是他拯救了人类。人们无限地崇拜他，给他和他的妻子嫦娥以极高的地位，甚至连尧都在考虑将来把位子禅让给羿。

所以，羿是幸福的。人们总这么说，不但是因为他的地位，还因为嫦娥的美貌。

是的，古书上说，嫦娥的美注定是永恒的。

但三十岁的嫦娥却不这么想。她究竟想些什么，没人知道，古书上也没有记载，这一点令人遗憾。古书只记载了她抬头仰望月亮的时间要远远多于她注视羿的时间，以致引起了这个大英雄对月亮的嫉妒。

嫦娥遥望的月亮与今天的不同，应该说是月亮们。就像现在我们仰望群星，而古人在仰望群月。嫦娥坐在一条清澈的河边，河水里倒映着十个月亮，所以总共是二十个月亮。古人的数学思维不太发达，得把全部的手指和脚趾通通算上才能数清楚，这有点像与中国人有血缘关系的古玛雅人，他们采用二十进制，用手指、脚趾进行计算，这就苦了手脚有残疾的人。

我在闲扯了，但那时的确还未发明鞋子，嫦娥光着脚丫子坐在河边，手脚并用地数着月亮，她数过无数遍了，就这样打发着时光。因为她是羿的妻子，所有人都愿意为她做事，而她的丈夫，那个举世无双的大英雄，则一天到晚在深山老林里斩妖除魔，为民除害。有时几乎几个月见不了面，她就感到些许无聊。

无聊时，她只能做三件事：第一件是数月亮；第二件是观察自己的身体变化，以免发胖，或是脸上生皱纹，这一点倒与今天三十岁的女人们相同；第三件，就是回忆往事。

嫦娥是十八岁嫁给羿的，当时，羿刚刚射下九个太阳，年轻潇洒，雄姿英发。是尧为他们主持的婚礼，几乎所有人都喝了他们的喜酒。婚礼是在月光下举行的，十个月亮把新娘映衬得无比美丽，简直就是下凡的天仙。古书上说，那是中国第一个婚礼，标志着中国开始走出群婚制的蛮荒时代，他们组成了中国第一个稳定的一夫一妻制的家庭，具有空前的意义。然后，他们幸福地度过了蜜月，成为世界上最美满的一对。

十年过去了，嫦娥没有给羿留下一男半女，但羿依然爱她，她也依然保持着少女的体形和容貌，仿佛她永远是十八岁。

尧的妻子来了，这位第一夫人踩着月光走到嫦娥面前。她拉着嫦娥的手，端详着嫦娥。十个月亮放出的光芒让嫦娥完全暴露在第一夫人眼前，嫦娥从她的眼中看到了无限的羡慕。第一夫人是来向嫦娥请教永葆青春的秘方的，她嫁给尧已经三十年了，那时他们也是郎才女貌的一对，她也有着魔鬼身材。可现在，尧已经娶了十六个老婆，并且已有一年没和糟糠之妻说过话了。第一夫人说着说着，泪如泉涌。可嫦娥根本就没有什么养颜的秘方，她安慰了第一夫人好半天，才送走了这位更年期妇女。

目送着第一夫人远去，嫦娥的心里突然有些乱。尧总是说要把位子禅让给羿，那么将来自己也会是第一夫人，她会和尧的妻子一样吗？嫦娥不愿再想下去，她脱去老虎皮做的衣服，下河洗澡了。其实她是想借助明亮的月光，看一看自己的身体。这身体依然是完美的，虽然我没有亲眼见过，但古书上确有这样的记载，我相信。

嫦娥泡在水里，就像是美人鱼一样，过了很久，她突然发现水里还有人。她靠近了那人，发现是个七十多岁的老太太在洗澡，那人全身皮肤松弛，像一堆棉花，头发差不多快掉光了，剩下几根也是雪白的，脸上的皱纹如刀刻一般，牙齿也全没了。在那年月，能活到这个岁数是非常不容易的。嫦娥感到有些恶心，她想到自己还光着身子，便往回游，但老太太叫住了她。老太太对她微笑着，伸出了颤抖着的手，抚摩着她的身体。嫦娥对那只布满褶皱和老年斑的手有些害怕，但她还是忍耐住了。老太太粗糙的手在嫦娥的身上游走着，仿佛带着一股巫婆般的魔法气息。老太太说自己年轻的时候也和嫦娥一样漂亮，一模一样。嫦娥不信，她挣脱了老太太，飞快地穿上虎皮衣，沿着河岸向上游跑去。

她年轻，她健康，她跑得就像只母鹿一样矫捷。她一口气跑了很远，直到她确定已经摆脱了那个老太太。上游很荒凉，人烟稀少，她盲目地在河边走着，今夜一下子使她改变了许多。

一具白骨，她忽然见到河边有一具白骨，在十个明月的照射下发出阴森的反光。从骨盆可以判断出这是一个女人的遗骸。这些骨头轻巧纤细，仿佛是精美的工艺品，白得有些晃眼。虽然骷髅的样子令她恐惧，但这具遗骸还是深深吸引了嫦娥。遗骸横卧在地上，河水冲刷着它的脚趾。这个姿势其实很美，有一种高贵且优雅的气质。

嫦娥哭了。她感到眼前这具遗骸其实就是她自己。

嫦娥终于感受到一种纯粹的恐惧。她慢慢地低下头，眼泪滴在河水里，河水被她的眼泪弄咸了。她低头对着河面，月光皎洁，平静的河面仿佛一面镜子。事实上在镜子被发明之前，水面就是镜子。

在明亮的月光下，嫦娥发现镜子里的她眼角多了一丝鱼尾纹。

她沉默了。在遗骸边，她沉默了很久。已是下半夜了，凉凉的夜风吹起她乌黑光泽的长发。她再一次抬头仰望十个月亮，古书上说这次仰望是致命的。

她以极快的速度回到了家，所谓的家不过是架在树上的一个巨大的巢而已。她取出了一粒药丸，然后吃了下去。

这药是昆仑山上的西王母送给羿的。汉朝及其后世所称的西王母也就是王母娘娘，是个"年可三十许"（班固《汉武内传》）的丽人，而在上古时期，西王母还没有进化过来，"豹尾虎齿而善啸，蓬发戴胜，是司天之厉及五残"（《山海经》）。

至于这粒药的作用，准确地说能延年益寿，抗拒衰老，永葆青春，促进新陈代谢，提高生活质量。虽然现在的生活中没有这种药，可在古代的确有，简单地说，就是长生不老之药。

羿拿回这药的时候，神秘兮兮的，千叮咛，万嘱咐，绝对不能吃，至于原因却不肯说。

现在嫦娥吃下了药，心怦怦乱跳。然后她抬起了头，看着十个月亮。

突然，她的身体变轻了，仿佛有什么东西托起了她，她的脚离开了地面，居然飞了起来！她越飞越高，向下一看，自己在树上的家越来越小。嫦娥害怕了，她叫了起来，但地面离她越来越远，没人听得到。她的羿正在千里之外的大山里杀野兽呢，根本听不到她的呼救。渐渐地，她飞入了云层中，又飞出了云层，她离十个月亮越来越近，好像每一个月亮都在伸手拥抱她。

终于，她在其中一个月亮上登陆了。

与阿波罗登月行动中美国人阿姆斯特朗走出登月舱，踏出自己的一小步、人类的一大步时见到的景象不同，嫦娥见到的并非那个一片荒凉的星球，她看见月亮上有一座巨大的宫殿，那就是广寒宫。月亮上还有三种生物：一是桂树，二是兔子，三是蟾蜍（癞蛤蟆）。她抱起雪白的兔子，走入广寒宫中，巨大的宫殿里空无一人。她明白了，这座宫殿就是为她而建的。

嫦娥抬起头，见到四周另外的九个月亮，全都一模一样。而她熟悉的地球，已经遥不可及，在一片黑暗的宇宙中，那是唯一的蓝色星球。地球真美啊！嫦娥后悔了，她从没想到过，自己原先生活过的那个星球在银河系里是多么迷人。

她又哭了，泪水流在了兔子的脸上，月兔从三瓣嘴里伸出舌头舔着她的眼泪。她知道，她永远也回不去了。

在地球上，我们的大英雄羿回来了，他扛着头大野猪，背着大弓回来了。但嫦娥失踪了，他找了很久，直到发现西王母送给他的长生不老药不见了，他终于明白嫦娥去哪儿了。

羿愤怒了，他抬头望月，十个月亮向他眨着眼睛。"月亮，我恨你们！"羿对准了月亮弯弓搭箭。

"我能射下九个太阳，也能射下十个月亮。"他判处了月亮们死刑。

那天夜里，天下所有的人都向羿下跪了，因为人们热爱十个月亮，十个月亮，一个都不能少。连尧都拉着羿的衣服，对他做思想政治工作。但羿已到了愤怒的极点，他不能没有嫦娥，他要报复，他要让月亮们付出血的代价。

他终于射出了箭，第一个月亮中箭了，它在天上摇晃了一下，发出了一声惊天动地的惨叫。然后，所有的人都看到那个月亮流出了许多血，接着一头栽了下来，落到了大地尽头的无底洞里。紧接着第二个、第三个、第四个……直到第九个，全都被羿射了下来。他一口气处死了九个月亮，只剩下最后一个月亮还在孤独地坚守着夜空，他不知道，嫦娥正在这最后一个月亮上看着他。而夜空，越来越昏暗了。

羿决心要把月亮斩尽杀绝，一个不留，尽管这时尧已经吓昏过去了。他抽出了最后一支箭搭在了弦上，箭头直指最后的月亮。

但就在这个瞬间，月亮变了，羿揉揉自己的眼睛，没错，月亮的确变了。月亮变瘦了，从一个饱满的圆，变成一个缺角的圆，就像是被人咬了一口。那个吃月亮的人越吃越多，月亮又变成了一个半圆，但半圆还在变小，仿佛被挖掉了一大块，一直到变成一个弯弯的钩子的形状，像一枚弯弯的柳叶。

羿惊呆了，他明白嫦娥就在那上面。天下所有的人也吓呆了，以为羿触怒了神灵，要有大灾祸发生了，世界末日就要来临了。羿放下了弓箭，他无力抗拒神圣的自然，虚弱地坐倒在地上。

十五天过去了，月亮每晚都有变化，它在渐渐地变大变圆，花了十五天的时间又恢复为原先那个饱满的圆。然后又过了十五天，圆月又变成了一弯如钩新月。总共三十天，月亮缺了又圆，圆了又缺，像女人的生理规律。

羿明白了，是嫦娥，是移居月亮的嫦娥使月亮变成了一个女人。从那时开始，月亮有了生命，成为一个活生生的女人，她有血有肉，也有感情，那是他的妻子。

羿放弃了，他不想再射月了，他知道自己永远地失去了嫦娥。他仰望着最后的月亮，仿佛面对面地看着他的妻子。他走了，离开了尧和他的部落，独自一人走向了荒野。他失去了英雄的气概，像个凡人一样，毫无防备地游荡着。他的徒弟逢蒙卑鄙地偷袭并射死了他。羿至死仍在呼唤着嫦娥。

从此，中国人的历法以月亮的圆缺为基本周期来计算。相对于西方的太阳历，中国历法叫阴历，人们把月亮三十天一个盈亏的轮回的时间称作一个月，月亮圆了十二次，就是一年。

在另一个星球上，嫦娥终于实现了永葆青春的梦想，不论地球上过了多少年，她永远都是三十岁的年龄，十八岁的身体。

她终于懂了，什么叫一个人的天荒地老。五千年过去了，虽然有个只会砍树的吴刚来到月亮上，虽然有捣药的月兔陪伴她，但她依然无法摆脱那种纯粹的孤独。

今天晚上，当你抬头望月的时候，不管月亮是圆是缺，你都再也不会有古人看到十个月亮的那种感触了。就算你坐着宇宙飞船去寻找，那也只是一个朦胧的梦，你永远都见不到那个最美的女人。除非，你是复活的羿。

殉

（《青铜三部曲》之一）

"七月流火，九月授衣。"

这是采诗官们记录下来的《七月》的第一句。胡丁他们在田野里汗流浃背地唱着这首歌，他们羡慕着这首歌里的农夫，因为他们连农夫都不如，他们是奴隶。

胡丁赤裸着上身，他的背脊宽阔而黑亮，成行的汗仿佛永远也排不净他体内的盐分。

当他们唱到"春日迟迟，采蘩祁祁。女心伤悲，殆及公子同归"时，胡丁偷偷瞄了一眼远处那些采桑的女奴隶。歌里唱得没错，采桑女都很害怕那些到野外来打猎、祭祀或者干脆就是寻欢作乐的贵族公子突然坐着马车飞驰而来，将她们中的一个掳去。

忽然，胡丁真的看到有两辆马车和一队士兵来到了田野中。采桑女惊慌失措地四散而去，但最后还是被全部围住了，她们全都跪在了一个峨冠长袍的贵族家臣脚下。家臣锐利的目光扫视了一圈，把其中最漂亮的采桑女带走了。胡丁忍不住紧握着拳头站了起来。

另一驾马车却来到胡丁他们中间，一个军官踩着侍从的背下了马车，与这里的管事耳语了几句。然后，军官像挑一匹马或是一头牛一样，依次在他们黑亮的肌肉上捏了一下，又检查了每个人的牙齿。最后，他把胡丁带走了。

胡丁被装进了一辆牛车上的木笼子里。随着车夫抖动缰绳，他突然全身乏力，像一只待宰的羔羊，闭上了眼睛。

那天晚上，越女由一辆被白纱笼罩的马车带入一扇巨大的石门。她被带到一座雄伟而结构复杂的大殿中，花了很长时间穿过偏门里一道长长的回廊，才到达第七座配殿。在那儿，越女被安置在一个宽敞干净的房间里。

她的主人是谁？谁会有那么大的排场？越女一夜都没睡着，她猜不出那个人到底什么样。她一直蜷缩在一个角落里，注视着那扇门，她已经想好，一旦那个人闯进来，她就立刻自杀。然而，在这里只能上吊。曾有一个采桑女同样被掳走，后来又送回来了，但回来的是具吊死的尸体，那样子把越女吓坏了。

可这一夜就这么平静地过去了，什么也没发生。第二天一早，一个衣着华丽的妇人给越女送来一件新衣服，还有一碗饭和一碗汤，并告诉她可以自由活动，只是不能越过那道黑色石墙。

越女完全糊涂了，但饥饿使她捧起饭碗吃了起来。这是大米，香喷喷、白花花、稻香四溢，是南方的酋长进贡给周朝的大米，和她故乡江南吴越的水田里长出来的大米一模一样。自从她来到这只长麦子和黍的地方，白米饭只是梦里才有的，现在还有一碗猪肉和骨头熬成的肉汤，香味浓郁。等到饭碗和汤碗都底朝天，她还在用舌头舔着嘴唇。

越女以为自己是在梦中呢，她又把自己身上又臭又脏满是窟窿的旧衣服换了，穿上那件丝绸做的新衣服。这就是她每天采桑养蚕、取丝织布给士大夫和贵夫人享用的东西。她实在无法理解自己现在的处境，于是走出了房门。

这儿大得出奇，有数不清的房间，还有许多顶盔掼甲的武士和美丽的女奴。越女穿过似乎永远也走不完的宫殿，来到一个清澈见底的小池塘边，许多锦鲤正快活地游着。一个老人坐在河边钓鱼，老人穿一件黑色的长袍，腰间佩着块美玉。他那气定神闲的架势，就像下凡的神仙一样。老人钓起了一条鱼，却把鱼又扔回了水里。

"老爷爷，你为什么又把鱼扔回去了？"

老人抬起头看见了越女，怔了一下，问道："你是新来的？叫什么名字？"

"越女。"她心里有些忐忑不安，"老爷爷，你是谁啊？"

他就是周公。

孔子说，周公是除了周文王之外世界上最伟大的人。

周公的名字叫姬旦，他的父亲就是周文王姬昌。他的哥哥叫姬发，也就是推翻商纣的周武王，而难得的是姬旦与姬发是同一个娘生的。周武王死时，继位的周成王姬诵还太小，于是，周公便责无旁贷地摄政天下。

之后伟大的周公完成了三件大事：第一件便是大名鼎鼎的周公东征，平定了武庚领导的殷商遗民的大规模叛乱；第二件是营建东都，迁商的遗民于此便于监视，奠定周朝八百年的基业；第三件是分封制，与欧洲中世纪的封建制有异曲同工之妙。他自己封于鲁国，却终身不就国，尽心辅佐成王，成就了成康盛世的伟业。于是五百年后有一个鲁国的老人，坐在牛车上进行了漫长的旅行，向他的学生们讲述着伟大的周公一生的丰功伟绩。

这是一座石砌的城堡，数千块巨大的石条精确地堆积在一起，高大坚固，像一只伏击猎物的猛虎静卧在关中平原。

在城墙下，胡丁见到了几百个与他一样烙着奴隶印记的人。

一百步开外，放着三张犀牛皮甲。军官让胡丁与另一个奴隶比试箭法，胡丁的对手来自以善射著称的东夷。东夷人把那张大弓拉成了个标准的满月，那形象就如甲骨文中"夷"字的写法，一个背着弓的人。然后，羽翎箭离弦而去，穿透了三张厚厚的犀甲。

当对手的身影从他身边掠过时，他觉得所有的人，甚至每一块石头都在凝视着他。在沉重的呼吸中，他接过那张大弓，拨动了紧绷的弦，这声音让他想起了什么。然后他猛地甩了甩乱草般的头发，看了一眼目标，接着举弓、搭箭、拉弦、放箭。箭离弦时激起的风掠过他的鬓角，他已经很久没有这种感觉了。现在整个城堡鸦雀无声，胡丁的这支箭正中对手先前射中犀甲的箭的箭尾，并把它推出了犀甲，而胡丁的箭留在对手的箭的位置上。

当天晚上，胡丁第一次独自睡在一个房间里，从石墙的小窗口可以看见城堡外的千里沃野与满天星斗。

胡丁的故乡是北方的草原。他总是骑一匹红鬃烈马，背一张巨大的弓，箭袋里插几十支狼牙箭，弯弓射大雕。那时他是自由的，但他并不知道什么是自由，直到他成为奴隶。

战争中总是会发生一些出人意料的事情，其实胡丁并不是犬戎的骑兵，他只是对南方充满了好奇，独自从河套平原沿黄河南下。正当他第一次接近渭河平原的地堑时，三百名周军包围了他，把他当作掉队的犬戎骑兵，他在射完全部的箭后，被俘虏了，成为一名奴隶。

五年过去了，他无数次在梦中回到自由的世界，今夜也不例外。但这回梦里多了一副盔甲，和一面火红的军旗。

那天晚上的星空是灿烂的，也是神秘的。从最高的楼阁上可以遥望到远方灵台上的风幡。夜观天象的人们正在那儿忠实地记录着星空中发生的一切。

越女在最高一层楼阁的一张竹席上跪坐着，她正襟危坐的姿势表明她已明白，坐在她面前的老人正是她的主人。是的，她是作为伟大的周公的第七十二位姬妾而被选到这里的。

她不敢说一句话，因为伟大的周礼规定，作为最小的姬妾，没有夫君同意绝不能擅自说话，违礼是一种比杀人更大的罪过。她正为白天的无礼而暗暗担心，不由得悄悄看了周公一眼，发现周公也在看她，就像在欣赏一件南方进贡的艺术品。在星光的笼罩下，在这仙境似的琼楼玉宇中，越女沐浴后的长发被晚风拂起，撩动了周公的某些回忆。

周公紧盯着她，他把腰间的玉佩解了下来，交到越女的手中。这是许多人一辈子梦想却得不到的荣誉。

周公轻轻地说："永远都像现在这样吧，就如同这块玉石一样，永远都完美无瑕。不要怕，没有人会破坏你的纯洁，你将比天地更长久。"

越女听不懂这些话的意思，只是诚惶诚恐地磕了个头。

周公伸出手，想要抚摸越女的脸，但他停顿片刻，又把伸出的手收了回来。他太老了，他早就意识到了这一点。他无奈地叹息了一声，然后离开了这里，只留下越女一个人，独自捧着玉佩仰望神秘的星空。

许多年以后的一个夜晚，有一个来自鲁国的老人也面对着完全相同的一片神秘的星空。

这个我们都认识的老人仰望着星空，对弟子们说："在所有的星辰中，最光辉的一颗，是周公。"

西周的太阳照射在胡丁的脸上，他和十七名奴隶骑着马列队排在城堡外的原野上。那时的中原，马车是军队的主力，由于马鞍直到很久以后才被发明，所以骑马在当时是一项极难的技术。

胡丁觉得太阳是那么光芒四射，天是那么蓝。他明白，根据伟大而仁慈的周公的命令，每一年王家都会从奴隶中选出一批最勇敢忠诚、能骑善射的勇士，还给他们自由人的身份，编入周公的禁卫军，保卫这位伟人。胡丁觉得这是神送给他的礼物——自由。

丁零——一支响箭射上天空，赛马开始了。

虽然胯下的这匹马实在比不得当年的红鬃烈马，但没关系，他是在马背上出生，马背上吃奶，马背上长大的。他感到四周的一切都在疾速后退，包括飞驰的骑士们。他遥遥领先，前头一马平川，只要继续骑下去，他会甩开所有人，跑出关中，一直跑回大草原去。但他停了下来，因为他的眼前忽然间仿佛出现了一个人，那人双眼炯炯有神，长须随风摆动，身穿黑色的长袍上，腰间佩着柄长剑。这是古往今来最伟大的人物，是他赐给了胡丁恢复自由的机会。胡丁改变了主意，他不愿就这样可耻地逃跑，为了伟大的周公，他要留下来。于是他再度超过所有人，飞速返回了城堡，这时他发现正有一队士兵准备出发追捕逃跑的人。

又过了一个月，胡丁至少摔倒了十八个彪形大汉，与七只猛虎、十只豹子搏击。他在等待自由的一刻。军官告诉他，明天要进行最后一场比试，胡丁很明白这是什么意思。

不知怎的，当他独自一人在石室中，就总是想起与他同在一个庄园的最漂亮的那个采桑女。她好像叫越女吧，是从南方来的，可是她竟然被他们带走了，不知带到了什么鬼地方。那些可恶的王公贵族，与伟大的周公相比简直是群畜生。胡丁在心中暗暗立下了誓言，如果能获得自由，一定要找到越女，把她从苦难中救出来。他为此兴奋得一夜没睡。

越女来到这里已经有一个月了，除了第一天见过周公一面以外，此后就连周公的影子都没见过。她一个人在房中，房外不断有人来回走动，好像有什么重要的事。

越女端详着周公送给她的玉佩，美极了，就如越女自身。刻着一种奇妙的花纹的玉佩，仿佛是有生命的物质，在灯光下反射出瑰丽神秘的光芒。是怎样的手才能雕刻出如此美的东西？她不知道，其实这是南方的酋长作为贡品进贡给周公的。而越女，也是贡品。

过去越女住在越绝山下，水田后的大山中是鬼怪出没的林子。那被屈子写进诗里的山鬼其实是非常可爱的，她身段窈窕，披着石兰叶子做成的罗裙，在山涧哼着歌谣。她只要折下一枝花扔在地上，立刻就会有小伙子从村子里循着馨香来到山中，从此就再也不能回去。越女也曾想做一个漂亮的山鬼，但现在不同了，她要为伟大的周公服务。周公的伟大和仁慈，让越女觉得为他做任何事都是幸福的。

突然门被推开了，一个家臣匆匆走进来，他看了越女很久，才坐下来说话。

在那一片星空下，身材高大的孔子对他的弟子们说："周公一生都在追求人才，发现人才，并重用他们。你们谁知道他对他儿子伯禽说过的一句话？"

"然一沐三捉发，一饭三吐哺，犹恐失天下之士。"一个新弟子回答。

"你叫什么名字？"

"颜回。"

巨鼎。

这个比现存的后母戊鼎更大的巨鼎是如此美丽而庄严，从铸范中浇铸出来的精美花纹充满神圣的美。这上千斤重的庞然大物含铜百分之八十四，含锡百分之十二，含铅百分之四。这种绝妙的配方和技艺令它成为世界上最伟大的艺术品。青铜时代，就是以它的名字来命名的。

三千名筛选出来的奴隶和更多的士兵围绕着巨鼎。在鼎的三足下放着一大堆柴薪，一个军官将其点燃，火焰熊熊燃烧。而鼎内则盛满了水，一会儿，鼎内的水便沸腾起来。

那种景象只有商周时代才能见到，在旷野中，在一座坚不可摧的石头城堡前，千万奴隶和士兵围绕着一堆疯狂燃烧的柴薪和一只巨大的青铜鼎，没有亲眼见到的话是无法理解"鼎沸"这个词的含义的。

最后这一项比赛很简单，谁能在鼎内游上一圈还能活着出来就算优胜者。

这是自杀。但对于奴隶们来说，这并不重要。四个时辰以后，鼎边烧烂的尸体已堆积如山，散发出一股浓烈的味道，飘出很远还令人作呕。但是，还是有三百名幸运儿活着从鼎里出来了。

当胡丁带着满身皮开肉绽的烫伤从鼎里爬出来时，他筋疲力尽地从喉管里挤出了几个字："感谢伟大的周公。"

三百个赤身裸体、伤痕累累的人互相支撑着排成了一个方阵，齐声赞颂着伟大的周公。一个军官高声向他们宣布：

"伟大的周公在昨天晚上不幸因积劳成疾与世长辞，根据周公早已立下的遗嘱，本次竞赛的所有胜利者将要为伟大的周公殉葬。"

沉默。

军官扫视了他们一遍，说道："感谢伟大的周公赐予你们殉葬的荣誉。"

周公葬礼的规模在那个时代是空前的。

胡丁的锁骨和骸骨被钉进了青铜钉子，然后被五花大绑起来。其他人也一样，他们被扔进了一个大坑。胡丁是最后一个被扔下去的，所以他在最上面，得以见到那具硕大无朋、鲜艳夺目的棺椁，伟大的周公就在里面长眠。

接着，胡丁又见到成百上千的猪、牛、羊、马被推入另一个大坑活埋，然后是一百具高贵的马车，再是一百八十个漂亮的木箱子，胡丁自然猜不出箱子里装了多少来自天南海北的奇珍异宝。

尽管无法动弹，胡丁还是尽量抬起脖子，他看到土坑边还站了一大群人，为首一个看来就是当今天子了。号啕大哭的天子后面是各国的诸侯，还有文武大臣们，最后是无数的士兵和平民。胡丁还是头一回见到天子和那么多王侯，他想向天子打个招呼，于是大叫了起来，其实大坑里每一个人都在大叫，所以他的声音立即就被吞没了。胡丁只听到天子在放声大哭中念了一篇长长的祭文，虽然他不明白什么意思，但也感到那祭文一定是惊天地泣鬼神，万世流芳。

祭文念完，天子擦了好久的眼泪，然后在大坑边堆起了许多柴薪。难道又要弄个大鼎来烧水？但胡丁想错了，他见到了一个女子。

那是谁啊？那身富丽堂皇的衣裙和头上的凤钗及云鬒，让她看起来就像个王后，不，比王后还要美艳。她的腰际还佩着一块美丽绝伦的玉佩。那女子身段窈窕，昂着头，一步步走到那堆柴薪中间。胡丁从没见过这么美的女人，气质高贵神圣，凛然不可侵犯，如同从昆仑山上下凡的西王母身边的女神。这绝不是人间可有的，难道是女神也为周公的伟大功德所倾倒，为他送葬来了？

突然，一把火扔到了柴薪上，烈火猛地腾空而起。顷刻间火焰包围了她，那绣着日月星辰、山川河流，镶着无数宝石的宫袍，立即被火舌卷起，化作飞烟升上天去。而她的神情却仿佛什么也没发生一样，她平静、沉着，在烈焰中嘴角始终保持一丝微笑，烈焰使她的双颊更加红艳动人。

突然，胡丁看出来了，他对火中的女子大叫起来。她不是什么女神，她就是那个采桑女，被掳走的女奴隶，那个叫作越女的让他睡不着觉的女人。胡丁想站起来，他多想手中能多一张弓和一支箭，哪怕立刻射死她，让她免受火烧之苦也好。可青铜钉子在他的锁骨与髋骨中牢牢钉住了他，他只能用尽全力大声吼叫。忽然他什么也叫不出了，他的声带破了。

此刻的越女已不再是过去的她了。她神圣地在烈火中伫立，当火焰刚刚爬满她全身，即将吞噬她光亮的皮肤时，在这个瞬间，她是最美的。红彤彤的身体毫无遮掩，摄人心魄，就像是涅槃重生的凤凰。

但这仅仅是一个即逝的瞬间，接着她的满头青丝化作一把火炬，这景象只有在地狱或天国中才能看到。随即，她整个人都被火焰吞没了，消失在红色与黑色中，一股浓烟如灵魂出窍一般冲天而去。这种感觉是无法用语言来形容的，姑且称之为美吧，一种死亡的美。

胡丁什么声音也发不出，他布满血丝的眼睛里装满了眼前的烈火和火中的人。在他的眼中，火中的人依然是那个采桑的越女，她的脸完美而生动，她在唱着《七月》。

突然一大片泥土撒到了他的眼睛里，越女也随即消失了。他想拨开泥土，但动不了，接着又是一大片泥土落在脸上，堵住了他的嘴和鼻孔。他什么也看不见了，什么也听不见了，连空气也与他隔绝了。

终于，当整个世界都与他隔绝时，胡丁永远地坠入了黑暗。在黑暗中，他见到了越女。

"老师，天已经亮了。"

"是啊，我们还得继续走。"孔子从沉思中回到现实。

"老师，周公的故事讲完了吗？"子路问道。

"是的，周公的葬礼是他生前亲自安排的，和他的一生一样，是完全合乎伟大的礼的。总之，周公是个伟人。"

说完，孔子感到饿了，于是牛车继续前进，在大道上艰难地轧出两道又深又长的车辙。

夜宴图

一

雍正三年十二月。

北京城。

呼啸的东北风不停地敲打着薄薄的窗户纸，他悄悄支起窗看看外边，鹅毛大雪已飘下来了，随即肃杀的冬气覆盖了四合院，几个侍卫在寒风中发抖。

年羹尧轻叹了口气，这狭窄的屋子里只有个土炕，似乎有老鼠在房梁上嬉戏。曾经拥有的钟鸣鼎食，如今只剩下一床破褥，还有土炕上的几样酒菜。他仰起头喝了几口酒，这还是给前大将军的优待。

他从床铺下拿出一个铁匣，这几日他都把它随身藏在大褂中。在一点幽暗的烛光下，铁匣被一双大手缓缓打开，露出一截古老的画轴。

他的手指反复抚摩着画轴，似乎又听到了那铮铮的琵琶声。于是，他的记忆也回到了那古寺之中……

二

雍正二年，秋。

云雾渐渐从终南山上飘了下来，弥漫在这秦岭深处的小径上。一片黑影如幽灵般自林中突兀而出。为首一骑浑身黑色甲胄，兜鍪顶端露出金属的寒光，护面甲后有双猎鹰似的眼睛——这人便是抚远大将军年羹尧，兼四川总督、陕甘总督，加封太子太保、一等公。

大将军威风凛凛、意气风发，他再也不是当年的文弱书生了，而是镇守西北的封疆大吏。他还有一件顶要紧的功劳——若不是他阻拦了十四阿哥允禵进京，恐怕今日坐在紫禁城里的人就不是四阿哥了。故而雍正皇帝对他格外恩宠，委以重任。他的身后是数十面各色的大旗，这支大军刚剿灭了青海的罗卜藏丹津，立下了开疆拓土的盖世功业。

大将军年羹尧昂起头颅，看着满山的秋叶如火，不禁咏出一首小杜的七绝："远上寒山石径斜，白云生处有人家。停车坐爱枫林晚，霜叶红于二月花。"

果然，小径彼端的云雾里，似乎隐约可见几栋房屋。年羹尧一马当先飞驰过去，才发觉是座荒凉的古刹。

大将军默念着山门上方模糊的匾额——乌夜寺。

他跳下战马，握着佩剑，推开破旧的山门。

门轴发出咿呀的声音，打开门，灰尘和蛛网落了下来。他快步走入古寺中庭，眼前便是古朴的大雄宝殿，看起来竟有存在千年之久的气魄。年羹尧是进士出身，平日颇喜欢舞文弄墨，以"儒将"自称。见到这"养在深闺人未识"的古迹，自然有了访古探幽之雅趣。

可惜香炉已倒在地上，庭院里长着野草。不知当年隐居终南山的王摩诘，是否也在此吟诵过"空山新雨后，天气晚来秋"呢？

年羹尧来到大雄宝殿，只见到几排残破的厢房，是传说中狐仙与女鬼出没的地方。西边还有个小院子。他悄悄推开院门，却发现里面很干净，一间简朴的小屋，显然还有人住。

他紧握佩剑走进小屋，幽暗的光线下，只有一张简单的木榻。

忽然，身后有种异样的感觉，似乎有两道目光正注视着他的后背。但他听不到对方声音，就连呼吸声都似乎不存在——多年的戎马生涯，已使他练就了兔子般的听力，几十步内任何动静都逃不过他的耳朵。

大将军握着剑柄的手动了动，迅速转过身来。

然而，他看到了一个和尚。

和尚孤独地站在门口，一张圆润白净的脸庞与这荒凉的山野不太协调。他看起来不会超过三十岁，被门外的光线包围着，像一尊突然竖立起来的佛像。

"你是谁？"年羹尧微微扬起头，就像责问他的部下或手下败将。

"小僧德明，云游四方。前几日来到这乌夜寺，发现这偌大的丛林除了寺后的乱葬岗外，竟无半点人迹，已成秦岭鸟兽之乐园，方觉这是一处世外桃源，亦是释家修行的好去处，便在此结庐而居了。"

和尚的回答异常平静，丝毫没有被满身铁甲的大将军吓到。这些年无论年羹尧走到何方，官员或百姓一律磕头远迎，就连蛮夷土司都得焚香下跪，唯有眼前这个和尚竟有眼不识泰山。

但年羹尧并不生气，反而仰天大笑道："哈哈，好个'结庐在人境，而无车马喧'！"

若常人听到这震耳欲聋的声音，再看到眼前这如立地金刚般的大将军，早就吓得战栗不已，甚至当场尿裤子了。而德明和尚依然不动如山，笔挺地站在门口，保持着原本微笑的神情。

这时外面传来一阵战马的嘶鸣声、嘈杂的脚步声，还有铁甲与兵器的碰撞声，大队人马已经赶过来了。几名贴身卫士冲进这间小屋，立即跪拜在地。

深山中不宜赶夜路，年羹尧命令大军在古寺里暂宿一夜，并且不准打扰德明和尚。

然后年羹尧离开了这间小屋，准备住宿在外面的破败厢房。

这时一名心腹对他小声说道："大将军，这和尚来历不明，此地又是荒芜古寺，您和他住得那么近，万一晚上他有歹意怎么办？"

"你说他可能是刺客？"年羹尧的目光立刻露出一股寒意，"料他也不敢！"

三

夜。

风清月朗，山林寂静，年羹尧突然从榻上坐起来，惊起了一身冷汗。他握着佩剑跳到窗边，外面仍然挺立着卫士的身影。

他披上番人进贡的棕熊皮袍子，走出这间刚修葺好的厢房。他向卫士示意没什么事，只是半夜起来解手。

解手完毕后，他却发现一间小屋里亮着幽光——是那叫德明的游方僧的屋子。

想起白天看到的那双眼睛，年羹尧心里有些不是滋味。德明和尚似乎来自世外，也许他是一个千年的幽灵？想着想着他便靠近了那间小屋。

年羹尧悄无声息地来到窗下，听到屋里传出什么轻微的声音。他把耳朵贴着窗户纸偷听，并不是人的说话声，而是乐器的弹奏，好像是琵琶——奇怪，和尚屋里怎会有这种女人用的乐器呢？

琵琶声实在太轻了，好像是一种从未听过的曲调，或许是早已失传了的古代曲牌。接着屋里又响起了笛子和箫的声音，悠悠的丝竹之声飘荡在这古寺的角落，仿佛有多个女子坐在屋中演奏。

他用舌尖舔了下手指，用手弄破了窗户纸，眼睛对着窗上的小洞看去——

屋子里还是和白天所见到的一样，点着一根幽暗的蜡烛，并无什么吹箫、弹琵琶的女子，只有那游方僧德明，正和衣而眠于那张木榻上。

德明的枕头底下有个黑色匣子，而笛子、箫和琵琶声，正是从这枕下的匣子里传出的。

这令年羹尧大为惊奇，这么一方小小的匣子，就连半把琵琶都装不下，如何会传出那么多声音？年羹尧又握紧了手中的佩剑，就算这匣子里有青白二蛇，他也要将她们斩为四截！

他施展轻功跳进了屋子。

屋子里弥漫着某种奇异的气味，似乎正在举行一场微型的宴会，而乐队就藏在和尚的枕头底下。

德明和尚依然是睡得很熟的样子，年羹尧如影子般走到木榻旁，将手伸向和尚枕下的匣子——

突然，宴会结束了。

小屋里瞬间恢复了寂静，丝竹和琵琶都无声无息了，只剩下幽暗的烛光，还有熟睡的年轻和尚。

年羹尧呆立在木榻边，看看手中的佩剑，自己仿佛已成为刺客，半夜潜入和尚的房间行刺。

真是荒谬！他又无声地离开，如鹞子般跳出窗户，回到清冷的月光下。

四

次日。

大军本来要离开乌夜寺，年羹尧却下令再在原地宿营一日。

白天，他没有再见到德明和尚，甚至不敢再接近那院子。这完全不是大将军的风格，他只感到心里忐忑不安。

入夜。

年羹尧来到和尚的小院，士兵说和尚下午便出去化缘了，不知何时才回来。奇怪，这几十里内都是不见人烟的荒山野岭，难道他要到白骨精的山洞里去化缘吗？

不过，趁着和尚不在，倒是可以看看那枕下的匣子里，究竟藏着什么秘密。

大将军命令士兵们都回去休息，他一个人走进了和尚的小屋。

他点上蜡烛，掀起卧榻上的枕头，黑色的匣子就躺在下面。

忽然，那个声音又响了起来，就是从眼前的匣子里传出的。他听到了奇异的琵琶声，还有如泣如诉的笛声和箫声，甚至还有一个女声在唱着优美的歌谣！

他颤抖着捧起这匣子，仔细一看原来是玄铁宝匣，但分量并不是很重。

宴会就在这匣子里举行，在年羹尧手上鼓瑟齐鸣，声音比昨晚还要清晰。尤其是那女子的歌声，婉转动听如枝头的夜莺，歌词似乎是《阳关三叠》或《忆江南》。

他的手抖得越来越厉害了，仿佛正捧着一座古老的宫殿，几百人坐在他的手上，尽情地狂欢。

终于，年羹尧打开了铁匣。

摇曳的烛光下，没有看到琵琶或笛子，也没有看到美丽的歌女，只有一卷黄色的画轴。

一卷画轴。

大将军惊讶地拿起画轴，音乐都是从这里出来的，它仿佛是一件万能的乐器，能发出世间所有的声音。

他端详着画轴，才发现是用火漆封好了的，若要强行打开的话，一定会破坏火漆。虽然他是威震天下的大将军，但这种鸡鸣狗盗之事他是不会做的——不过打开和尚的铁匣，本身已属梁上君子所为了吧。

年羹尧还在犹豫，万一画轴中真有什么妖孽呢？虽然他带着佩剑，可不知道对付非人的妖物还有什么用？

接下来画轴里越来越嘈杂了，似乎有许多人在同时说话，偶尔能听到一些乐器声，甚至酒杯相撞的声音。

年羹尧正沉醉在这画轴中的宴会，突然房门被人推开了，他紧张地抽出剑回头望去，却见到德明和尚踏着月光回来了。

年轻的和尚健步如飞，立刻冲到年羹尧身边，一把就夺过了他手中的画轴，完全没把大将军放在眼里。

画轴里所有的声音瞬间消失。

年羹尧的脸色立刻变得很难看，十几年来从没有人敢这样对他，就连雍正皇帝也要对他礼让三分。

"大胆！"他终于摆出了抚远大将军的架势，手中的佩剑已架在德明的脖子上了。

和尚不知哪儿来的勇气，竟毫无惧意地说："请问小僧何罪之有？"

"本大将军乃皇上亲封的朝廷命官，世袭一等公，对我不敬便是死罪！"

德明和尚却摇摇头说："是大将军擅闯小僧房间，还偷取小僧的宝匣——王子犯法与庶民同罪，将军已经先犯罪了。"

"太放肆了！我只是出于好奇看看罢了。"

"不问而取是为窃。"

年羹尧一下子说不出话来了，他夜入人家的房间，打开人家的匣子，确实与窃贼没什么分别。

不过，此刻要杀了这游方僧实在太容易了，只消剑尖往前那么……

但年羹尧把剑收了回来，因为德明和尚的目光正如箭一般射向他的眼睛。多年来的盛气凌人，在今夜却变成了尴尬与羞愧。

"将军趁我外出化缘，却潜入此处为梁上君子之事，实在令小僧惊骇。"

这话等于当面骂他是"贼骨头"，虽然大将军的面子着实挂不住，但年羹尧仍然忍气吞声地低着头。

"你这画轴里究竟有何妖孽，竟能发出奇异的天籁之音？这就是我要打开匣子的原因。"

"只是一幅古画而已，并无任何妖孽藏身。"

"那就请打开画轴让我欣赏一番吧。"

德明和尚立刻摇摇头说："此画不可与外人观矣。"

"皇上钦命的抚远大将军都不可以吗？"

年羹尧握着佩剑的手又开始发抖了，恨不得立时把剑拔出来斩下这妖僧的头颅，然后打开画轴上的火漆看个究竟。

可是，面对这年轻和尚的目光，他却无论如何都下不去手，只好对和尚说："德明小师父，还请为我打开画轴吧，你需要什么本将军都可以给你。"

和尚低头想了片刻，说道："乌夜寺本是千年古刹，但已年久失修荒废了多年，小僧不忍见此佛门圣地如此破败，已立志四处化缘修复古寺。既然大将军有心行善，那就请拨出白银五千两，将这乌夜寺修缮一番吧，小僧感激不尽。"

"白银五千两？"

列位看官，这"白银五千两"是什么概念？若折算成人民币约等于一百万。年羹尧心想，这穷和尚简直是狮子大开口，看一下画就开价五千两，那是多少地方官几十年的薪俸啊！不过，还是先答应这和尚吧，等看到画，若是发现那是骗人的玩意儿，自然可以再治他死罪。

"好吧，本将军一诺千金，答应出资五千两重修乌夜寺。请你现在就打开画轴吧！"

"空口无凭，怎能使人相信？请大将军这就立个字据吧，以免夜长梦多有所变故。"

听到这里大将军真要被他气得吐血了，咬牙切齿地说："你……"

"大将军同意了吗？小僧这就准备文房四宝。"

德明和尚立即将笔墨纸砚摊在桌上，勤快地倒水，研起了墨。

此刻年羹尧已哭笑不得了，只能摇摇头说："好吧，本将军在沙场上百战百胜，如今却输给了你这个游方僧。也算是奇事啊！"

说罢他拿起毛笔，在宣纸上写下字据，承诺将出资五千两重修乌夜寺，最后在下面签字画押。

年轻的和尚立刻将字据收入怀中，微微一笑，说道："大将军如此乐善好施，定能被佛祖保佑，一生平安。"

尴尬的年羹尧听到这话，像被打了一记耳光，只得催促道："快点打开画轴与我同赏吧！"

"遵命！"

和尚小心翼翼地打开了火漆，将画轴放在桌子上，缓缓地铺展开来。

随着画卷一点点展开，露出里面斑斓的色彩，年羹尧的心也提到了嗓子眼，忽然想起一个成语：图穷匕见——当年荆轲刺秦王，把带毒的匕首藏在地图中，随着卷轴慢慢打开，露出匕首刺向嬴政。

他悄悄看了看德明的眼睛，那双清澈的眸子似乎什么都隐藏不了。随着他的双手缓缓打开画卷，房间里似乎又开始弥漫那种气味，让年羹尧感到有些窒息。

终于，画卷全部打开了。

五

烛光下。

年羹尧看到了整幅画卷，既没有寒光闪闪的匕首，也没有想象中的妖孽，只有一大群宴会中的男女。

大将军痴痴地端详了许久，轻声问道："这是什么画？"

"《韩熙载夜宴图》。"德明和尚冷静地吐出这六个字。

小屋里寂静了片刻。

年羹尧目瞪口呆地抬起头，问道："你说……什么夜宴图？"

年轻的和尚又把刚才的话重复了一遍。

"是南唐顾闳中画的《韩熙载夜宴图》吗？"

"然也。"

"不可能！南唐距今已有七百余年，这《韩熙载夜宴图》亦早已失传，当今世上并无真迹。"

"所以才难能可贵，此乃顾闳中唯一传世之真迹也。"德明的声音忽然大了起来，"出家人不打诳语。"

最后这句话特别洪亮，但年羹尧仍将信将疑，问道："真是顾闳中画的《韩熙载夜宴图》？"

"不错！韩熙载乃五代十国之南唐名士，出身于北方名门，无论是诗文还是治国，都享有一代英名。南唐后主李煜看中韩熙载之才，欲起用他为相，但又听说韩熙载夜夜笙歌，行为不端，便命令画师顾闳中潜入韩熙载之夜宴，将其全程画下来，以窥其人究竟。"

"眼前的这幅画，便是当年韩熙载夜宴的全过程？"

和尚点头，微笑着说道："大将军还可以看看画上的题跋和印章。"

年羹尧立即仔细地看了看，果然有历代收藏家的印章，其中几位还是宋、元两朝著名的人物。他虽是战功赫赫的抚远大将军，但毕竟是文人出身，一直喜好字画古玩，何况做了封疆大吏之后，少不了各地官员送来的名画，自己也渐渐成了半个行家。

"真是传说中的夜宴图啊！"大将军惊叹了一声，随即回头盯着和尚的眼睛，"将这幅画卖给我吧，修缮乌夜寺的五千两不算，我再另外给你白银一万两如何？"

"大将军得罪了，此画万万不可卖。"

"好你个小和尚，居然敢与皇上钦命的抚远大将军讨价还价！"年羹尧看着夜宴图，咬咬牙说，"算我与这幅画有缘，三万两白银如何？我可要为这幅画倾家荡产了啊。"

和尚依旧摇摇头，说道："夜宴图乃无价之宝，即便大将军搬来金山银山，德明也绝不会动心的。"

"你！好大的胆子！"

年羹尧的胡子翘了翘，佩剑都在鞘中咯咯作响了。他心想，立刻宰了这和尚，不就全都解决了吗？

年轻的游方僧倒先说话了："大将军既然已立下字据，答应出白银五千两修缮乌夜寺，那么小僧就将此画借给大将军一夜如何？"

"借一夜？"

"是的，只借一夜——明日太阳升起时，便必须要将夜宴图还给小僧。"

年羹尧皱了皱眉头，难道是这和尚看出了他要动手，所以使用这缓兵之计？不过借一夜也好，可以从容地欣赏一番，最要紧的是辨别真伪，若是赝品就斩了这和尚祭旗。

想好之后他点头说道："好吧，我先借夜宴图一夜，也算对得起我那五千两银子。"

"请务必于明早归还。"

"君子一言，驷马难追！"年羹尧果然是一代枭雄，说这句话时气魄非凡，"对了，还要立字据为凭吗？"

德明和尚摇摇头说："不必了，大将军一诺千金，小僧自然相信。"

"那么我就把这幅夜宴图带走了。"

说着年羹尧卷起了台子上的图，恢复了画轴的原貌。

"请务必小心，莫要把画弄坏了。还有，晚上观赏一定要小心火烛，若失了火我们都将是千古罪人！"

"放心吧，我会像爱护自己的生命一样爱护夜宴图的。"

年轻的和尚把铁匣递给了他，年羹尧将画放入铁匣，小心翼翼地捧在怀中，仿佛捧着皇帝的圣旨或自家祖宗的牌位。

然后他带着夜宴图，离开了德明和尚的屋子。

六

是夜。

回到大将军的营房，外面依然戒备森严，年羹尧把门窗都关紧了，急不可耐地打开了铁匣，取出了带着古老气味的卷轴。

他按照刚才和尚的手势，轻轻展开了整幅画卷。

夜宴开始了——

年羹尧看到的是连环画似的横幅卷轴，按照那时的习惯应该从右向左观赏。开始是很多男女围坐着，听一个唐装女子弹奏琵琶。一个长脸美髯的中年男子，坐在最显眼的位置上，似乎正倾听着琵琶的乐曲。

第二段是个身材娇小的女子，正双手向后跳着某种奇异的舞蹈，而刚才那长胡须的中年男子，则站在旁边敲打着一面红漆鼓助兴，想必他就是整幅画的主人公了。

第三段，主人公与四个女子坐内榻上，看来是宴会的"中场休息"。

第四段，主人公竟露出了胸脯和肚子，全然没有了士大夫的矜持，悠闲地坐在一张椅子上，而五个女子正并排吹奏箫和笛子。

第五段，看来是曲终人散了，韩熙载拿着鼓槌站在正中，似乎欲言又止。

夜宴散场。

年羹尧的目光已凝固了，像尊雕塑般弯着腰、低着头，宛如对神佛顶礼膜拜。

是的，他已看到了他的神——这幅千年来不知引得多少名流竞折腰的夜宴图。

大将军屏息静气地盯着画卷，耳边突然响起了笛子的声音。

天哪，竟然是她？

他揉了揉自己的眼睛，确实没有看错，只见画中一个女子的手指挑了起来，手中正端着一支竹笛，嘴唇似乎也在缓缓嚅动，身体微微前倾，对画外的人眨了几下眼。

居然是画中的女子在吹笛子！

不，画中所有人都动了起来，整幅画卷似乎成了缩小的舞台，而画中人都成了出色的演员。男男女女或彼此交谈，或弹奏手中的乐器，这些千百年前的人仿佛从坟墓中复活了。

夜宴图就是一座坟墓。

除了画中人发出的笛子、箫和琵琶的声音外，年羹尧还听到了自己牙齿打架的声音。

他还看到那女子跳的舞蹈，夜宴宾客的把酒言欢，年轻男子与侍女的耳鬓厮磨。除了乐声外，画中还传出人们的说话声、鼓掌声、嬉戏声等，甚至连烛火也亮了起来，把整个屋子照得通明。

而这只是一幅薄薄的画卷。

除非你在两三百年后看过动画片，不然看到这样一幕奇景，任何古人都会目瞪口呆。

所谓画龙点睛，妙笔生花，天才的画家往往能吸收天地之灵气，在他们的画笔下任何东西都能活起来，包括这七百多年前夜宴。所以，年羹尧断定这不可能是后人仿造的赝品，确实是五代十国大画家顾闳中的真迹——《韩熙载夜宴图》。

年羹尧把头低下去，他的脸几乎贴着画卷上的韩熙载，说道："你是我的！"

七

次日清晨。

抚远大将军年羹尧一宿未眠，蜡烛早已燃尽了，夜宴图仍然铺在桌上，他已为这幅画沉醉了整个晚上，眼眶熬得通红，就连身临千军万马的大战，也不能令他如此执着。

古寺长夜已过，《韩熙载夜宴图》又恢复了寂静，所有的人物恢复原来的姿态，在画中凝固了起来，而那些奇妙的乐器，也都保持了静默。

正当年羹尧想要小憩片刻时，忽然卫士前来禀报，说院子外面有个和尚求见。

他站起来踱了几步，便推开门走到院子外边，只见德明和尚双手合十道："大将军休息得可好？天色已明，请将夜宴图还于小僧吧。"

年羹尧冷冷地看着和尚说："大胆妖僧，竟敢用赝品来欺骗本将军！"

"将军何出此言？夜宴图乃是顾闳中真迹无疑。"

"哼，昨夜我已仔细研究过这幅画了，根本就是一件假货，所有的题跋和印章都系伪造，险些将我给害了。"

德明和尚仍然镇定自若："请将这幅画拿来与小僧当面指正。"

"这明明就是骗人的赝品，我已将它烧了。"

"烧了？"和尚的眉毛终于挑了挑，但随即又哈哈大笑了两声，"大将军何苦用这种不高明的伎俩呢？买画不成便想强夺，又编出什么假画的理由，实在有违读书人之斯文。"

"贼和尚越来越大胆了，我已多次饶你不敬之罪，你不思悔改，反而得寸进尺，那就别怪本将军不客气！"年羹尧向四周的卫士挥了挥手，"来人啊，将这和尚赶下山去。"

卫士们立刻一拥而上，抬胳膊架腿地将德明拖出院子。

一队骑兵将年轻的和尚绑在马上，就这样"护送"下山去了。

年羹尧喘了一口气，却发现自己的嘴唇在颤抖。他低头退回房内，卷起铺在台子上的夜宴图，小心翼翼地将其放在铁匣中。

现在，夜宴图是他的了。

八

大军仍然要在古寺停留一天。

年羹尧吩咐部下赶往三十里外的县城，从当地戏班子找来一批戏服，同时将几十名官伎招上山来。

然后，他下令搭建一个巨大的帐篷，又找来很多旧时的家具、屏风等器物，按照夜宴图里的场景，打造了一个新版的韩熙载"夜宴厅"。

当山月照亮乌夜寺，年羹尧版的夜宴开始了。

一切都仿照画里的场景，大将军扮作主人公韩熙载的样子，而他手下的各镇总兵、统领等人，全都扮作夜宴的宾客，由从山下县城招来的官伎饰演画中的歌女。军中有一些会乐器的士兵，便让他们吹笛子、唢呐，拉胡琴等。荒凉的古寺立时变成欢乐的舞台，幽深的山谷里传出阵阵歌声。

年羹尧治军向来极为严苛，如此大方地犒赏三军还是头一遭。在西北高原大漠中征战多年的士卒，难得尝到了歌舞升平的滋味，大家一齐举杯向年羹尧致谢，高呼誓死效忠抚远大将军。

年羹尧穿着一套古怪可笑的戏服，严肃地坐在将军椅上，冷眼看着下面的一切。虽然众人都在狂欢，有的将领竟当场抱起了官伎，得意忘形地唱起了家乡的小调，但年羹尧始终保持着冷峻，似乎这一切都与他无关，他只是个陌路的旁观者。

这场山中的军旅夜宴一直持续到了半夜，年羹尧突然站起来宣布：

"夜宴结束了！"

大帐中立刻一片鸦雀无声，然后大家都纷纷知趣地退下，就连早已喝得酩酊大醉的几个酒鬼，也被马弁亲兵抬了下去。

不消片刻，整个乌夜寺又恢复了寂静，偌大的帐篷里空空荡荡，只剩下大将军一个人。

一朵乌云飘过天际，将明亮的山月遮挡了起来。

九

一年以后。

这一年天下太平，大将军年羹尧端坐于总督府中，统辖西部四省大军，依旧威名赫赫，权倾朝野。

他每夜都会拿出《韩熙载夜宴图》欣赏并把玩，但在书房明亮的烛光下，画卷再也不会发出天籁般的乐声了，画中的人也再未动过一丝一毫，与其他著名的古画并无什么不同。

年羹尧对此大为失望，他怀疑在乌夜寺的那个夜晚，夜宴图中人物"活"起来的奇迹，是否只是自己的幻觉？

或许，只有在深山古寺的烛光下，这幅画才能真正地复活，而一旦回到喧闹的人间，夜宴图中所有的仙气，便全都烟消云散了？

尽管有种种不如意，年羹尧还是在《韩熙载夜宴图》上，盖了自己的印章"双峰"，这是他的字。

同时，他还在画上题跋——

"韩熙载所为，千古无两，大是奇事，此殆不欲索解人欤？"

（注：年羹尧的这段跋文，至今仍可以在故宫博物院馆藏的《韩熙载夜宴图》中见到，这也是辨别夜宴图真伪的标志之一。）

写下这段跋文后，他满意地在书房里踱起步来，突然听到门外有人报告，说从京城来了一位公公，奉皇上之命发布圣旨。

年羹尧立刻走出书房，在太监面前跪迎圣旨，原来是皇上命他火速进京。

十

天下没有不散的筵席，也没有不倒的大将军。

年羹尧终于倒了。

这一年，雍正皇帝从年羹尧的贺疏中发现了"夕惕朝乾"，责备他有意将"朝乾夕惕"倒置，便命他交出抚远大将军印，改封为杭州将军。不久，年羹尧的官职及爵位均被削尽，雍正三年冬天被逮至京师，等候皇上发落。

此刻，他被囚禁在京城的某间屋子里。

这狭小的屋子就像个牢笼，外边的卫士仿佛一个个狱卒。这真是"龙困浅水遭虾戏，虎落平阳被犬欺"。

年羹尧打开铁匣，取出了《韩熙载夜宴图》。

古老的画轴被渐渐展开，露出了那熟悉的画面——韩熙载双目低垂直视前方，似乎隐隐察觉到了身为人臣的危险。这就是举办夜宴的真正原因吗？

身陷囹圄的年羹尧对着夜宴图咬牙切齿地说："韩熙载啊韩熙载，你可把我给害惨了！"

他的目光落到了烛火上，这跳动的火苗宛如画中舞蹈的女子，诱惑着年羹尧把头凑了过去。他骇人地狂笑两声，将夜宴图对准了蜡烛。

"你这天罡地煞的人间妖孽，古往今来不知害了多少英雄豪杰，今夜我要对你施以火刑，让你真正化为灰烬！"

烛火继续狂野地舞着，昏暗的小屋里不停闪烁着幽光，四面墙壁上无数鬼影晃动，小老鼠也吓得躲进了洞中。

火苗离夜宴图越来越近，也照亮了韩熙载的脸庞，霎时间画面更加生动，似乎染上了一层梦境般的光晕。

突然，似乎有把刀钻进了年羹尧的心窝，这彻骨的疼痛令他手一松，夜宴图便掉到了地上。

年羹尧倒在炕上打滚，他看到桌上的酒菜才明白——酒里有毒。

毒药已流到了心里，他似乎听到了心脏破裂的声音。

他的意识渐渐模糊，忽然感到一阵寒风夹着雪吹了进来。

一个大内密探走进屋子，捡起了地上的夜宴图卷轴，他看着倒在地上的年羹尧——这个曾经威风无比的大将军，如今却像条狗一样趴着，被毒死了。

密探轻声自言自语："年大将军，对不住了，不是我要杀你，是皇上的命令啊！唉，您老已被夺去了兵权，圈禁在此等着送终就好了，何必非要毒死您呢？若没有您，恐怕今天坐在宝座上的还是十四阿哥吧。不瞒您说，其实皇上是看中了这幅传说中的夜宴图。"

十一

年羹尧就快要死了。

他屏住生命中的最后一口气，直到那密探带着《韩熙载夜宴图》离去。

只要把那口气吐出来，灵魂就会飘到天空中去，他的肉体已经越来越轻，似乎再也束缚不住自己了。

他最后的意识飘散而去，从北京城的雪夜，回到了一年前秦岭深

夜宴图

处那秋月下的乌夜寺——

军旅夜宴结束后，士兵们已进入梦乡，年羹尧离开大帐回到院子。

忽然，一朵乌云飘过天际，将明亮的山月遮挡了起来，眼前暗得几乎伸手不见五指。年羹尧凭记忆摸索着回到屋子，拿出火折子照亮。

装夜宴图的铁匣就和抚远大将军印放在一起。在微弱的火光中，他只看到那方硕大的印章，却看不到黑色的铁匣。

《韩熙载夜宴图》不翼而飞。

谁盗走了夜宴图？年羹尧倒吸一口冷气，难道是卫士们监守自盗？不，那都是他的心腹，随他出生入死多年，况且卫士们大多目不识丁，根本不知道夜宴图的价值。

只有一个人要盗走夜宴图——德明和尚。

瞬间，他的脑海里浮现出德明和尚那双眼睛。

年羹尧仔细检查了房间，果然发现屋顶有个小口，被桐油布遮盖了起来。他施展轻功跃到屋顶，月光又从乌云中露了出来。

直觉告诉他盗贼并没有走远，盗画只是前后脚的时间。乌夜寺前面和左右两侧都有人守卫，唯有寺后没有军队。

于是，年羹尧提起佩剑，飞一般向寺后冲去。

眨眼间他冲出了乌夜寺。后面是一大片乱葬岗，耸立着成百上千个坟包，许多都已被盗墓贼光顾过了，露出了里面的棺木和白骨。

此刻月光分外明亮，年羹尧站在一处高岗上，手搭凉棚向四方眺望。多年来的行伍生涯，已使他练就了夜枭般的视力，只要给他一点月光，就能张弓射中百步外的敌将。

果然，在前方的夜雾中，似乎有个身影在快速移动。

大将军飞奔过去，顷刻已追到那人身后。只见月色下有一个亮亮的光头，必是那年轻的游方僧无疑。

"大胆妖僧，还我画来！"

那身影立时转了过来，露出德明和尚平静的脸庞。他身着黑色劲装，斜挎着鼓鼓囊囊的包袱，站在古寺后的乱葬岗中，宛如坟墓中爬出的幽灵。

"你果然追来了。"

年羹尧冷笑了一声，说道："你这只会耍小伎俩的毛贼，如何逃脱得出本大将军的掌心。"

"贼？将军强取小僧的夜宴图，不也是只会耍小伎俩的毛贼吗？"

这句反问倒让年羹尧张口结舌了，早上他还亲口说夜宴图是赝品，已将这幅画给烧成了灰烬，如今却落到了和尚手中。

和尚摇摇头，继续说下去："夜宴图就在小僧的包袱里，将军何苦欺骗于我？胡说什么赝品伪作，分明就是仗势欺人强取豪夺，实非君子所为也，恐怕将为后人所不齿。"

抚远大将军的胡子翘了起来，但他还是强行控制住自己，说道："把夜宴图交出来，本将军可饶你不死！"

"死又何足惧？只怕大将军晓得这夜宴图的来历后，便不敢再将此画据为己有了。"

"怎讲？"

"大将军可知第一位收藏夜宴图的是何人？"

"夜宴图乃南唐人所画，想必是后主李煜收藏的吧。"

德明和尚点点头说："不错，南唐后主李煜，也是五代著名的词人，在他得到《韩熙载夜宴图》后不久，南唐便被宋太祖赵匡胤灭亡，李煜也从一国之君变成了亡国之囚，被送到北宋东京汴梁，不消几年便送了性命。"

"此典故凡读书人皆知晓，用不着你来告诉本将军。"

"难道将军没有发现其中端倪吗？李氏南唐因夜宴图而亡，一代大词人李后主也因夜宴图而死。"

年羹尧心里七上八下，将信将疑地打量着和尚，这年轻的游方僧究竟是何来历？他又是如何得到夜宴图的呢？这幅画里真的藏着什么厄运吗？想起昨晚画中人活过来的奇迹，看来它确实带有某种妖孽之气。但他转念又一想，德明和尚说的这些话，最大的可能还是吓唬他，要用危言耸听使他望而却步，自己千万不能着了和尚的道。

于是，年羹尧轻蔑地回以八个字："牵强附会，捕风捉影！"

德明和尚摇摇头，目光仿佛布道台上的大法师，声若洪钟，响彻月夜——

"般若波罗蜜，贪念是心魔，勿被心魔引入歧途，坠入十八层地狱。"

最后那"十八层地狱"几个字，在山谷中反复回荡，久久不能离去，似乎他们已站在了地狱门前。

年羹尧后退几步，眼前的德明和尚似乎不再真实，而只是一个虚幻的影像，仿佛自己再往前跨出一步，就会立刻坠落下去……

"不！夜宴图是我的，把它还给我！"

几乎同时，曾杀人无数的佩剑，竟自动跳出了剑鞘，大将军不由自主地挽了个剑花，直奔眼前的和尚刺去。

就在这一瞬间，德明和尚已退出了数步远，但他并没有掉头逃跑，而是从身后抽出了一把破烂不堪的雨伞。

但年羹尧立刻认出了这把伞，它并非人们一般使用的油纸伞，而是一种独门兵器——"断魂铁骨伞"!

大将军心里暗暗吃惊,这和尚果然是"练家子",竟会使用这种独门兵器,恐怕这场乱葬岗上的恶战是难以避免了。

年羹尧的剑锋一旦亮出,就再也无法收回。只见一道寒光撕开夜色,周遭立时响起一片风声,夹杂着无数鬼哭狼嚎。

剑刃一寸寸逼近德明,当离他的心窝不到两分时,只听到嚓啷一声,金属碰撞溅起火花,铁骨伞将这致命的第一剑挡住了。

年羹尧又接着刺出第二剑,这一剑更为歹毒阴险,竟直指和尚的下三路而去。月夜下黑衣和尚高高跃起,宛如平地升起的一朵乌云,随即巨大的铁骨伞撑了开来,挟着乱葬岗上阵阵风声,如后人的降落伞一般缓缓落下。

这一招闻所未闻,年羹尧只得硬着头皮掩杀过去,这次他也跃向半空,劈头盖脸给了和尚一剑。和尚正好用伞面当了盾牌,将自己严严实实地保护起来。随即铁骨伞伞尖朝上,直刺向大将军的下盘,立马将他吓出一身冷汗,急忙转身躲在旁边一块墓碑后。只见和尚的伞尖刺向墓碑,坚实的石碑即刻被打得粉碎!

德明的这轮反击犀利无比,看似不起眼的伞尖,却直指对手的要害,年羹尧只得挥剑格挡。霎时月色下寒光闪闪,只有满山的坟墓与尸骨见证着这两个绝顶高手的争斗。

正当大将军渐渐退到岩石边,已几乎没有招架之力,心中叹道"吾命休矣"时,突然一朵乌云又飘上青天,将明亮的月光牢牢遮挡住了,乱葬岗瞬间一团漆黑,连半丝光线都见不着了。

年羹尧听到耳边铁骨伞舞动的声音,似乎那锋利的伞尖正向他的双眼直刺而来,而眼前却只剩下了黑色。

他下意识地举剑向前一刺，只听到某种柔软的声音，这实在是太熟悉了——那是刺入敌人心脏的声音。

同时，他听到铁骨伞掉到地上的声音。

天上的乌云又飘走了。

月光重新照亮了这片乱葬岗，年羹尧看到德明和尚就在他眼前，表情是那样安逸平静，双眼柔和地看着他，只是胸口插着一把锋利的剑。

这样的寂静持续了片刻，大将军的嘴唇不停地颤抖，牙齿将自己的肉都咬破了，鲜血沿着嘴角滴落到泥土中。

德明和尚突然说话了："你到底是个俗人，一年后你会被毒死的。"

年羹尧高声冷笑道："在这个世界上，除了皇上，谁都奈何不了我。"

然后，他将宝剑抽了出来，鲜血从和尚胸口喷出，溅得年羹尧满脸都是。

剑尖还冒着阵阵热气，那是和尚心窝里的血。

德明和尚重重地倒在地上，双眼睁得大大的，他再也不会动弹了。

他死了。

年羹尧也虚脱了，倒在一块断裂的墓碑旁，大口地喘着粗气。他先将脸上的鲜血抹去，然后擦净宝剑，低头看了看年轻的和尚。

解开他身上的包袱，果然看到了那个铁匣。

大将军在月光下打开铁匣，卷轴正静静地躺在其中，他又将卷轴打开仔细看了看，确实是《韩熙载夜宴图》无疑。

历尽千辛万苦终于将它追回来了，年羹尧将夜宴图捧在心口，决定这辈子再也不会让它离开自己。

回头看了一眼德明和尚的尸体，年羹尧轻声道："抱歉，不是我要杀你，是夜宴图逼我这么做的。"

说罢，他匆匆离开乱葬岗，消失在夜雾弥漫的山谷中。

十二

让我们回到那个京城的冬夜。

终于，年羹尧呼出了最后一口气。他的灵魂飘出了七窍，仍然紧紧追着夜宴图，越过四周森严的守卫，越过无数四合院的屋顶，越过紫禁城高高的角楼……

一封家书

　　天终于黑下来了，营房门口挂起了灯笼，巡逻队出动了。士兵小乙在地上匍匐前进，避开所有的人和灯火，他小心地越过了高高的栅栏，然后向山下飞奔而去。在这北国群山中的十二月，南方人小乙穿着薄薄的棉衣和铁甲，被北风吹得发抖，他只有飞快地跑动才能保持体温。

　　他很快就翻过了一座山头，这时他听见了狼叫，一头狼的影子映在山脊上，轮廓分明。狼看见了小乙，却只是一个劲儿嗥叫，并没有攻击他，也许它已经饱餐过一顿死人肉了。小乙用手握紧了腰际的刀柄，加快步伐。他必须赶在天亮前办完要办的所有事情，并赶回军营，否则就糟了。他更不能一去不回，如果当了逃兵，家人肯定要被关进大牢。一路飞奔的小乙开始喘粗气，浑身是汗，尽管这气温低得足够把人冻僵。

　　又是一座山头，山巅的明月特别圆，使他不由自主地多看了几眼，于是他很自然地想起了家乡的妻子翠翠。他们结婚的时候都只有十七岁，还没有孩子，第二年小乙就被征兵的拉走了。翠翠虽然只是个普通的农家女，但在他们村也算是最漂亮的女子了。两年了，他无时无刻不在想她，他唯一的希望就是想让翠翠知道，他还活着。

年轻的小乙已经两年没碰过女人，连女人有什么味都忘了，只记得翠翠那个鲜活的身体，一个白得有些晃眼的轮廓，至于细节，他只在梦中才能快乐地回味。他不是没有碰女人的机会，当部队攻入某个敌人占领的村镇时，奸淫掳掠之事总会发生，但他从不干这种事。当战友们扛着尖叫的女人从他面前经过时，他会痛苦地闭上眼睛，因为他想到，如果战争发生在自己的家乡，那翠翠也会有和这里的女人一样的遭遇。

现在他是去给翠翠写信的。这个念头从他刚到前线就有了，却从没像现在这样强烈。他刚来的时候，人家告诉他最多一年贼党就会被消灭，他们很快就会回家的。可所谓的贼党势力似乎越打越大，越打越强，而皇上的军队却已经死了好几十万人，双方在这片贫瘠的群山中来回地打拉锯战，留下的就是无数的乱葬坑。他现在正走过一个巨大的乱葬坑，没有墓碑也没有封土，分不清里面的是敌人还是自己人，满眼都是层层叠叠的白骨和残缺的肢体。现在是冬天，如果是夏天这里会出现鬼火，这鬼火浩浩荡荡，仿佛要把整座大山都烧光。

他小心地摸了摸怀中沉甸甸的银子，这银子让他每晚睡觉都心惊肉跳。他告诫自己这银子千万不能丢，这是他足足花了半年的时间，历经九死一生才凑齐的。因为他听说驿站可以为人捎信，但收费特别贵，每十里收一两银子，小乙的家乡离此地有一千八百里，所以需要一百八十两银子，这价钱比今天的 EMS 贵许多倍。

其实古代的驿站只有两种职能：一是接待官员，提供食宿，差不多相当于今天的政府招待所；二是传递政府公文，相当于现在的机要通信局。至于民间的信函业务，则是从不办理的，所以古人写情书只能通过动物来传递，比如鱼和大雁，还有鸽子。怪不得李清照要感叹"云中谁寄锦书来，雁字回时，月满西楼"。

不过，那几年兵荒马乱，皇上把百分之九十的财政开支都投入到了与贼党的战争中，剩下的还要支付天子的日常所用，所以，像驿站这样吃皇粮的单位就穷得连工资都发不出了，为了解决吃饭问题，就需要搞第三产业和多种经营，于是就秘密地开展了代客捎信的业务，通过遍布全国每一个县镇的网络优势为民服务。由于是违法的业务，万一被上级发现是要掉脑袋的，必须得地下经营，所以成本就高了，这叫风险成本。

为了凑满一百八十两银子，小乙干了许多让他晚上做噩梦的事。其实他所做的不过是那时候当兵的干得最起劲、最普遍的事——发死人财，也就是从战死的人身上偷钱。这样丧尽天良的事不论古今中外都是严格禁止的，一经发现立刻就地正法。但真正到了那种年月，谁还管它呢，被抓住算自己倒霉，反正在战争中的人是过了今天不知道明天的。如果没被抓住，就能在战争的间隙痛快地享乐一番，要是可以活到退伍的那天，带着这些钱回到家乡也够下半辈子用了。

小乙头一回干这事是在一场小冲突之后。荒野中留下了五十几具双方的尸体，而己方的指挥官也送命了。活着的人发疯似的剥光了死人的衣服，寻找一切值钱的东西，小乙呆住了，他感到恶心。突然一个老兵对他说："小乙，你不是想给家里写信吗？快动手吧，有了钱就能写信了，别怕，也许这人活着的时候就是个偷死人钱的老手呢。"老兵拉着小乙趴到了一个差不多和小乙同龄的敌方士兵的尸体上，老兵摸遍了死人的全身，什么都没有，骂了一声"穷光蛋"，就转移了目标。终于，他有了收获，他和小乙一同搜寻着一个胖子的尸体，那家伙胖得惊人，一定是有钱人家的子弟。他们从胖子身下找到了一个荷包，荷包里有十两银子，老兵很慷慨，分给了小乙一半。从此，老兵带着小乙干了许多次这种事，每次小乙都浑身发抖，但只要他俩还活着，每次作战后都会有收获。直到有一天老兵在摸一个死人的时候，那人居然没死，垂死挣扎着戳了老兵一刀，两人一起同归于尽了。那天小乙有些疯狂了，他其实很恨那个老兵，是老兵让他干这种没良心的事，以至于他欲罢不能了。小乙剥光了老兵的衣服，在老兵的裤腰带里找到了一百两银子，这全是老兵从死人身上偷来的，小乙向他吐了口唾沫，把银子全塞到了自己的怀里。后来小乙成了这方面的老手，虽然他时常为此忏悔。但他从不打活人的主意，比如抢夺老百姓的财物，甚至于杀良冒功，尽管这些事同样在军中盛行。

现在他终于凑了一百八十多两银子，颤颤巍巍地向山下跑去。月光照在他的脸上，他的脸看起来还像个孩子。

下雪了，终于下雪了。转眼间北风夹着漫山遍野的雪花从他耳边呼啸而过，但他什么都听不见，只听见自己的心跳声。

总共三个山头，都翻过去了，他终于见到了那个山谷中的小镇子。镇子很小，许多房屋都是残垣断壁，里面空无一人，只剩下几十户人家，门窗紧闭，毫无生气。他走到一间挂着块"代客写信"的招牌的小屋前，小乙大字不识一个，他只能从招牌上画着的一支笔的图案隐隐约约地猜出来这是哪里。他用力地敲门，敲了很久，才有个留着两撮鼠须的老头开了门，老头骂着："哪里来的催命鬼，三更半夜不让人睡觉！"

但当老头看见面前的人是一个兵的时候，就不敢骂了，他结结巴巴地说："军爷，我是良民，不通匪。"

"我要给我媳妇写信。"小乙从怀里掏出一个银元宝塞在了老头手里。

老头在昏暗的灯光下铺开了一张信纸，准备好文房四宝。老头说："你管你念，我管我写。"

小乙说："翠翠，你还好吗？"然后他沉默了半天。

"下面呢？"

"下面我忘了。"在来之前，小乙早就准备好了要对翠翠说的话，他每天晚上睡在营房里就想着这些话，虽然很长，但是小乙居然能一字不差地都背下来。但现在来到这里，心怦怦乱跳，一下子全都忘光了。小乙着急了，他抱着头竭尽全力地想，却想不出半个字。

老头说："接下来还是由我给你写吧，这些年，老头我几乎天天都帮那些当兵的写信，内容几乎都是从一个模子里复制出来的。放心吧，我写的信，保证让你满意，更让你媳妇满意。"

小乙点了点头。

于是，老头不假思索地写着，一会儿，整张信纸就布满了老头那歪歪扭扭的字迹。但在小乙眼里，那就如天书一般神奇。老头把信从头到尾念了一遍，小乙非常满意，又给老头加了几钱碎银。然后请老头写信封，先写小乙家乡所在的州县和某某乡某某村，然后是名字，老头说不能写"翠翠收"，这样送信的人看不懂，要写大名。小乙不懂什么是大名，于是老头问清了小乙的姓和翠翠娘家的姓，在信封上写上"罗王氏亲启"的字样。落款是"罗小乙"。

"行了吗？"老头问，他有些得意。

"慢。"小乙抽出了刀。

老头脸色变了，以为当兵的要杀他，于是给小乙跪了下来，惊慌地说:"军爷,你可不能卸磨杀驴啊!"

小乙不是这个意思,他用刀割下了自己的一绺头发,足有五六寸长,放在了信封中。然后又用毛笔在信纸的背面画了一个人,一个戴着头盔、穿着铁甲的人,就是小乙自己,又画了一个女人,那是翠翠。当然,他画得既不写实更不写意,像是儿童画。

老头笑了,然后熟练地把信装入信封,用火漆把口给封上了。小乙接过信,居然向老头磕了个头,然后飞奔出了小镇。

雪越下越大。

小乙把信揣在怀里,贴着心口,那儿有一道伤疤,从右肩直到左胸。带着十二月的寒气和雪花的信紧紧贴着他的伤疤,于是一股刺骨的疼痛又开始折磨他了。他停下来喘着粗气,捂着胸口,汗珠布满了他的额头。

那道伤疤是在一场激烈的战斗中留下的。那时小乙刚到前线不久,他们突然受到敌方大队铁甲骑兵的冲击,眨眼之间,五千人的队伍像是遭到一阵台风的袭击,躺倒了一大半,血把大地都染红了。一个大个子骑兵浑身是血,怒目圆睁,马镫上挂着二十多个人头,举着血红的大刀向小乙劈头砍来,小乙吓傻了,几乎没有反应,眼睛里只有一大片红红的血色。完了,他逃不了了,正准备被一劈为二的时候,他的眼前突然闪过了翠翠的脸。于是他弯下身子,躲过了那一刀,然后一枪刺入了大个子骑兵的肚子,骑兵的肠子流了出来,好长好长,似乎永远都流不完。小乙不明白为什么自己就这么轻轻一捅,一个刚才还生龙活虎的人,同是爹娘养的,皮肉就像泥巴一样烂了。他有些麻木了,就这么看着对方的肠子慢慢地流到了自己的身上。骑兵居然没有感觉到自己的肚子被人钻了个大窟窿,还在挥舞着大刀砍死了好几个人，最后一刀没了力量，勉强砍在小乙的胸口。骑兵从马上栽了下来，倒在地上不断地骂着脏话，直到被割去了首级。小乙也倒下了，被抬了回去，因为没有任何医疗措施，他的伤口裸露了好几天，血不断地往外流，他以为自己肯定没命了，没想到过了半个月伤口自行愈合了，他又归队打仗，只是一遇寒气伤口就会钻心地疼。

月亮已挂在了中天，子夜时分寒气逼人，小乙强忍着疼痛穿过山谷，越过一条结了冰的河，来到一条宽阔的官道上。驿站就在官道边，有着高大房檐的驿站像个县衙，却破破烂烂的，阴森又凄凉。

驿站里有一个值班室，日夜都有人，他来到门口，却听到里面传出了女人的尖叫声。那声音特别地撩动人心，让小乙回想起了什么，他脸上一阵发热，好久没听过这种声音了。小乙故意在门外徘徊了好一阵，门里的声音却好像一浪高过一浪，滔滔不绝，直到这潮水渐渐地平息下来，他才敲了敲值班室的门。门里传来一个男人洪亮的声音："谁？"

"来寄信的。"

"半夜里寄什么信，明天早上再来！我睡觉了，神经病！"

"大哥，我把银子都带齐了，你就行行好吧！我是当兵的，是从军营里溜出来的。"

门开了，一个彪形大汉赤着上身给他开了门，一把将小乙拉了进去，把门又关上了。房间里燃烧着一堆炉火，让小乙浑身都暖暖的。屋子里有张床，床上厚厚的棉被里鼓鼓囊囊的，露出了一截女人的长发。

"有什么好看的，小兄弟没讨过老婆吧。"汉子一边穿衣服，一边拍着小乙的肩膀。

"不，有老婆，我就是来给她寄信的。"小乙取出了信。

汉子看了看信封上的地址，他居然还识字。然后他翻出本簿子，也就是资费表，算了算路程和资费，说道："一百八十两银子。"

小乙把所有的银子都拿了出来摊在他面前，汉子点了点钱，说："正好。"其实还多出了几两。汉子取出一个印章盖在了信封上，就算是政府公文了。他说明天早上就有一班驿马要出发去州府，一起把这封信带出去。

"谢谢大哥，三更半夜打搅您了，您的大恩大德，小乙没齿难忘。"小乙激动地给汉子拜了一拜。

"得了得了，我老婆还等着我办事呢，快回去吧。"

小乙走出房间，离开了驿站，身后又传来汉子洪亮的声音："小兄弟，路上小心，有狼！"

小乙听了之后，鼻子一酸，眼泪哗哗地流了出来，喊道："大哥，我永远都忘不了您！"他的声音回荡在夜空中。他又踏着雪走过官道，越过那条河，走进山谷，路过小镇，又在那个老头的房门前拜了一拜，然后步入了群山之中。现在山野间都已经成了一片银白色，他的头盔和铁甲上也都沾满了雪。他不断哈着气，跺着脚，身后的雪地里留下了一长串脚印。

军营里的伙食太差了，顿顿都是发馊的小米饭，此刻他又累又饿。他左手捂着胸口，速度明显不如来的时候，但依旧在全力地跑着。其实他真不愿意回去，在这大山里，他随便往哪一躲，然后找机会逃回去，谁都抓不到他。可是他不能连累翠翠。

他吃力地翻过一座座山头，又见到了乱葬坑里的一大堆白骨，他已竭尽全力了。他很困，想睡觉，可他明白，在下着大雪的山野中，一旦睡着了，就永远也不会醒来了。想到还有回家的可能，他又有了力量，于是振作精神跑了下去。

东方已经出现了一线白光，天空呈现出了一种美丽的紫红色，就快要日出了。他无暇欣赏这壮丽的日出，因为军营已在眼前了。庞大的军营里有好几万人，几千个银白色的帐篷星罗棋布蔚为大观，除了巡逻队之外其他人都仍然沉浸在梦乡中。

他成功了，现在回去时间正好，他们还没起来，没有人会知道他去过哪儿。小乙高兴地翻过了军营的栅栏。

一年以后。

翠翠打扮得非常漂亮，坐在家里唯一一面小小的铜镜前，她已经二十一岁了。两岁的儿子安静地躺在床上睡着了，儿子是小乙走后第九个月生下来的，也许就是他临走前那一夜的"作品"吧，可怜的小乙还不知道自己已经有了儿子。她今天就要结婚了，要改嫁给村里的光棍阿牛。半年前，邻村的一个断了条胳膊的退伍老兵告诉她，小乙已经死了。阿牛早就对翠翠有意思了。

阿牛是个非常老实的人，虽然是个很能干的强劳力，人却长得很难看，所以没人愿意嫁给他。阿牛知道小乙的死讯以后，跪着对翠翠说："嫁给我吧，我会把你们母子俩照顾好的，我会把小乙的儿子当成我自己的儿子。"那天晚上天空中挂着一轮圆月，阿牛有力的大手紧紧握着翠翠的手，让她有一种安全感。

翠翠一开始没同意，她以泪洗面，考虑了一个月，终于心里那道堤坝还是崩溃了，那时二程和朱熹还没出世，寡妇改嫁也不算稀罕。她同意了。

过一会儿阿牛就要带着财礼和花轿来接她了。她的脸上挂着泪珠，她忘不了小乙。

"罗王氏，谁是罗王氏？"门外传来了一阵吆喝声。

"罗王氏？从来没听说过有这个人。"翠翠对自己说。

门外又传来村里教书先生的话："罗王氏，不就是翠翠吗？不过，她明天就不叫罗王氏了。"

"翠翠，有你的信。"教书先生边敲着翠翠家的门边说。

翠翠非常奇怪，她还不懂什么叫信。

门口一个骑在马上的官差问道："你叫罗王氏？"

"不认识，我叫翠翠。"

"她的大名就叫罗王氏。"教书先生在一边说。

官差把一封信塞在了翠翠手里，然后扬鞭走了。翠翠茫然地拿着信，不知所措。

教书先生看着信封的落款叫了起来："是小乙，是小乙给你寄来的信！"

"小乙？"翠翠仿佛看到了什么希望。

"快拆开看看！小心点，拆有火漆封口的地方。"

翠翠照着他的话拆开了信，取出了信纸，但她不识字，看不懂。她只认出小乙夹在信里的那绺头发，乌黑乌黑的，还残留着小乙身上的那股味道，这味道只有做妻子的才能闻出来，并且一辈子都不会忘记。这头发、这味道，翠翠在梦中已摸到过、闻到过许多回了。她把小乙的头发紧紧贴在自己的脸上，仿佛就是自己的一部分。

"先生，能给我读信吗？"翠翠恳求着教书先生。

"好的。"他开始读了——

翠翠：

你还好吗？我想你。我在这里过得很好，我们打了许多场大胜仗，打死了许多贼党，我们自己的伤亡是微乎其微的。贼党就快要被我们消灭了，战争很快就会结束的。我所属的部队离敌人很远，很安全，我也活得好好的，还长了好几斤肉。这里伙食很好，营房又干净又暖和，棉衣很厚，我还从没受过伤、生过病呢。你一定要放心，我不会有事的，我福气大，就算我们部队其他人全都死光了，我也会活着回来的。翠翠，你寂寞吗？我每晚都梦见你，等我回来的时候，我希望你和以前一样漂亮。没有人欺负你吧？如果有，我回来一定要他的命。今年的收成怎么样？我们家的老母鸡杀了吗？不用省，想吃就吃吧，只是别在下蛋之前杀。我们家的两头猪呢？下过崽吗？有的话，把小猪养好。现在天气冷，睡觉的时候多盖条被子。遇到困难，请村里的乡亲们多帮帮忙，别不好意思。翠翠，告诉你，我立了军功，救了将军的命，将军答应等战争一结束，就封我做官。到时候，我会坐着轿子回来的，你就会过上好日子了。等着我，一定要等我！翠翠，保重。

小乙

"落款没写时间，"教书先生说，"一定是小乙请人代写的。翠翠，你真有福气！"

翠翠却在哭。她夺过信纸，又看到了信纸背面小乙画的他们两个人的图形。她哭得更厉害了，她躲到了屋里，把头埋在儿子的身边哭着，儿子惊醒了，不解地看着年轻的母亲。翠翠对儿子说："孩子，这是你爹来的信，你将来一定要识字，要能自己看懂你爹的信。"翠翠紧紧抱住了儿子。

门外，阿牛迎亲的队伍已经来了，高昂的喇叭声传遍了全村。阿牛今天特别高兴，一副新郎的打扮。

"翠翠。"他跨进了门。

翠翠面带泪痕地站在阿牛面前，轻轻地说："阿牛，对不起，我不能嫁给你，小乙给我来信了，他还活着，活得很好，他很快就会回来的。对不起，阿牛。"

阿牛沉默了，他的嘴唇动了几下，却始终没说话。他一动不动地站了许久，终于一把扯碎了新郎的衣服，然后狂奔了出去。

第二天，人们发现了阿牛上吊自杀的尸体。

小乙把这封信交给驿站后的第二天，驿马就把信和公文一起带到了州府。那里的驿站一看这封信的收件人是个村妇，就知道这是一封家书，但那年月的人都还讲点职业道德，睁一只眼闭一只眼也就算了，只等和公文一同送到南方去。可是那时候的公文绝大多数都上京城，所以一等就是三个月，才等来了一件去四川的公文，其实这所谓的公文也不过是某个将军写给老婆的家书罢了。虽然四川与小乙的家乡相距很远，但总之也算是南方，就一起带了出去。邮差骑着马过了黄河，到了京城，又翻过了秦岭，走上了难于上青天的蜀道，越过崇山峻岭，足足走了三个月，换了十多匹马才到了成都。成都驿站在一个月后又把这封信转到了渝州，也就是现在的重庆，在那儿上了一班邮船，走长江水路。到了白帝城，有个一度被贬现又被皇帝召回的诗人上了邮船，诗人气宇轩昂地站在船头，两岸的猿猴不停地叫着。只用了一天的工夫邮船就穿过三峡到了江陵，于是他写下了一首脍炙人口的诗。诗人下了船后，船速又放慢了，又花了三个月的时间过武昌的黄鹤楼、湖口的石钟山、当涂的采石矶、润州的金山和焦山，从那里入大运河，过了姑苏城外的寒山寺，直到杭州的钱塘江边。杭州驿站收下了信，可由于富春江发大水冲坏了驿路，只能走海路，于是上了一班去广州的邮船，在海上漂了两个月才中途下船，直奔小乙的家乡。总共花了一年时间，这在当时已经算是快的了。如此算来，一百八十两银子也不算贵。

又过了十八年，小乙和翠翠的儿子二十岁了，他简直是小乙的翻版。翠翠还给儿子张罗着讨了新媳妇，如今翠翠也做婆婆了。

翠翠早就卖掉了猪和鸡，每天没日没夜地织布，然后到城里卖钱，就是为了供儿子从小在教书先生的私塾里念书。儿子很聪明，十岁的时候就会把小乙的信全文一字不差地念给翠翠听了。尔后几乎每天晚上翠翠都要儿子念一遍那封信，她百听不厌，儿子一天不念信，她的生活中就好像少了点什么。儿子长大了，翠翠却因超负荷的工作未老先衰了，她只有四十岁，却像五十岁的人，满头白发，满脸皱纹，她的年轻美貌已成为记忆了。

她从没有改嫁，她在等小乙，一等就是一辈子。

"翠翠，你看谁回来了！"教书先生对她说。一队人正敲锣打鼓地向她家走来。

"是小乙，"翠翠叫了起来，"是小乙当了大官回来了！"

她兴奋地迎了上去，却发现不是。尽管骑在马背上的这个人与小乙是那么相像。是儿子，儿子进京赶考中了状元，衣锦还乡了。

但翠翠却似乎不认识儿子了，她一把抱住他，叫着小乙的名字，她从怀里取出了多年来一直珍藏着的信，说道："小乙，你终于回来了，这么多年了，我好想你。看，这是你写给我的信，我们有个儿子，还有了儿媳，很快就会有孙子的。我们的儿子很有出息，他进京赶考了，他会中状元的。"

"娘，是我啊，我中状元了。"儿子说。

"你是小乙，你做大官了。"

翠翠疯了。

十八年前，小乙在驿站里寄完信，赶在天亮前回到了军营。当他翻过栅栏，以为万事大吉的时候，却发现部队正整装待发，准备在天亮前偷袭敌军。监军在点名，正好点到小乙的名字，小乙高喊了一声"到"，匆匆忙忙地跑向队列。

"站住，你迟到了！"监军严厉地说，"根据军法第六条第三款：出发前点名，迟到者一律就地正法。来人，把他绑了！"

小乙被五花大绑起来，他想叫，他想说自己只不过是去给媳妇寄了一封信，但他的嘴被破布塞住了。他被押到了阅兵台上，他看着下面白茫茫的雪地上站着黑压压的好几万人，周围鸦雀无声。

这时太阳从东方升起来了，在山巅之间，那轮火红的东西像婴儿出生一样，从地平线跃出，升上天空。小乙想，我要是有个儿子就好了。太阳越升越高，照亮了他的脸，忽然他飞了起来，高高地飞了起来，他离地面越来越远，他看到地上躺着一个没有脑袋的死人，那就是他自己的躯体。鲜红的血溅满了四周雪白的地面，像一朵冬天的梅花，特别美。拿大刀的刽子手把他的头高高地举起。

小乙飞得离太阳越来越近了，他突然想到了驿站，大概邮差大哥现在已经带着他写给翠翠的信出发了吧。

一路平安，我的一封家书。

一个少年之死

人生五十年，轮转变化中，短促如梦幻。天地之万物，无有
不死灭。

——摘自能剧幸若舞《敦盛》

马蹄踏着人的身体往前冲，就像是在淤泥中行军，死人的铠甲破
碎了，黑色的血沾满了马的四蹄和前胸的皮毛。熊谷直实的马镫上挂
着十几颗人头，这些人头有着各种各样的表情，喜怒哀乐一应俱全，
有的皮肤白净宛如贵族，有的满脸血污面目全非。他一口气冲到了海
滩上，几乎被人血染红的海水反射着的阳光突然呈现出一种惊人的美，
直实觉得奇怪，不明白自己为什么会产生这样的感觉。这一刻他有些
目眩，他看见海面上有几艘战船在颠簸着，一之谷的火像从高天原上
丢下的星罗棋布的火种一样疯狂燃烧。

沙滩软软的，不时有海水涌上来，被马蹄溅起。咸涩的海水打在
直实的脸上，凉凉地渗入了皮肤。他突然在死尸堆中见到了一个活人，
在百步开外，骑着一匹漂亮的白马，头戴金光闪闪的龙凤前立的筋兜，
筋兜下是漆黑光亮的护面甲，身着赤色条纹的铜具足，身后插着一支

平氏红旗，如同所有衣着华丽得像京都贵族那样的平家大将。直实紧了紧马刺，舞剑追了上去。那人似乎不太会骑马，一个劲儿地用马鞭狠狠地抽打着，马却始终在原地打转。熊谷直实很快就追上了他，挥起沾满血渍的剑砍向他的马，那匹漂亮的白马立刻跳了起来，把骑马的人重重地掀了下来。

那人倒在沙滩上，失去了抵抗力，金色的筋兜和红色的铠甲还有全身绘制着美丽条纹的装饰一起一伏，像海浪般散发着光泽——一只受伤的虎，直实的心中冒出了这样的比喻。然后他从大黑马的背上跳了下来，把剑架在对方的脖颈上准备砍下去。在此之前，他先取下了那人的头盔。

他看到了一张少年的脸。

熊谷直实愣住了，怎么是个少年？为什么不是满脸络腮胡或是留着八字胡的中年人？至少应该是一个青年武士。

他仔细地看着少年的脸。那张光源氏般的脸苍白得像个涂脂抹粉的歌伎，细细的眉毛，大而明亮的眼睛，嘴上只有一圈淡淡的绒毛，两片匀称的嘴唇像血一样鲜红，连同那小巧的下巴，越看越像个女人。

少年一副无动于衷的样子，嘴角忽然荡漾起了淡淡的微笑，让人觉得不可思议。直实突然觉得那双眼睛是那样熟悉，如同自己年少时的眼睛。

那双眼睛注视着清晨薄雾笼罩的信浓群山，上百只栖息在树林里的大鸟受到了惊吓，发出鸣叫和拍打翅膀的声音，向那更为高峻的山峰翱翔而去。在直实年少的那双眼睛里，父亲右臂上有一道长长的伤口，来不及包扎，鲜血刚刚凝固，只能用左手握剑。直实的筋兜不知在哪儿丢了，于是父亲把自己的黑色筋兜戴在了他头上。

那是直实第一次骑马，十五岁的他浑身颤抖着，腰上的双刀还没用过，两条大腿外罩着的鱼鳞甲片上却已溅满了血，那是别人的血。

他紧紧地抓着缰绳，跟在父亲身边，带着父亲体温的筋兜让他的头皮温暖了一些。

父亲清点了一下自己的部下，只剩下十来个人了，他看着四周幽暗的丛林和自己疲劳不堪的马，轻轻叹了一口气。然后，他对儿子说："跟我一起去死吧。"

直实睁大了眼睛，无法回答。突然他听到树林外传来隆隆的马蹄声，仿佛来了一支大军。直实把头埋进马鬃里，过了一会儿终于抬起头，把眼泪抹掉了。

父亲用粗糙的大手轻轻地摸了摸他的脸，然后紧了紧马刺，第一个冲出了树林。此刻他感觉父亲骑在马上的身影就像毗沙门天王一样，他身后的十几名武士也纵马冲了出去，他们发出奇怪的吼叫，像一群野兽。直实的马在绕了好几个圈以后终于也冲了出去。

冲出树林的一瞬，阳光立刻驱散了雾霭，刺入他的瞳孔，就像锐利的箭刺入头颅一样令他痛苦。然后他听到四周一片刀剑撞击的声音，尖锐刺耳，他看到不时有火星从带血的剑锋上迸出。最前头父亲的背影依然挺拔，他左手举着剑劈杀，好几个对方的武士被他从马上砍落，谁都不敢靠近他。最终，他所有的部下都死光了，只剩下父子二人被上百人围在了中央。

父亲的马死了，直实也从马上被掀了下来。他们走到一棵大树下，父亲看了看他，脸上露出了一种幸福的笑容，那笑容让直实一辈子都难以理解。父亲对他说："我先死，然后你跟着我死。记住，必须自己动手。"

父亲脱下了甲胄，露出了光洁的胸膛，接着他从容不迫地把佩在腰间的短剑刺入自己的腹部。他一边刺一边看着儿子说："儿子，看清楚了吗？就是这个样子。别害怕，一点都不疼。"

他又把剑向下猛切，开了一道几寸长的口子，然后把刃口猛地向左一转，又是一道长长的口子，鲜血这才像一群活蹦乱跳的鱼一样游出了他的皮肤，染红了他的身体和甲胄。可他继续保持着那种幸福的笑容，看着儿子，轻轻地说："儿子，看清楚，你也要像我一样，就是这个样子。"

接着，直实看到父亲的肠子流了出来，他没有想到人的肠子居然如此鲜艳夺目，像一群被涂上色彩的泥鳅。这时他突然发现父亲满脸都是豆大的汗珠，痛苦地喘着粗气。父亲叫了出来："快！用你的长剑砍下我的头，我受不了了！"

直实吓得手足无措，他抽出了腰间的剑，却愣愣地站着。

"儿子，别愣在那儿，快砍下我的头！别人正看着我呢，我忍不住了，快！"

直实这才扫视了一圈周围的人，他们个个骑着马，沉默着，表情严肃，仿佛是在给父亲送葬。

他突然想哭，却又哭不出来，他终于举起了剑，长长的剑刃反射着夺目的阳光。父亲看着他，虽然越来越痛苦，却恢复了那种幸福的笑容。剑既然已经举起，就不可能再放下了，直实挥动了手臂，剑最后是以惯性砍到父亲脖子上的，锋利的剑刃砍断了了父亲的脊椎骨，他能清楚地听到骨头裂开的声音。

"儿子，别停，要一剑就把人头砍下来。"这是父亲说的最后一句话。

十五岁的直实用尽了全身的力量，像锯木头一样在父亲的脖子里抽动利剑，费了好大的劲才把父亲的头砍了下来。

他感到自己的剑突然失去了目标，重重地摔在了地上，发出了清脆的声响。而与此同时，父亲的头也掉到了地上，从被砍断的脖颈处喷出许多血，溅在了直实的脸上，而父亲的双手仍有力地握着深深刺入自己腹部的短剑。他看到父亲失去了头颅的身体抽搐了几下，居然没有倒下，依然保持着盘腿而坐的姿势。而父亲掉在地上的头，则仍旧带着那种幸福的笑容看着他。

他看着自己的父亲，又看了看周围的人，他还是想哭，却还是哭不出来。他对他们说，求求你们，帮我埋了我父亲。那些沉默的武士点了点头。

然后，他也摘下自己的筋兜，脱去衣服，露出了十五岁还未成熟的身体。他把沾着父亲鲜血的剑捡了起来，把剑尖对准了自己的腹部。

阳光夺目，他闭上了眼睛。

"你走吧。"一个声音传入了他的耳朵。

他睁开了眼睛，看到了对方为首的一个全身黑甲的人骑在马上对他说话。

"让我死吧。"

"你已经证明了你的勇气，你还是个孩子，我不杀你，你快走吧。"全身黑甲的人面无表情地说着，语调平缓柔和，仿佛是在与自己的儿子对话。

直实终于松开了手，剑又一次掉到了地上，他看着那个人，记住了那张脸和那双鹰一般的眼睛。他慢慢地穿上了衣服，但他丢掉了父亲的筋兜，他站了起来，前面的武士为他让开了一条路。

他一步一步慢慢地走了出去，很久才消失在黑甲人的视线之外。

在无边无际的山谷里，他的眼泪始终没有像自己希望的那样流出眼眶。

"你叫什么名字？"

"平敦盛。"

"你几岁了？"

"虚岁十六。"

一副面具，长着獠牙的面具，在黑暗的大海边面具张开了嘴，嘴里有一把剑，剑光掠过平缓的沙滩。然后，平敦盛发现自己的头不见了，他哭了，一边哭一边找，他找遍了整个沙滩，都没有找到。

最后，他掀开了那个面具，发现自己被砍下的头正在面具之下对他微笑着。于是他捡起了自己的头，拎在手上，向京都的方向跑去。一路上，他发现手上的人头正在渐渐地成长，眉毛变浓了，鼻子变高了，唇须也长了出来，残存的半截喉结也变得鼓鼓囊囊的。

他沿着海边跑啊跑，没有脑袋，他不知道自己是怎么看清这一切的。等他终于跑到京都的罗生门下的时候，自己被砍下的头已经变得白发苍苍，满脸皱纹，牙齿都掉光了，可拎着人头的身体却依然还是个小孩的。

这时候，他听到自己的头说话了："樱花已经谢了。"

就在这个时候，平敦盛突然从这个奇异的梦中惊醒了，自言自语道："樱花已经谢了。"他满头大汗，坐在铺席上，瞪大眼睛看着黑暗的四周。终于,他爬了起来,轻轻地拉开门,走进昏暗的长廊里。

他的眼睛终于适应了长廊里昏暗的光线。长廊两边装饰着华丽的图画、盔甲,还有一面面锦缎丝帛。突然从一扇巨大的拉门里传出一种奇怪的声音,他悄悄地走了进去。

在那间供奉着平家祖宗灵位的如宫殿般庄严的大房间里,闪着幽暗的烛光。平敦盛看见了三个人,一个站着的男人是父亲,另一个跪着的女人几乎一丝不挂,长长的头发掩着脸,还有一个青年男子也跪着,平敦盛不认识他,但从那衣冠可以看出是个贵族子弟。父亲从腰间抽出了剑,高高举起,一剑砍下了那青年男子的头,那人头在光滑的地板上滚动着,一直滚到平敦盛的脚下。平敦盛吓得脸色苍白,躲在黑暗的角落里不敢发出一点声息,他看着那人头,人头也在看着他。那人的脸很白,也很漂亮,描着蝉眉,眼睛大睁着,嘴唇上好像涂过什么,嘴巴半开半闭,仿佛是在作诗。平敦盛大着胆子轻轻地把手伸到了人头上,他不太走运,手指上沾到了血,一股滑腻湿润的感觉沁入他的皮肤,他又悄悄地把手指靠近自己的鼻子闻了闻,居然闻到了一种母亲头发里特有的气味。

他又抬起头,看见女人把脸露了出来,虽是素面朝天,但依然很美,令平敦盛吃惊的是,那是他母亲的脸。年轻的母亲跪在地上,饱满的身体一览无余,皮肤在闪烁不定的烛光下发出耀眼的光泽。忽然,他看到母亲的脖子上多了一根白色的东西,既柔软又坚韧,那种白色就和早春的雪一样,晶莹剔透,似乎是透明的。那白色的东西渐渐有了些皱纹,现在平敦盛看出那是一匹白绫,是和泉国专门派人进贡的上好的白绫。

缠在母亲脖子上的白绫越来越紧了,父亲正站在母亲的身后用力地拽着白绫的两端。母亲的脸还是那么美，虽然脖子上致命的白绫正深深地勒住她的喉咙，而这匹白绫却是母亲最喜欢的。她的眼睛越来越大，大得超乎常人，终于，她看到了在黑暗中隐藏着的儿子。儿子也发现母亲正注视着自己，但他却保持了沉默。母亲想要对儿子说什么，却被白绫勒住气管什么都说不出。忽然母亲的眼睛定住了，像是进入了某个美妙幸福的境界，她快乐地笑了起来，嘴角带着一丝暧昧。当她快乐到极致时，她的心脏也停止了跳动。那匹美丽的白绫渐渐地松了开来，像一条白蛇那样滑落在母亲丰满的腹部。

平敦盛看着母亲倒在地上，长长的黑发再次掩盖了她雪白的躯体，像一块巨大的黑色丝绸，他觉得母亲正在丝绸下熟睡着呢。

刺眼的白绫从母亲的身下露出来，平敦盛突然觉得那白绫会猛然飞起来，像白蛇似的缠在自己的脖子上。

父亲抱起母亲的尸体，打开了另一扇门，门外是幽静的庭院，月光洒在母亲的黑发上，就像一条闪着银光的瀑布。在庭院的中央有一棵古老的樱花树，父亲在树下掘了一个大坑，然后把母亲扔了进去，再把泥土覆上，就像什么都没发生过一样。

隐藏在黑暗中的平敦盛睁大了眼睛，默默地记下了这一切。

熊谷直实打量着眼前的平家少年，忽然发现少年的腰间别着一支笛子，在人人腰间佩剑的时代居然有人佩笛，这令直实很困惑。

"你会吹笛子？"

少年点了点头，从腰间拔出了笛子。又细又长的笛子，一端刻着一些文字，笛孔还贴着笛膜。笛子的表面很光滑，在阳光下，那种反光仿佛源自一把短剑。

"这支笛子叫'小枝'。"少年突然主动说话了，只是声音还带着女孩般的颤抖。

"小枝？"直实的心头忽然被什么牵动了。

小枝——小枝——小枝——

黑暗中小枝的脸忽然清晰起来，她趴在二十岁的熊谷直实的身上，那双明亮的眼睛让他渐渐清醒了。但他还是不能动弹，任由小枝的手在自己的身上摸着，直实能感觉到她的手很小巧细致，不像村妇的手。那双手像某种有着光滑皮毛的小动物一样游走着，直实感到那双手似乎能穿过皮肤摸到自己的五脏六腑，暖暖的，让他的身体又从寒冷的地狱回到了人间。

他终于伸出手，紧紧地抓住了小枝的手，并将她的手死死地摁在自己的心口。那双暖暖的手虽然像小动物受惊一样一个劲儿地颤抖，并努力想要抽出，但在直实大大的手掌里却仿佛跌入了陷阱。他什么都看不清，眼前只有小枝明亮的眸子在闪烁。直实的力量终于又回来了，他一个翻身把小枝完全压在了身下。

忽然一阵马蹄声从战场上传来，直实又坠入了黑暗。

有火，有火在自己的身边燃起，一团温暖的炉火，仿佛能使冰雪里的蛇从冬眠中醒来。直实觉得这一切都是假的，但当他睁开眼，却真的看见一个年轻的女子躺在他身边，他不认识这个女子，只是在潜意识里叫着这个女人的名字，那只是他的一种毫无根据的猜测，或者说仅仅是他希望如此而已。于是他在女子的耳边轻声地叫着：

"小枝——小枝——我的小枝。"

那个他想象中的小枝终于睁开了眼睛，大大的眸子闪了闪，然后她站起来问："为什么叫我小枝？"

"你就是小枝。"

忽然她笑了起来，说道："是不是所有的女人在你嘴里都叫小枝？那我就叫小枝了。"

"是你救了我？"

"你说呢？"小枝的眼睛里闪烁着一种难以言说的东西。

"要我怎么报答你？"

"我要你娶我。"

真实的身体从寒冷中完全复苏了，此刻他居然感到浑身发热，后背甚至出了一层汗。他紧紧地抓住小枝的双肩，问道："有没有米酒？"

茅屋外下起了大雪。

"你就是平家从五位下的'无官大夫'？"

"是的，我的首级一定很值钱吧？"

"你还是个孩子。"

"我不是孩子了。"平敦盛说这话的时候突然变得非常凶猛，大睁着眼睛，苍白的两颊突然绯红了起来，就像是喝醉的艺伎。

藤原家的高墙边开着一扇小门，平敦盛坐着槟榔牛车来到了门前。夏日京都的街头艳阳高照，没有一个行人，他看了看四周，然后推开虚掩的门，悄悄地走了进去。

没有人，只有永不停歇的蝉鸣在耳畔响起，他走在树荫下，穿过幽深的花园，拉开一扇门，走进了昏暗的走廊，在走廊的尽头停了下来。他先屏息听听里面的声音，然后整了整衣冠，他的心在剧烈地跳动着，耳根也红了。他深呼吸了几口，刚要说话的时候，门突然被拉开了，一个瘦高的身影出现在他眼前，房里透过来的光线从那人身体的四周洒到平敦盛的脸上。那男人的脸背着光，平敦盛看不清。男人看见他，向他微微鞠了个躬就走了出去。

平敦盛走进房里，这房间非常大，有十几铺席，被屏风分成了好几块。他绕过两扇屏风，见到了一道帘子，隔着竹帘，依稀能看到里面有女人的身体。他觉得隔着帘子就像是隔着一层水，帘子后面的女人像极了一条鱼，一条扭动着尾巴的锦鲤。

突然，那条鱼说话了："进来吧，我穿好衣服了。"

平敦盛抑制住自己粗重的呼吸，轻手轻脚地撩起帘子走了进去。

藤原家的小姐正跪坐在席子上，她穿了一件粉红色的衣服，领口很低，露出一截白白的脖子。看得出她的脸上化了很浓的妆，但现在许多脂粉都落掉了，浓重的口红也有些模糊，额头出现了汗渍。

"你来啦！过来，靠近一些，让我看清你。"

平敦盛却一步都不敢迈。他低下了头，默不作声。过了一会儿，他忽然觉得有一股气息吹到了他的脸上，暖暖的，让他的毛孔扩张开来。

接着，他闻到了那股脂粉味，就像母亲趁着父亲不在家，去接待年轻的客人时常有的气味。他还是不敢抬头，视线里只有那粉红色的丝制衣服所反射出的柔和的光，像一汪粉红色的泉水。

"你几岁了？"那种气息继续灌进了他的衣领里，溜进他的胸膛，像一双纤手抚摩着他。

"十五岁了。"他回答。

"哦，我比你大一岁。"

　　房间里的光线忽然明亮了一些，他的视线移到了她的那截白白的脖子上。

　　"说话啊，把头抬起来。"小姐伸出手托起了平敦盛的下巴，直盯着他的眼睛，像要把他给吃了似的。他们像是在对峙。过了一会儿，她的眼神又柔和了下来，轻轻地说："我明天就要出嫁了，嫁给陆奥守的公子，明天一早就动身，去那遥远的北国。"

　　"陆奥很远吗？"

　　"很远，也许我永远都回不了京都了。"她的声音突然停顿了，平敦盛仿佛看到藤原家的小姐眼角正涌出一股液体。

　　"呵呵。"她突然又笑了起来，嘴角荡漾着一种让平敦盛害怕的东西。

　　"知道吗？你是个漂亮的少年，只可惜，你的眼睛是灰色的。"

　　平敦盛不明白，他眨了眨眼睛。

　　"灰色的眼睛，短促的生命啊。"小姐忽然吟了一句古代的诗。

　　"我会很长命的，我知道，我会活到九十岁，我会为陆奥守的公子生七个孩子，同时为别的男人生更多的孩子。呵呵，我会长命的，我会留着长长的白发，在冰天雪地的陆奥北国，回想着京都的夏天，回想今天，回想短命的你。"

　　忽然她的双手抱住了他的脸，殷红的嘴唇像刚吃完人的野兽，猛地堵在了他的嘴巴上。平敦盛什么都看不到了，除了小姐的睫毛。他开始感到恐惧，浑身发着抖，伸手去推，却被她死死地抱住了，看上去就像是在进行一场你死我活的搏斗。

　　终于，他一把推开了藤原家的小姐，手忙脚乱地跑了出去，身后传来小姐放浪的笑声。那笑声在长长的走廊里回荡着，余音绕梁。

熊谷直实把视线从平敦盛的脸上挪开，看了看天空，阳光越来越强烈，似乎变成了红色。忽然他听到了笛子的声音，低下头，原来平敦盛坐在地上吹起了"小枝"。

笛子是一种有魔力的乐器，它所具有的穿透力令人吃惊。直实相信，在遥远的海上，那些战船里的士兵也会听到这声音的。

"今天我看到源家的军队了。"

"你别去。"

"我已经在你这里住了整整一年了。"

"一年太少，我要你在这里住一百年。"

"我是源家的武士。"直实忽然站了起来。

一股风吹进了茅屋，小枝打起了哆嗦。

小枝一把抱住了他的腿，说道："我不让你走，我不会让你走的。"

"放开……啊！"熊谷直实突然感到腿上传来一阵钻心的疼痛，他忍不住叫了起来。他低下头，看见小枝正抱着他的腿向他微笑着，她的嘴里全是血。他明白了，是小枝用牙齿咬伤了自己。他倒了下来，喘着气，忍着伤痛。小枝爬到他身上来了，痴痴地笑着，露出了沾满鲜血的牙齿。直实居然也笑了，然后一把将小枝揽入怀中。那个鲜活滚烫的身体在他怀中颤抖着，他似乎忘却了痛苦，只有腿上的伤口还在不断地流着血，铺席被血染红了一大块。

炉火熊熊。

又是一个让小枝沉醉的夜晚。

当炉火熄灭，清晨的阳光透过林间的枝丫抵达小枝的脸庞时，她睁开了眼睛，摸了摸旁边，什么都没有。她坐了起来，赤条条的身体像古老传说里的女妖。茅屋里只有她自己，小枝叫了起来："真实——真实——"

她没来得及穿衣服，一把推开了门，门外积着厚厚的雪，她雪白的身体和这白雪的世界合而为一，仿佛是一只在冬天寻找食物的白兔。她就这么光着身子在雪地里奔跑着，寻找着她要寻找的人。

直实，你在哪里？

熊谷直实静静地听着平敦盛吹笛子，手心里沁出了一些汗。

平敦盛盘着腿坐在沙滩上，运足了气息注入笛孔。渐渐地他的脸涨红了，直到一曲终了。

他把笛子从唇边放下，仔细地看了看，接着一扬手把笛子向大海抛去。

"小枝"在空中划出了一道优美的弧线，最后落在了海水的泡沫中，一个浪头卷来，笛子被缓缓地带向大海的深处。

櫻花又开了。

就在那个庭院里，那棵古老的樱花树也许已经有几百岁了。别人都不明白，为什么这一年的樱花开得比往年的漂亮许多，这棵树上从来没有开过如此美丽的樱花，美得惊人，简直无法用语言来形容。

有人说这也许是平家转危为安的吉兆，也有人说这棵樱花树本身就是一位神。总之没人能说得清其中的原因。

但平敦盛知道原因。

月光突然明亮了起来，一个少年悄悄地来到樱花树下，拿着一把小小的铁锹，在树下挖了起来。不一会儿，一块白色的东西出现在泥土中，皎洁的月光洒在地上，让他看清这是一块人骨。

白色的骨头森森地反射着月光，少年居然觉得，在盛开的樱花树下这一切绝美无比。接着，越来越多的泥土被挖了出来，最终，一具完整的骷髅展现在他面前。那骷髅的姿势相当优雅，双手放在胸前，仰望着樱花和星空。

这具骷髅是少年的母亲。

母亲滋润了樱花，母亲的生命全都注入樱花中了，于是，母亲变成了骷髅。少年轻轻地抱起了母亲的遗骸，现在母亲的身体轻了许多。

少年走出庭院，走进了长廊，来到自己的房间里。他打开一个大箱子，把母亲的遗骸放进去，然后把箱子锁了起来。他把脸贴在箱子上，轻轻地说："妈妈，我们永远在一起了。"

直实看着平敦盛把笛子扔进大海里，他有些吃惊，轻轻地叹了一声，说："何必呢？"

"别废话了，你动手吧。"平敦盛挑衅似的说。

熊谷直实看了看他，很久才开口说话："你走吧。"

乱箭遮天蔽日，无数的人中箭倒下，无主的战马嘶鸣着，无马的武士咒骂着。几面靠旗被箭洞穿，带着数不清的洞眼继续飘扬。

武士熊谷直实骑着大黑马向前猛冲，眼前就是宇治川了，大黑马的前蹄高高地抬起，然后重重地落下，连人带马跃进了河水中。冬天宇治川的水极其冰冷，河水立即漫过了马的胸膛，大黑马似乎也在抽搐着，河水四溅，打湿了直实的脸。他愤怒地紧着马刺，继续向前涉去，来到了河床的中心。水已经淹到马的脖子了，也漫过了直实的腰，一股刺骨的寒冷渗入了他的内脏，仿佛能让他的血液凝结。身后的源家武士们都骑着马跳进了宇治川，不断地有人在水里中箭倒下，河水仿佛被人和马的血液温热了。直实又恢复了力量，他的大黑马带着他渡过了宇治川，第一个上了岸。他挥动着长剑，大声地叫喊着，在刀与矛的丛林里劈杀，一个头颅被他的剑砍下，一片血肉里他什么也看不清，只看到回忆中父亲的头。

源家的武士们源源不断地冲上了岸，近畿就在眼前了，敌人彻底放弃了抵抗，战斗变成了一场屠杀。

直实继续向前冲，他见到了一个全身黑甲的敌人，也许是个将军。他追了上去，最后把黑甲人逼到了河边。直实看着那人的脸，突然想起了那一天，十年前在信浓群山，也是这张脸和这身黑甲。

十年前这个人放过了直实，现在却又落到了直实的手里。但这个人是他的杀父仇人。

直实在选择。

他有些痛苦。

那人平静地看着直实，不明白直实为什么这么婆婆妈妈。他对直实轻蔑地笑了笑，然后脱下甲胄，抽出了一把短剑，深深地刺进自己的腹部。

血如泉涌。

他在地上挣扎了好一会儿，但始终没有断气，不停地颤抖着，喉咙里发出奇怪的声音，两只眼睛直勾勾地看着直实，似乎在渴望着什么。

直实明白他痛苦到了极点。直实也懂得，此刻对黑甲人来说最人道的方式是什么。

他挥起剑，熟练地砍下黑甲人的头，干脆利落。一瞬间，黑甲人摆脱了所有的痛苦。只剩下熊谷直实呆呆地愣在那儿，看着宇治川的水被寒风吹起了涟漪。

忽然，他听到所有的源家武士欢呼了起来，惊天动地，源家的旗帜高高地升到半空，连同无数敌人的头颅。

直实默不作声地把黑甲人埋了。

"你说什么？"平敦盛不太相信。

"我让你走。我不想杀你了，你快走吧，快走！"

"为什么？"

"你还是个孩子。"

祖先的灵位在昏暗的烛光下闪着异样的光，仿佛一个个祖先都睁大了眼睛在看着他们。

父亲站在平敦盛的面前，毫无表情，不怒自威。他穿着一件宽大的黑色袍子，长长的袖子和下摆使得烛光下他的影子特别大。

"樱花树下的土好像被翻动过。"父亲带着低沉的鼻音说道。

"樱花树？樱花不是开得很美吗？"平敦盛的声音颤抖了。

"是啊，樱花开得很美，这是有原因的。"父亲伸出手，轻轻地抚摩着平敦盛的脸。

"儿子，樱花多么美啊，就像你母亲一样美，美得惊人。因为美，所以每个人都喜欢樱花，谁都想摘下它，就像你母亲。可是，这棵樱花树只属于我们家族，是我们的，你母亲也只属于我，你懂吗？等你成为一个丈夫的时候，你就会明白了。"

平敦盛睁大了眼睛，额头沁出了汗。

"儿子，不要想你的母亲了，你的母亲已经变成了樱花，这个世界上最美丽的樱花，这是她最好的归宿，她多幸福啊。只要看到樱花，就等于看到你母亲了。我永远爱你的母亲，深深地爱着，直到我死。"

父亲似乎在自言自语，他把平敦盛揽在了怀中，紧紧地抱着。

"你快和我一样高了，"父亲看着儿子，骄傲地说，"儿子，你知道我有多么爱你吗？"

平敦盛浑身乏力地蜷缩在父亲宽大的怀抱里，两行温热的泪水从眼眶悄悄地滑落，打湿了父亲的衣襟。

"父亲，我永远爱你。"

听到这句话，父亲幸福地闭上了眼睛，但永远都没有再睁开。因为他的心口，突然多出了一把匕首。匕首的柄正握在平敦盛的手里。

"对不起，父亲，我永远都爱你，永远。"平敦盛从父亲的心口抽出匕首，扔在了地上，发出清脆的金属声。

父亲魁梧的身躯倒下了，从父亲心口流出的血漫延着，很快就铺满了整个空旷的房间，渗入了地板的缝隙。平敦盛低下头，嗅了嗅那血的气味，有些头晕。

他推开门，对着走廊里的武士叫喊起来："父亲遇刺了，快，抓刺客！"

一大群人惊慌失措地冲了进来，又手忙脚乱地冲出去追捕那个虚幻如空气的刺客。那些沉重的脚步咚咚地敲打着平敦盛的心脏。

祖先们以嘲讽的目光静静看着这一切，他们保持沉默。

泪水继续在他的脸上奔流。

"我不走。"

"让你走你就走。"

"你现在就杀了我吧，求你了。"平敦盛突然给熊谷直实跪了下来，伸长了白净的脖子。

荒凉的战场上，宇治川静静地流淌着，全身披挂的熊谷直实像一尊移动的雕像一样在巡逻，他还是骑着他的大黑马。天上新月如钩，寒夜里许多死人的脸上都结了一层薄霜。

次日清晨，这里成千上万的战死者都将被埋葬。在源家的大营里，几个和尚正做着法事，木鱼声在寂静的夜里传得很远。

月色下，这景象突然变得很美，直实惊奇于每个死者的表情竟都是那么安详。淡淡的月光照亮这些惨白的脸，有的人嘴角还带着微笑，难道是在快乐中死去的？在这死人堆里，他是唯一的生者，却只有他是痛苦的。

西风呼啸，他看到远处有个人影在缓缓地移动，时而小心翼翼地走动，时而又伏下身体。难道有人没死？或者是鬼魂？那些有关战场上无头鬼的传说，在他的脑海里浮现出来。直实从马背上跳下来，轻轻地靠近了些，明亮的月光下，他看到那个人穿着一件破破烂烂的衣服，披散着头发，身材比较矮小，应该不是士兵。那人一直仔细地在地上摸着什么，原来是在掏那些战死者的口袋，搜寻值钱的东西。

直实明白了，这是个发死人财的家伙。在历代的战场上都有一个不成文的规定，一旦发现这种人，立即就地正法，因为这种事情太丧尽天良了。他悄悄地抽出剑，无声无息地走到那人背后，那人的背脊在微微颤抖着，好像很冷的样子。

直实犹豫了片刻，然后大喊了一声。

那人立刻像受到什么刺激一般从死人堆里跳起，转过身来。直实的剑已向前刺出了。

那张脸被月光照得惨白，就和地上的死人一样，在披散的发丝间，可以看到那双明亮的眼睛。那双眼睛是那样熟悉，让直实想起自己腿上那块被咬破后留下的伤疤。

但是，剑已经刺出了。血，飞溅起来，洒了他一脸。

那双明亮的眼睛继续瞪着他，他能感到那双眼睛此时放射出多么幸福的目光。多美啊，那张脸微笑着，虽然惨白如尸，就像这天上的月亮。

她倒下了，胸口插着直实的剑，脸上带着微笑，目光中充满幸福。她终于找到她的直实了。

"小枝——小枝——小枝——"直实呼唤着她的名字，这个名字是他为她取的。

他跪在她的身边，看着她明亮的眼睛，像是在看着天上的月亮。他终于明白了，小枝的确是个发死人财的贼，她就是在干这行当的时候救了战场上奄奄一息的直实。

他抱起小枝，走向寂静的宇治川。

明亮的月光照着他，就像照着一个鬼魅。

"为什么要求死？你还是个孩子，活着多好啊。"

"活着好吗？"平敦盛的反问让熊谷直实无言以对。他又这样问了自己一遍，却得不到答案。

"杀了我，我会永远感谢你。"少年微笑着，像个漂亮的女孩。

直实看着他，心中突然有什么东西沉了下去。

京都下起了雨，一切都在烟雨中，朦朦胧胧的，皇宫的亭台楼阁都渐渐地模糊了，平家的深宅大院也像一片纸被风吹走了。

一切都消失了。平敦盛坐在槟榔牛车里，看着帘外雨中的京都。父亲死了，他已经是平家这一系仅存的几个继承人之一。家族的兴盛就像这雨中的楼阁，转眼就要烟消云散。源家的军队要进城了，平家要去西国的一之谷，那里也许是最后的一线光亮。

驾车的车夫匆忙地挥舞着鞭子，四周是人的脚步声和马蹄声，一切都是那么匆忙杂乱，就像是一场匆匆落幕的戏。

平敦盛放下了车帘，他从容地解开上衣，露出了白白的腹部。他的手里握着一把短剑，对着自己的腹部。他举起短剑，剑以一种奇特的姿势停留在半空，如同一只被定格了的飞翔的鸟。他保持这样的姿势很久，很久。车轮碾过京都的大道，出了京都的城门，繁花似锦的城市被他们抛在了身后。

牛车突然颠簸了一下，短剑从他的手里掉了下来，扎在了车板上。

平敦盛轻轻地叹了一口气，然后抚摩着自己的腹部，用食指做出剖腹的动作。食指的指甲又长又冷，划过皮肤，留下了一道淡淡的粉红色痕迹。

随着指甲的划动，他的腹部突然产生了一种快感，这种奇异的感觉越来越强烈，像一缕轻烟从下往上升起，直升到他的心中。

永别了，京都。

熊谷直实看着平敦盛雪白的脖子，仿佛看到了一片片雪白的樱花从樱花树上凋落，又被风卷起，漫天飞舞。

"孩子，你走吧。"

一道白光掠过。

一颗少年的头滚到沙滩上。

据说在平敦盛被杀以后，沙滩上响起了笛声，居然悠悠扬扬地传到了源义经的耳朵里。但从此以后，熊谷直实就失踪了。

二十年以后，在高野山上，一个身材魁梧的僧人赤身在山间泉水中洗浴，他的背上全是伤疤，神情泰然，如同一尊赤身的佛像。

一个进香的女子来到了山泉边，她有一双明亮的眼睛，她看见那僧人，一点都没有害羞，反而向他问路。

僧人以奇怪的目光盯着她看了许久，然后问道："你叫什么名字？"

"小枝。"那女子回答。

僧人猛地倒退了一步，然后向山泉的下游狂奔而去，最后从悬崖瀑布上一跃而下。僧人坠地前的一刹那，在一片黑暗中见到了那忧伤的少年。

附记：此文为试验性质，余向来偏好日人小说，其中井上靖之小说多述中国古史，以古代西北为主，如《苍狼》《敦煌》《楼兰》诸小说。余尝暗自思量，井上靖身为日人，却以述我中国古史之小说而著称于世，吾辈身为中国人，未尝不可以尝试一两部日本古史之小说。此为"礼尚往来"也。故余试写此文以破坚冰，将我国之小说取材范围由神州之内推广至五洲四洋也。至于此文内容，乃取材于西元十二世纪之日本源平战争时代一典故，又为西元十六世纪之日本战国风云人物织田信长所吟唱而著称。拙作谬误颇多，文风过于奢靡颓废，倾向亦太灰暗，实不足取也。望多加批评指教，余洗耳恭听矣。

疫

（《青铜三部曲》之三）

坎坎伐檀兮，置之河之干兮，河水清且涟猗。

不稼不穑，胡取禾三百廛兮？

不狩不猎，胡瞻尔庭有县貆兮？

彼君子兮，不素餐兮！

坎坎伐辐兮，置之河之侧兮，河水清且直猗。

不稼不穑，胡取禾三百亿兮？

不狩不猎，胡瞻尔庭有县特兮？

彼君子兮，不素食兮！

坎坎伐轮兮，置之河之漘兮，河水清且沦猗。

不稼不穑，胡取禾三百囷兮？

不狩不猎，胡瞻尔庭有县鹑兮？

彼君子兮，不素飧兮！

采诗官子素嚅动着他女子般的红唇，抑扬顿挫的语调像一阵风似的吹到了大殿的高处，在那巨大的横梁与立柱间，有不计其数的窗格，还有魏国年轻的国君（注：此魏国非战国七雄中的魏国，而是春秋时期位于今山西芮城县东北的一个小国）。

国君尽管有些讨厌子素固执的性格，但他不得不承认子素的声音具有一种特殊的魅力，能够把听者的心紧紧地抓住、彻底地俘虏，令听者完全沉浸在一种想象中。子素一口气唱完了这首歌，在尊贵的国君面前，他自然不敢用大河边那些伐木工粗野的口气来高声歌唱。这首歌被史官记载在了竹简上，后来又被孔子编进了《诗经·国风·魏风》，后人称之为《伐檀》。

采诗官子素向国君行了礼，退出了宫殿，坐上他的马车，自己驾着车，再次向魏国的山野奔去了。在青铜时代，采诗官在民间采集民歌的目的根本不是为了供国君娱乐，而是承担了另一种角色——便衣警察的任务。因为，往往只有民歌才能真正反映民心所向，反映地方实际的情况，甚至能反映是否有叛乱。采诗官们把搜集到的各种民歌呈报给国君，国君就能据此采取对策，乃至干掉所有对自己心存不满的人。采诗官诚可谓是世界上最早的秘密警察了。

魏国很小，比不得晋、楚、齐、秦等千乘之国，魏国的每一片土地子素几乎都走过了。和穷困的魏国一样，他的形象总是那样寒酸，也只有最低等的家臣子弟才会干采诗官的行当。拉车的小母马瘦弱不堪，居然奇迹般地伴着他走过了三年的岁月。而他的那辆祖辈留下来的马车更是如同一件古董，一旦快奔起来，就会像快散架一般全身颤抖，发出可怕的吱吱呀呀的声音，在崎岖的大路上留下两道深浅不一的车辙。

在一片荒野中总算见到了人烟，几十个农夫在井字形的田地里劳作着。子素在田埂边下了马车，走到农夫们中间，向一个大胡子中年人讨一口水喝。但是没有人理睬他，他感到这里的人天生就对他人有股敌意。最终，一个女孩给了他一瓦罐水，那水其实很脏，还漂浮着一层恶心的油腻，但子素已经过惯了这种生活，非常感激地一饮而尽。他打量着女孩，十七八岁的年纪，脸上沾满了黑泥，看不清她的五官，只有两只眼睛闪闪发光。

"请问你们这里的领主在哪儿？"

女孩指着不远处山丘上的一座华丽的建筑。她始终不说话，似乎有些害怕像子素这样坐着马车来的人。子素向山丘走去，走了很远，又回头看了看女孩，发现女孩还在向他张望着。那么远的距离，似乎一切都模糊了，只有她的那双眼眸异常清晰。

子素从没有见过像此地的领主这样外貌丑陋的人。他大约五十岁，有一副魁梧的身板，自称跟随老国君征战立过军功。领主根本就没把寒酸的子素放在眼里，只把子素当作一个破落贵族的子弟。子素提出想在这里多住一段时间，领主当即拒绝了，直到子素从袖中掏出一小块金子放在领主手中，领主浑浊贪婪的目光中才闪过一丝满足。

领主把子素安排到一户农奴家里暂住，只不过是一间大茅草屋罢了。一个大胡子冷淡地接待了他，给了他一个小房间。

夜里，子素怎么也睡不着，这间屋子里有一股奇怪的气味，仿佛不是属于人间的，让人有些毛骨悚然。突然子素听到了水声，有人在外面。他起身轻轻地推开了里屋的门，看见黑暗中有个模糊的人影在一口大水缸前弯着身子。子素蹑手蹑脚地靠近了几步，逐渐适应了眼

296

前的黑暗，淡淡的月光洒了进来，一个美好婀娜的身影隐约可见。是个女子，她在干吗？他又听到了水声，她是在洗脸吧，为什么要在半夜三更洗脸？

女子察觉到身后有人，猛地回过头来，用恐惧的目光注视着子素，那双大而亮的眼眸在黑暗中分外夺目，如同夜空中两颗明亮的星星。子素感到这双眼睛有些熟悉，是她，白天在田里见到的那个满脸是泥的女孩。渐渐地，她恐惧的目光平和了下来，那双明亮的眼睛眨了眨，似乎隐藏着什么深邃的东西。

"对不起，打搅你休息了。"她终于开口说话了。

"让我看清你。"子素一把抓住了她的手，他能感到自己手掌下女孩那急速跳动的脉搏。女孩的手像竹篮里的鱼那样使劲向外挣脱，皮肤也像鱼鳞一样光滑冰凉，但是过了一会儿她停止了挣扎，任由着子素把她拉到了大茅草屋外。在月光下，子素终于看清了她的脸，他停顿了好久才慢慢地说："你真漂亮。"

女孩一个耳光扇到了子素的脸上。子素却一点都没感觉到疼，继续说："为什么你在白天要把泥巴涂在脸上？"

女孩又扬起了手，她的手虽纤细，却有农妇的力量，在半空中，光洁的手臂被月光照得锃亮，就像一面青铜镜。但她终究又把手放下了，轻轻地说："对不起。"然后飞快地跑开了。

她真奇怪。

谁都不知道我们魏国国君最大的嗜好是什么。他有一张属于贵族的白皙的脸，眉清目秀，温文尔雅，尤其爱听民歌，他把采诗官带来的民歌既当作情报资料，也当作一种奇特的消遣。一到黑夜，他就下令关闭宫门，并且远离他众多的姬妾，潜入一个神秘的地方，没人知道他在那里干些什么。

那夜他在一个巨大的地下室里，四周的火把疯狂地跳动着，映出他端正的五官。渐渐地，他的五官有了些变化，额头沁出了汗珠，他的呼吸越来越沉重，一股腐烂的味道从地下的深处传来，令人窒息。他走到尽头，一个由木栏制成的巨大的囚室出现在眼前。在国君与囚室之间，还隔着一道坚不可摧的网，一道由竹篾编成的密密麻麻的网，只露出一个个极其细小的孔，可以看清里面的人。一个伐木工被关在囚室里，他的周围到处都是白骨。这间囚室非常大，大得能容纳上百人，魏国的国君修筑这个地下室已经有好几代了。

伐木工赤裸着上身，露出了黑亮的肌肉，与白嫩的国君互相映衬着。伐木工的神色极其恐惧，他站在堆积如山的枯骨间，茫然地看着竹网外年轻的国君。

"你们的歌唱得很好，子素的喉咙太细了，你再唱一遍给我听。"国君对伐木工说。

伐木工唱了起来，他扯开粗犷的嗓子，仿佛回到了大河边，正在为贵族伐木，制作船只和车轮。他的歌声在隔音的地下室里回荡着，回音使国君忽然觉得好像有千万人在一齐高歌，那高亢嘹亮的歌声汹涌澎湃，如同奔流不息的大河，让国君有了一丝恐惧。他被这歌声包围了，在巨大的地下室里，尽管只面对一个被囚禁的伐木工，他却变得不知所措，躲到了一个阴暗的角落。

忽然，伐木工的歌声停止了，他看见一群老鼠钻了出来，在白骨间窜动着。这些老鼠又大又肥，比普通的老鼠大了整整一倍。老鼠们成群结队地向他扑来，一个个瞪大黑亮的眼睛，如同一群可怕的精灵，把伐木工团团围住。它们跳到伐木工的腿上，爬上他的胸膛。他的双手乱舞着，恐惧地倒在了白骨中。从巨大的囚室中，传来几声清脆的枯骨断裂声，总算是慰藉了年轻的国君。

这晚，是老鼠们的节日。

不知是因为那个半夜洗脸的奇怪的女孩，还是因为这间屋子里不祥的气氛，总之，子素一整夜都沉浸在一个古怪的念头中。到了后半夜，从屋子的四面八方传来一阵吱吱呀呀的声音，那是老鼠。它们在子素的席边上蹿下跳，甚至还大胆地爬到他身上，直到第一缕阳光射进屋子，老鼠们才神秘地消失了。他走出房间，那父女俩已经走到田地中劳作了起来。女孩的背影挺撩人的，子素就这么站着，向田野里远远地望去，女孩就像一棵在风里舞动的杨柳。女孩终于把脸扭向这边了，但不是昨晚在月光下看到的那一张，而是一张涂满了泥巴的黑黑的脸，只有两只眼睛还依然与昨晚一样。她是故意这样的。

中午时分，太阳在头顶竭尽全力地扩张着自己的势力，所有的人都来不及回家吃午饭，只能聚集在地头吃些干馍馍之类的。午饭后，子素走入农夫们中间，在一束束充满敌意的目光中，他开口了："你们会唱歌吗？"

所有的人都摇了摇头，不和他说话。他又看了看那个女孩，她的脸上涂了泥巴之后，黑黑的，有了些野性。女孩看着他，明亮的眼眸眨了几下，一种闪光的物质仿佛要流出来。她的嘴唇嚅动了一下，然后又立刻恢复了平静。

"你会唱吗？"子素把头靠近了她。

"滚开！"女孩的父亲一把推开了子素，"秋儿过几天就要嫁人了，你别缠着她。"

子素离开了他们，一个人坐在田埂的另一头看日头的消长，心里默默唱了几首民歌，不禁又向田间望了一眼，却发现女孩也正扭头看着他。一触及他的目光，女孩立刻又把头扭了回去。一滴晶莹的液体从她的脸上落下来渗入泥土中，不知是汗水还是泪水。

子素低下了头，忽然看见地下有两只眼睛在看着他，那两只眼睛大大的，眼珠灵活地转动着，接着一条长长的尾巴从泥土里露了出来，原来是只大老鼠，典型的乡间田鼠，吃着香喷喷的谷子长大的，体形特别肥硕，而且一点都不惧怕人类。它在子素面前快乐地跳跃着，阳光洒在它灰色的皮毛上，仿佛给它镀上了一层金。它离开了子素，跑到了一个大房子边上。子素不敢相信自己的眼睛，那儿还有成百上千的老鼠，房子的墙根下有一个小洞，老鼠们就从那儿进进出出，把谷子搬入树林里的一个个地洞，宛如一支长途跋涉的大军。那所大房子是谷仓，老鼠们正旁若无人地偷盗着农夫们一年的收获，而看仓库的老头居然对老鼠们的行为视若无睹。

子素被这场面深深地震惊了，他跑到了老头面前提醒他。老头平静地说："人怎么可以同老鼠斗呢？在这里居住的几代人，用尽各种方法，都无法消灭老鼠，一切都是徒劳的。其实这个世界根本就是由老鼠统治的，老鼠是我们农夫真正的统治者，尽管我们仇恨它们，但我们无力反抗。"

人类的世界是由老鼠统治的？真不可理喻。但子素又仔细地思量了一阵，才觉得这里的人们竟是那么聪明、那么有洞察力，他们才是真正的智者。

老鼠啊老鼠，子素望着它们出神。

　　年轻的国君再次进入了神秘的地下室，王室遗传下来的血液在他的血管中奔流着，他就像历代先王那样，重复着这古老而危险的游戏。魏国的历代国君都被认为有奇怪的嗜好，而最大的嗜好往往是个谜，永远都被锁在历史的迷雾深处。国君继承了这种遗传基因，他在黑夜中狂热地着迷于此，在地下室中飞奔着，直到看见那具伐木工的尸体。伐木工浑身是血，大张着嘴，大睁着眼睛，充满了恐惧的目光如同一种诅咒。他强壮的肌肉都萎缩了，渐渐地腐烂，一股臭味弥漫了整个囚室。

　　这时国君的嘴角起了微妙的变化，就如同猫见到了被杀死的老鼠，一种本能的满足感充溢了他的脸。但转瞬之间他发现了什么，他的脸便立刻扭曲了，仿佛一个布娃娃，随时随地都能夸张地变形。从他的喉咙里发出一种嘶哑的喊声，这种喊声仿佛从一个永不见底的深渊中升起——这是绝望，一个国君的绝望。

　　他无力地把整个身体扑在牢固的竹网上，仿佛他自己就是一个囚徒，是自己权力的俘虏。他怔怔地看着曾经牢不可破的竹网，但现在，在竹网的右下角，一个碗口大的破洞赫然在目，犹如一张血盆大口，竭尽全力地大张着，要把世界上的一切都吞噬掉。国君明白，这是致命的。

　　在魏国巨大的宫殿里，一个黑暗的角落中有两只明亮的眼睛在闪烁着，接着又有两只、四只、六只、八只，乃至上百只。一片寂静中，卫兵们睡着了，他们没有察觉到一群小东西爬过他们的身体，正在快乐地旅行。一扇大门拦住了小东西们的去路，于是它们便上蹿下跳地从窗格里钻出，爬过空旷的石阶，越过宫墙间的缝隙，走向自由的大门。

为首的是它们的国王，硕大无比，它指挥着它的军队在漆黑的深夜里衔枚疾进，军容整齐，军纪严明，鸦雀无声。一切都在人们的眼皮底下发生，一切又好像什么都没发生过。国王率领着部下逃出了战俘营，它们向往着自由，向往着战斗，它们睁大眼睛注视着这个世界，对人类的仇恨在它们小小的心脏里搏动着。国王要建立它的新王国，就必须要彻底毁灭它所有的敌人，无情地消灭对立的种族，这就是强者生存、弱者淘汰的自然规律。尽管它们非常小，但它们是强者，是永远活在人类身边的强者，它们永远都不会灭绝，它们的存在绝对比人类还要长久。鼠国的大军走出城市，来到了广阔的田野，满天星斗下，它们雄心勃勃。国王一声令下，它们兵分十路，化整为零，去报复，去战斗——在人类社会的废墟上新建一个世界。

没有人意识到一场灾难正从黑夜的胎动中分娩而出。但它们无罪，一切的灾难，都源自人类自身。

女孩在夜里洗完了脸，子素牵着她的手，走到了田野的中央，月亮突然躲进了云朵中，子素只感到面前的女孩急促呼出的气息吹到了自己脸上。他隐隐感觉到这个女孩的心里所隐藏的那股野性。

"唱首歌吧。"子素轻轻地对她说。

"我不会。"女孩躲开了他，用力挣脱了他的手向前跑去。她像一只小鹿，一路跳跃着在黑暗中奔跑，前面一团漆黑，什么都看不到，只有一股暗夜的气息指引着方向。突然她撞到了一堵墙，摔倒在地，很快她便意识到那不是墙，而是一个人，一个男人的胸膛，但子素的胸膛才没这么宽阔呢。她爬了起来，看到一张脸凑近了她，直到靠得非常近，她才依稀辨认出那张极其丑陋的脸——那是领主的脸。

领主的脸向后靠了靠，又变得一片模糊，他好像在端详着她，过了很久才说："秋儿，你什么时候嫁人？"

"明天。"她颤抖着回答。

"我要你的初夜。"领主一字一顿地说完，然后转身消失在了黑暗中。

子素在后面目睹了这一切。他终于明白女孩为什么要在白天把泥巴涂在脸上了，为的就是不让丑陋的领主看清她的脸。她就快嫁人了，而每一个领主，都享有其领地内女孩的初夜权，也就是说女孩新婚的第一夜将与领主共同度过，而不是与她的新郎。这种权力是作为法律铭刻在国君宫殿前的青铜大鼎上的。

"你见过你的未婚夫吗？"子素在女孩的身后问。

"他是一个瘫子。"

子素沉默了半晌。月亮依然躲在云朵中，奇怪的是秋儿的脸却似乎更加清晰了。子素突然抓住她的手，掌心潮湿一片，脉搏狂乱地跳着，秋儿那双明亮的眼眸充满了他的整个世界。

子素在田埂上醒来，他不知道自己怎么会睡在这儿，刚睁开眼，他就看到一只死老鼠躺在身边。阳光下那老鼠一动不动，就像一个标本，四脚朝天，身体硬邦邦的，两只眼睛大睁着，似乎要凸出眼眶。

整整一天他都没有见到秋儿，倒是见了不少老鼠，所有的老鼠都像疾病缠身似的，有气无力地觅食。到了下午，他发现一大片的死老鼠，没有伤痕，看不出是什么死因。难道是报应？

晚上，秋儿举行婚礼了，她再也不用在脸上涂抹泥巴了，她穿着新娘的服装，和那个瘫痪的新郎完成了婚礼。然后，新郎被领主的人架走了，新娘则被送入领主的房间。

　　领主房间的大门砰的一声关闭了，子素只看到了秋儿模糊的背影，有一种永别的感觉。

　　女孩的父亲长叹了一口气，独自回家了。子素呆呆地坐在地上，看着领主房间的灯火渐渐熄灭，在黑暗中只剩下一个轮廓。

　　在这里住了好几天却一无所获，子素带着烦躁的心情走向了他的破马车，小母马更瘦了，能轻而易举地摸到它的好几节骨头。他拍了拍小母马的背，也许往后就要娶小母马为妻了吧，子素嘲弄着自己，爬上了马车。忘了那个女孩吧，他对自己说。然后他轻轻挥了挥马鞭。

　　小母马没有动，也许它太累了。子素又下来看了看它，却发现它的嘴角吐出了白沫，眼睛闭了起来，浑身抽搐。渐渐地，它的四条腿也软了，跪倒下来。子素看得出小母马还在拼命地支撑，它竭尽全力想要站起来，子素也在帮它，但它最终还是倒了下去。

　　子素松开它脖子上套了许多年的绳索，伤心地抚摩着它。最后小母马躺在地上睁开了眼睛，那双大眼睛闪烁着盯着它的主人，那是含情脉脉的眼神。如果马有人的感情，也许它早就爱上了子素，却无从表达。子素跪在它面前，像孩子一样啜泣着。最后，他看见小母马的眼睛里流出了一团液体，流到了子素的手心里。那是它的眼泪。

　　小母马在流完它最后一滴眼泪以后，死了。

　　它不可能是累死的，虽然它身体瘦小，但耐力一直很惊人，而且这几天它都在休息。子素按时给它喂食，它还年轻，没有得病的征兆，一定是另有隐情。子素愤怒地往回奔去。一团火在子素的心里烧了起来，前面什么都看不清，凉凉的风灌入他的瞳孔。只有冷酷的风才能被人看得清清楚楚。子素不知跑了多远，终于停了下来，四周一片死寂。

　　在可怕的万籁俱寂中，子素忽然听到一种奇特的声音从某个角落传来——

> 硕鼠硕鼠，无食我黍！三岁贯女，莫我肯顾。
>
> 逝将去女，适彼乐土。乐土乐土，爰得我所？
>
> 硕鼠硕鼠，无食我麦！三岁贯女，莫我肯德。
>
> 逝将去女，适彼乐国。乐国乐国，爰得我直？
>
> 硕鼠硕鼠，无食我苗！三岁贯女，莫我肯劳。
>
> 逝将去女，适彼乐郊。乐郊乐郊，谁之永号？

这是秋儿的声音，标准的女中音，从暗夜的空气中传来，仿佛有一股神秘的力量撕破了黑夜的外衣，直逼听者的灵魂。子素睁大了眼睛，却什么都看不到，双手向前摸索着，脑中却是一片空白，就连双腿也好像不是自己的了。他感到自己所有的感觉都消失了，除了听觉。当一个人看不见、摸不着时，他的全部生命力就倾注在了耳朵上，现在子素感到他的肉体已经消亡了，只剩下灵魂和一对耳朵，隐藏在黑暗的深处倾听着这首歌。歌声向四面八方传去，到了天上，变成了一只只受惊的鸟，扑打着翅膀向远方飞去；到了地上，变成流水，流向每一棵树、每一根草，最后渗入土地，渗入麦子的根里，渗入古代祖先播入地底的古老的种子里。

月亮又出来了，子素相信月亮是被歌声召唤出来的。他突然发现月光下的村庄里，一扇扇本来紧闭着的门都打开了，神情肃穆的农夫们和他们的妻儿都披着衣服走了出来，他们顺着歌声摸索着，一齐走到了田野的中央。没有人指挥他们，他们却仿佛全都约好了似的默不作声，整齐地聚集在一块儿，倾听着秋儿的歌声。子素看到领主的房间里亮起了灯，歌声毫无疑问是从那儿传来的。

秋儿继续唱着，忽然，一个男低音加入进来，浑厚有力，就像是一块结实的黄土。又是一个男中音，渐渐地，男高音、女高音、女低音都加入了歌唱。田野中聚集到一起的农夫就像是一支训练有素的合唱队，在秋儿的领唱下，进行着一场多声部的合唱表演。子素的眼睛终于派上用处了，他吃惊地看着每一个人，他们都以同样的表情看着秋儿所在的地方——领主家。他们没有愤怒，也没有哀伤，他们只是自我陶醉般地唱歌，这也许是他们唯一能自由表达情感的方式。在歌声里，藏着一种叫作苦难的元素。

没人能想象这些农夫的行为，他们似乎已不是在唱歌，而是在举行某种宗教仪式，在领主凭借他的特权享有一个女孩的初夜的夜里。歌声越来越响，像一团巨浪，击打着无边无际的黑夜。

在黑暗中，子素摸索着他的刻刀，借着微弱的月光和手指的触觉，把这首后来被命名为《硕鼠》的歌铭刻在了竹简上。

第二天一早，子素发现人们居然又都跟往日一样，沉默地在田野里劳作着，好像什么都没发生过一样。这真是个奇怪的地方。

一个领主的家奴跑到了田野中央，大声地宣布："领主有令，所有人到领主房间前的空地上集合，违者将受重罚。"

等子素赶到那儿的时候，那片空地已经里里外外被围得水泄不通，领主方圆几十里领地内的所有居民几乎全来了，有上千人吧。子素竭尽全力用他那瘦弱的肩膀抵开那些农夫，好不容易才挤到了最前排。他发现在一根很高的旗杆上，挂着一颗人头，在阳光下特别耀眼，那是秋儿父亲的头。

旗杆下，有一块竖直的大木板，秋儿被绑在木板上，双臂向左右张开，两腿却被绑在一起，整个人就像是一个"十"字。

领主的管家以其夜行动物般的眼睛向四周的人群张望了一圈，然后大声地说："昨晚，我们尊敬的领主在行使他的初夜权的时候，发现这个女人已经没有初夜了。也就是说，昨晚根本就不是她的初夜，她在出嫁前，已经不是一个完整的女孩了。她亵渎了神圣的初夜，以肮脏的肉体玷污了我们领主的尊贵之躯，她将受到最严厉的处罚。"

底下鸦雀无声，每个人都屏住了呼吸，管家的声音传遍了整片天空。管家靠近秋儿，对她说："如果你能说出那个夺走你初夜的男人是谁，领主就能让你活下去。否则，你将被钉死在木板上。"

子素差点就瘫倒在地上，因为那个夺走秋儿初夜的男人，就是他。

说出来吧！子素在心里对秋儿说。

他还是第一次在白天看到秋儿干净的脸，她那双明亮的眼睛与漂亮白皙的脸现在显得那么协调。她还是穿着那身新娘的衣服，嘴角带着新婚的红润，她的视线在人群中扫了一圈，最后停留在了子素的脸上。子素低下了头，他竭尽全力躲避她的目光，但他仿佛被在光天化日之下剥光了衣服一般无处藏身。他逃不了，命中注定在劫难逃。终于他被女孩的目光抓住了，俘虏了，如同被套上了一副锁链，永远也解不开了。他盯着她，她也盯着他，好像在玩什么秘密的游戏，只有他们两个人明白彼此的目光，而其他人都茫然无知，都在猜测着那个男人到底是谁。其实她的目光注视着的人就是答案，这是他们之间的秘密，她决心要保守这个秘密，不惜任何代价。

说啊，为什么不说出来？子素心乱如麻。你不说的话那我说了，我自己说。可是，可是那首歌怎么办？那首昨晚听到的秋儿领唱、农夫们合唱的歌怎么办？那首歌应该流传给子孙后代。我是采诗官，我有这个责任。如果我死了，那首歌也就会随着歌者的逝去而消亡，永远坠入历史的黑暗中。但，这是理由吗？这是自己苟且偷生的理由吗？子素与自己的灵魂搏斗着，他最终只能得出这样一个结论——与这个勇敢的女孩相比，自己是个标准的懦夫。

秋儿的脸上带着胜利者的骄傲，她的沉默令管家恼羞成怒，他对家丁说了句："动手吧。"

子素闭上了眼睛。

"不好了！领主出事了！"一个惊慌失措的声音从领主的房间里传出。几个人把领主抬了出来，放到管家的跟前，管家用颤抖的手摸了摸领主，然后哭丧着脸向大家宣布："领主归天了。"

领主的眼睛大睁着，那张原本就丑陋的脸因为扭曲而变得不像是人类，他的恐惧可以从那张大的嘴巴中看得一清二楚。他一定是死于非命，这也许是上天的惩罚，或是——子素突然想到了一个可怕的字，他不敢再想下去了。

在管家和家丁们手忙脚乱地处理领主的尸体时，子素突然像一支离弦的箭一样冲了出来，他跑到秋儿的跟前，解开了捆绑她的绳索，拉着她就往回跑。人们自动地让开一条路，让他们通过，当管家发现想要追赶时，人群又自动地合拢了。等到管家费了好大的劲穿过人群，子素和秋儿已经跑得没影了。

他们像两只逃脱羊圈的羊羔一样奔跑着，两只小绵羊，惊慌失措且痛苦无助地逃离牧羊人的鞭子。奔跑似乎永无休止，前头是一片金色的麦浪，那是小麦的海洋，波光粼粼，无边无际，海阔天空。站在麦田边，就像是站在大海边。跳水吧，从海边高高的悬崖上往下跳，闭上眼睛，跳吧。扑通，海水高高地溅起，两只小绵羊被大海淹没。突然，两只小绵羊奇迹般地变成了两条鱼，终于从陆地回到了自由的大海。

在一片高高的麦子中央，他们被随风摆动的麦穗覆盖，如同钻进了一间小小的新房。子素终于感到，她注定是他的新娘。

但子素的幸福，命中注定只有一瞬。

"我快死了。"女孩眨着闪亮的眼睛，在子素的怀里说。

"不！"子素感到自己的胸前一片湿润，那是血，从女孩口中吐出的血。女孩脸色苍白，却面带笑容，她已经满足了。子素感到自己刚刚得到的一样东西又要突然失去了，命运是多么捉弄人啊！他紧紧地抱住了她。

"为什么？"子素的眼泪滑落在女孩的脸颊上。

"是老鼠，老鼠。所有人都会死的，这是老鼠的诅咒。"女孩又吐出了好几口血。

子素明白了什么，他似乎已看到了那一幅鼠疫的画面。

"但你不会，你不会死的，"女孩继续说，"所有的人都死了，但你不会。相信我的预言吧。"

她慢慢地闭上了眼睛——她永远地睡着了，她明亮的眼眸将成为子素漫长的一生中永不磨灭的记忆。子素的眼泪滴落在她带血的嘴唇上，她嘴边的血渐渐洇开，就像一种色彩奇特的颜料。

子素埋葬了她。

子素步行回到国都。

国都已是死亡的世界。

子素不敢相信自己的眼睛，到处都是死人，死状极惨，而且没有外伤。就连牛马等六畜也都死了，一股刺鼻的臭味弥漫在整个城市里，这里如同人间地狱。

他冲入无人把守的宫殿，同样是尸横遍野。在大殿上，他见到了一群老鼠，一群硕大无比的老鼠，它们整齐地排列在大殿的两侧，就像文臣武将。在大殿的正中央，端坐着的不是我们年轻的国君，而是一只差不多有猫那么大的老鼠。它，才是现在的国君。

老鼠征服了人类。

它们到处流窜，到各个村落中传播瘟疫，首先是消灭它们的同类，原先与人和平共处的老鼠被它们灭绝殆尽，然后是马、牛、猪等畜类，最后是人类。这一过程只用了短短的几个昼夜。

有一种令人窒息的气味从宫殿中的每一个角落传出。子素走到大殿中央，怒不可遏地向老鼠们发动攻击。转瞬之间，老鼠们被这个不怕死的家伙吓得无影无踪。

子素在空旷的宫殿中奔跑着，他必须要找到他的国君，终于他发现了那个地下室。在那儿，我们的国君居然还奇迹般地活着，衣衫褴褛，披头散发，如同一个恶鬼。

"子素，你终于来了！"国君仿佛看见了什么希望，"我的罪过是不容饶恕的。听我说，在一百年前，魏国曾爆发过一场鼠疫，成千上万的人因此死去。后来，人们花了巨大的代价，才消灭了它们，只剩下最后几十只带瘟疫的老鼠。原本是该彻底消灭他们的，但那时的国君，也就是我的祖先，突然产生了一个奇怪的念头，他在这里修建了这个秘密的地下室，把那些致命的老鼠关在这儿，然后把他的政治敌人，或者是暗地里说他坏话的人与它们关在一起，让那些人在巨大的痛苦中死去。就这样，一百年过去了，这些带瘟疫的老鼠在地下室里繁衍生息，发展到了成百上千只，而被它们消灭的人也已不计其数。必须承认，我是虐待狂，我看到那些暗地里诅咒我的家伙在老鼠们面前惊慌失措，直至全身腐烂而死的场景，我是多么快乐。这是一种本能，一种追求残忍的本能。百年来，我们家族世代遗传这种嗜好，每一代国君都是如此，我们是魔鬼家族。我们隐藏了巨大的灾难，为了满足这种残忍的乐趣。我知道，总有一天要出事的，这些可怕的小东西会报复我们的。一切的罪过都由我来承担吧。"

"没人能承担得起。"子素自言自语道。当他再看国君的时候，我们年轻的国君已经断气了。

子素离开了国都，整个魏国已经人迹渺茫。他回到了秋儿的坟前，结庐而居。秋儿预言他不会死，她的预言果然应验了，他奇迹般地活了下来。一个人，只有他一个人活了下来。

又过了一百年，肆虐的鼠疫过去了，又有人踏上了魏国的土地居住并耕种。人们发现一座坟墓边上躺着一具枯骨，枯骨上放着一排竹简，似乎是在等着人们来看。竹简上记录了七首民歌——《葛屦》《汾沮洳》《园有桃》《陟岵》《十亩之间》《伐檀》《硕鼠》。

没人知道这个死人是谁。